Lignes de Sang

Gilles Caillot

Lignes de Sang

THRILLER

Préface d'Aurélien Molas

Toucan
NOIR

ISBN 978-281000-516-1
Tirage n° 1

25, rue du général Foy – 75008 Paris

www.editionsdutoucan.fr

Maquette et mise en pages : Nohémie Szydlo

Préface

Le plaisir de lecture.

Cette expression employée communément ne signifie en soi pas grand-chose, pourtant elle représente une sorte de référent pour tout un chacun à l'instant où l'on s'empare d'un roman sur les rayonnages d'une librairie, à l'instant où l'on décide de tourner la première page.

Il est difficile de déterminer et d'évaluer le plaisir que l'on éprouve lorsque la succession de mots nous entraîne progressivement dans une histoire, dans un tourbillon d'émotions et de sensations, lorsque cet enchaînement de phrases nous transporte vers un ailleurs quel qu'il soit.

Le lecteur averti de polar le sait, c'est de cet ailleurs qu'il se nourrit. À ce titre, n'emploie-t-on pas l'expression « dévorer un livre » pour justement exprimer son plaisir, tel que fut le mien en découvrant *Lignes de Sang* ?

Si le polar est capable de susciter un tel appétit de lecture, c'est sans doute parce qu'il touche de par sa construction un point structurel et universel de notre psyché. Le crime est le nœud autour duquel se tisse l'intrigue d'un roman noir. Il représente le désordre au sein d'une société. Il est la brèche qui révèle les défaillances, les dysfonctionnements, ce que l'on refuse de nous montrer. Et c'est pour rétablir l'ordre ou en proposer un nouveau que ce crime doit être résolu et puni.

Le polar est antithétique de l'anarchie.

Le polar est un plaidoyer citoyen.

Le polar est l'héritier de la tragédie antique.

« Catharsis » signifie, selon Aristote, le phénomène de libération des passions qui se produit chez les spectateurs lors de la représentation d'une tragédie. Ce que la psychanalyse déterminera quant à elle comme étant l'expression émotionnelle de l'extériorisation d'affects refoulés.

N'est-ce pas là, très précisément, ce que nous éprouvons à la lecture d'un roman de genre ?

Mais il existe une multitude de catégories au sein même du polar, qui n'est au final qu'un terme générique, un peu fourre-tout, contraction de « policier » et de « noir ». Chacune de ces catégories a sa spécificité, et c'est dans celle du thriller que s'inscrivent avec talent Gilles Caillot et ses *Lignes de Sang*.

Parent pauvre, le thriller n'a jamais véritablement acquis ses lettres de noblesse, que ce soit aux yeux des médias ou des défenseurs de la littérature noire, alors que certaines exceptions brillent, tel Jean-Christophe Grangé, Thomas Harris ou autre. Pourtant de toutes les catégories du polar, le thriller est celui qui s'approche le plus de la tragédie et de ses effets cathartiques.

Les lecteurs pour la majorité ne s'y trompent pas.

Des écrivains tels que Gilles Caillot non plus.

La forme narrative du thriller, fondée sur la vitesse et le suspense, possède une rythmique qui, si elle est maîtrisée, prend en otage le lecteur, sans nous laisser le temps de reprendre notre souffle. Pour certains, cette efficacité se fait, selon eux, au détriment du style, au détriment du fond. Là réside la principale critique faite au genre.

C'est à mon sens une erreur d'interprétation qui s'appuie sur un malentendu fondamental, le même malentendu qui a valu à Alfred Hitchcock, avant que la Nouvelle Vague ne reconnaisse son talent, de n'être considéré que comme un habile faiseur, un cinéaste populaire sans envergure artistique. Le thriller est assimilé au divertissement du fait que son objectif avoué est de jouer avec les émotions primaires du lecteur que ce soit la peur, le dégoût, l'appréhension, le doute, l'épouvante et j'en passe. Mais c'est finalement parce que le thriller parvient par sa forme à divertir, le temps d'une lecture, que ses détracteurs ne prennent pas la peine de se pencher plus avant sur le fond. Il est vrai, pour la défense de ceux-là mêmes, que beaucoup de thrillers souffrent d'une absence totale de réflexion et ne sont que des produits sans destination autre que financière. Ce n'est aucunement le cas des œuvres de Gilles Caillot. Il est vrai aussi que la violence fait partie des ingrédients nécessaires pour pimenter le récit et pour parvenir à provoquer ces réactions. On peut décrier cette utilisation et mise en scène de la violence, mais elle est aussi nécessaire que répulsive, comme ont pu le démontrer avec brio Anthony Burgess, Bret Easton Ellis et, bien avant eux, Shakespeare ou encore Euripide. À ces arguments, on oppose les mots « complaisance » et « surenchère », des termes contre lesquels Gilles Caillot a dû se défendre dès la sortie de son premier roman. Mais à y regarder de plus près, ce ne sont là que des notions subjectives et morales desquelles Gilles ne s'embarrasse pas.

Et c'est là sa force.

Il suit son envie, son désir, sans jamais se compromettre ou se renier.

À ce titre, *Lignes de Sang* est exemplaire. C'est un roman sombre, torturé, qui utilise les codes narratifs du thriller avec habileté – ces fameux chapitres courts, cette succession ininterrompue de rebondissements et de climax: tout en respectant ces codes, il s'en affranchit pour explorer des voies extrêmes, inédites, et c'est ce jusqu'au-boutisme, cette liberté qui rendent les ouvrages de Gilles si fascinants. Il n'y a dans ses *Lignes* aucun formatage, aucune volonté de séduire. Le travail de l'auteur et sa démarche sont intègres, et c'est à mes yeux ce qui différencie un bon d'un mauvais roman, ce qui me donne l'assurance que je vais vivre une expérience littéraire digne de ce nom.

Il ne faut que quelques chapitres au lecteur pour percevoir les intentions d'un auteur et ses influences. En lisant *Lignes de Sang*, j'ai songé à ce que Gilles m'avait confié lors de notre première rencontre, à Lyon, aux objectifs qu'il s'était fixés en écrivant ce manuscrit, à son envie de s'inscrire dans la continuité de Maxime Chattam et de sa fameuse trilogie du Mal. Je fus très surpris en ouvrant ce roman, que vous n'allez plus tarder à ouvrir à votre tour, de ne trouver qu'un faible écho à *In Tenebris* ou à *Maléfices*, mais je fus surtout fasciné de découvrir un véritable écrivain, une voix nouvelle que j'ai suivie et qui m'a embarqué dans un grand huit sans barrière de sécurité, un numéro de voltige qui vous clouera sur votre siège pour votre plus grand plaisir...

Aurélien Molas

Prologue

Lyon, janvier 2007

— Je suis désolée...

— Rien à foutre de tes putains d'excuses ! Tu m'as trahi... T'es qu'une traînée !!, hurla l'homme, la rage au ventre et la bave aux lèvres.

— Je t'en prie, ne le prends pas comme ça.

— Ne pas le prendre comme quoi ?! Tu te fous de moi ? Me faire ça à moi ! Tu pensais quoi ? Que t'allais m'entuber si facilement ?

— Je t'en conjure, détache-moi...

— La ferme ! C'est la dernière fois que je te le dis !

La femme insista et tenta de l'amadouer. La situation était totalement aberrante.

— Calme-toi, Poussin... C'était une connerie. Ça ne vaut pas le coup de te mettre dans cet état.

L'homme, empourpré et haletant d'émotion, fit le tour de la chambre comme un lion en cage. Il sentait le flux et le reflux sanguins déferler contre les parois de ses tempes.

Fou de colère, il lança un regard méprisant à la femme étendue à plat ventre sur le lit, les pieds et les mains solidement scotchés aux barreaux.

— Je vais te faire passer le goût de la trahison ! Je vais te punir... Une punition dont tu te souviendras.

Quand il était rentré à l'improviste, il l'avait surprise en pleine partie de jambes en l'air avec un type. Lui, avait déjà payé... Elle allait bientôt passer à la caisse.

— S'il te plaît, détache-moi !, reprit-elle avec la même énergie. On va parler tranquillement. Essaye de te calmer, nom de Dieu !

— Ta gueule ! Je ne veux plus t'entendre. Regarde ce que j'ai fait à cause de toi, bordel ! On ne peut plus revenir en arrière.

L'amant était, en effet, définitivement immobile. Calé dans la baignoire comme une poupée de chiffons, il baignait dans son sang, la gorge déchirée d'un large sourire écarlate.

La femme changea de stratégie. Il avait pété les plombs. Il allait la massacrer. Toutes les excuses du monde n'y changeraient rien.

Elle décida de jouer la carte du rentre-dedans afin de déclencher un électrochoc chez cet homme qu'elle ne reconnaissait plus.

— Écoute... Ce petit jeu ne me fait pas rire du tout. Si t'avais été plus présent, peut-être qu'on aurait pu éviter tout ça...

— Tais-toi !, reprit-il en fermant les yeux, exaspéré.

— Non, je ne vais pas me taire ! Au contraire... Tu veux la vérité ? Eh bien, tu vas l'avoir !

— Ferme-la !, aboya l'homme, tremblant.

Mais elle continua de plus belle...

— Tu sais pourquoi j'ai baisé avec ce mec ? Hein !? Et pourquoi j'ai baisé avec des dizaines d'autres ?

Eh bien, parce que lui, il assurait au pieu! Parce que lui, c'était un *vrai* mec, pas une lopette comme toi!

L'homme s'arrêta brusquement. Il ne tenait plus. Chaque phrase assénée par celle qu'il avait tant aimée le cinglait comme un violent coup de cravache.

Frissonnant et surexcité, il empoigna le couteau américain qui traînait encore sur la table et fit miroiter la lame tachée de sang dans la lumière des spots.

— C'est trop tard. On ne peut plus faire marche arrière...

— Ne fais pas... çaaaaaaaa...!!!

Quand la lame la traversa en un craquement effroyable, elle tressaillit sous une violente secousse nerveuse.

Étonnamment, ce ne fut pas tant sa propre douleur qu'elle ressentit mais plutôt la souffrance de l'homme qui avait partagé un morceau de sa vie...

Il venait de basculer dans la folie, laissant sa conscience voler en éclat.

1.

Lyon, juin 2007

L'homme affalé dans le canapé se releva, énervé, et appuya sur la télécommande.

Le téléviseur s'arrêta instantanément, coupant la chique du présentateur météo.

Les informations et leurs lots de mauvaises nouvelles étaient terminés.

— Tu vois, tout ça me met hors de moi ! Ça devient vraiment n'importe quoi. Et les flics, tu les as vus, avec leurs nouvelles techniques d'investigation ? On ne parle plus que de ça... Conneries ! Ramassis de frimeurs... Foutaises !

Il se servit une nouvelle rasade de vodka, terminant la bouteille par la même occasion.

« Ouais... Tout ça m'énerve profondément ! Quand je pense à l'autre demeuré... C'est qui, déjà ? Lieutenant Delpierre ?

T'as vu cette arrogance ? Il n'a pourtant pas de quoi se vanter. C'était une enquête facile. Je l'aime vraiment pas, celui-là. »

Bon...

Il se leva, alla jusqu'au secrétaire en noyer qui trônait en plein milieu de la pièce et en extirpa une chemise en papier cartonné. L'étiquette, à moitié déchirée, laissait entrevoir quelques-uns des mots qu'il avait apposés voici plusieurs années.

« ueurs
série »

Tueurs en série !

Pourquoi était-il fasciné par ces personnages depuis la fin de son adolescence ? Pourquoi conservait-il toutes ces foutues coupures de presse ?

Parce qu'il les admirait... ?

Eux et leur toute-puissance... Eux et leur implacable détermination.

Ouais... C'est ça !

Il ouvrit les deux rabats en carton puis parcouru les premières pages, composées d'extraits de quotidiens et de commentaires manuscrits.

Et un de plus...

Rageur, il griffonna quelques mots d'une main maladroite puis remisa le tout dans le meuble.

Son petit passe-temps... sa collection...

Il n'avait plus que ça pour s'occuper, car du temps il en avait à revendre. Destitué par la main-d'œuvre chinoise bon marché, il avait été viré comme un malpropre de son entreprise. Pourtant, il lui avait sacrifié presque la moitié de sa vie professionnelle.

Il se retourna et regarda la femme qui était assise à ses côtés dans une position étonnamment rigide.

C'est vrai qu'elle n'avait plus tout l'éclat de sa jeunesse mais lui la trouvait toujours aussi belle et désirable.

Tendrement, il fit glisser ses doigts sur la peau blanchâtre, presque bleutée, qui chatoyait dans la lumière tamisée du salon et lui prit la main.

Elle était fraîche -froide, même - et les gouttes qui commençaient à se former aux extrémités des doigts squelettiques n'auguraient rien de bon.

«Ça n'a pas l'air d'aller, ma chérie. Tu veux te reposer ? Oui... C'est préférable. Tu vas faire un petit somme, ça te fera du bien... Je vais juste te recoiffer un peu.»

L'homme prit la brosse métallique qu'il avait rangée avec soin dans une vieille boîte en carton et commença le mouvement de haut en bas. Il adorait ce moment.

C'était un des rares instants où il avait l'impression de communier avec elle.

Les dents de métal rentrèrent sans peine dans la peau fragilisée du cuir chevelu et tracèrent de fins sillons rouges tout en arrachant les derniers cheveux qui s'accrochaient désespérément au crâne.

Soudain, il s'interrompit, comme s'il venait d'avoir une révélation.

«Non! Ce n'est pas Delpierre! J'y suis, maintenant: c'est Jacques Depierre, lieutenant de police à la Criminelle de Lyon. Eh bien... on va voir s'il est aussi fort que les médias le prétendent!»

2.

Sainte-Foy-lès-Lyon, 2 février 2008

L'homme se faufila entre les ombres naissantes de cette fin d'après-midi. Sa proie se tenait devant lui, les bras chargés de sacs, et marchait à grandes enjambées vers son appartement.

Après plusieurs jours de traque, il l'avait enfin trouvée et dans peu de temps, il allait passer à sa phase préférée : celle du contact physique.

La petite filature dura une bonne demi-heure avant qu'elle ne pénètre dans le hall d'entrée de son immeuble.

C'était bien l'endroit qu'il avait identifié. Les indications du fichier s'avéraient une fois encore parfaitement exactes.

Il patienta quelques instants, laissant la nuit engloutir les dernières lueurs du jour, puis se dirigea d'un pas décidé vers la porte d'entrée, un sac de voyage à la main.

Il n'avait pas de temps à perdre. S'il voulait réaliser tout ce qu'il avait prévu, il devait même prendre le taureau par les cornes.

L'appartement de la jeune femme se trouvait au quatrième étage. Il ignora l'ascenseur, trop risqué à son goût, et emprunta les escaliers en colimaçon.

Au fil de son ascension, il récapitula le scénario qu'il avait imaginé. Elle allait le supplier. Il allait adorer... Elle allait payer... Il se nourrirait de sa souffrance.

Un large sourire aux coins des lèvres, il déboucha sur le palier rougi par la lumière des veilleuses. La porte de la jeune femme se dressait devant lui comme un dernier rempart.

Avec calme et minutie, il enfila une paire de gants en latex puis, telle une bête sauvage, scruta attentivement les alentours et tendit l'oreille.

Personne...

Le moment idéal pour agir.

Il jaillit de l'ombre en un éclair et se retrouva devant le lourd battant en bois massif. Il déposa immédiatement un morceau de chatterton sur le judas et appuya sur la sonnette.

Après un bref instant de silence, des pas résonnèrent derrière la cloison. Elle venait... Elle venait se jeter tout droit dans la gueule du loup.

Plus le bruit des talons s'amplifiait, plus il sentait son cœur s'emballer.

Elle allait ouvrir... Cette petite conne allait ouvrir...

Alors que l'excitation le gagnait et que son entrejambe se dilatait sous l'effet des flashs qui commençaient à envahir son cerveau, le verrou se mit en action. Des dizaines d'images se télescopaient à présent dans son esprit. Elles étaient presque palpables.

Dans dix secondes, elle serait à lui. Dans dix secondes, il s'emparerait d'elle pour toujours.

Quand la porte s'entrebâilla, il se rua sur elle.

3.

— Max, file-moi un autre whisky !, grogna les solide gaillard affalé contre le bar.

— Ça suffit, Richard ! T'as assez bu comme ça. T'as descendu la moitié de la bouteille. Ça va mal finir. Je ne tiens pas à avoir des problèmes.

— T'en fais pas. Les flics, j'en fais mon affaire...

— C'est pas les flics qui m'inquiètent. C'est toi ! Regarde dans quel état tu t'es mis. Bordel, reprends-toi !

— Max, tu m'emmerdes. Arrête de jouer les mères poules : j'suis pas un gosse.

Le barman jeta un coup d'œil à sa montre.

Il était déjà minuit passé et presque tous les clients avaient déserté l'établissement.

Il fixa l'homme qui commençait à tituber. Il n'était plus que l'ombre de lui-même.

Adipeux, le visage bouffi par l'alcool, les cheveux gras et le teint olivâtre, Richard avait manifestement connu des jours meilleurs.

— Écoute, Richard, j'ai pas envie de m'battre. Je te sers une dernière fois et tu rentres chez toi. D'accord ?

— Fais chier... Envoie déjà, on verra après !, beugla-t-il en reposant son coude épais sur le métal usé.

— Non ! Tu promets. Sinon t'auras rien.

— Bon... C'est promis, mentit l'homme bedonnant. Il passa la main dans ses cheveux poivre et sel comme pour se recoiffer.

Le taulier lui versa une rasade d'alcool puis continua.

— Tiens... dis-moi plutôt comment s'est passé ton Salon. C'était bien un truc de bouquins, non ?

— Ouais. Des bouquins... des foutus bouquins... des tas de bouquins de merde.

— Pourquoi dis-tu ça ?

— Parce que c'était pourri. Tout était pourri... Une journée entière sur le stand régional à me tourner les pouces. Que dalle ! Quand j'y repense, ça me fout les boules. Personne n'est venu me parler ou s'intéresser à mon travail. T'imagines ?!

—Te bile pas... Tu t'attendais à quoi ? Tu sais très bien que les gens ne s'intéressent pas aux inconnus. Y a que les stars qui comptent, les médias... La qualité du travail, ils n'en ont rien à battre. Ne perds pas confiance en toi.

— De toute façon, je ne fais que de la merde...

— Arrête... rétorqua Max, visiblement sincère.

— T'as même pas lu un de mes bouquins ! Comment peux-tu parler de choses que tu ne connais pas ?, continua-t-il en fixant le miroir. Il y distingua avec dégoût le haut de ses tempes qui commençaient à se dégarnir.

— Arrête de broyer du noir. C'est pas ta soirée, c'est tout ! Demain, ça ira mieux.

— Je ne crois pas ! T'es qu'un menteur... comme tous les autres, grommela Richard en portant le godet de verre blanc à ses lèvres.

— T'es barge ! Au fait, t'as eu des nouvelles ?, reprit Max, essayant de reprendre la main sur la conversation.

— De qui ?

— De ton éditeur ! Celui qui devait te payer, continua-t-il, en s'essuyant les mains sur son tablier. T'es allé le voir ?

— Non ! Pour lui dire quoi ? Qu'il me paye mes cent euros de droits d'auteur ? Il aurait bien rigolé. Que veux-tu que je te dise ? C'est fini... Je n'écrirai plus jamais une seule ligne. Je suis mauvais... minable... C'est l'histoire de ma vie.

— Écoute... Ça ne va pas fort ce soir. Tu vas rester dormir ici. J'ai une petite chambre.

— Et puis quoi, encore ? Je ne suis pas venu te demander la charité.

— C'est pas ce que j'ai dit. Je te le propose parce que tu es un ami, c'est tout.

— Pfff... Excuse-moi !, fit Richard en se prenant la tête dans les mains et en laissant quelques larmes couler de ses yeux rougis. J'en peux plus...

—Ne perds pas espoir. Courage..., reprit le gérant en s'approchant. Allez, va te coucher. Ça ne pourra te faire que du bien. On en reparlera demain.

L'imposante carrure se releva puis tenta de se tenir debout, mais l'alcool dilué dans son système sanguin rendit la manœuvre délicate. Il fit quelques pas, trébucha sur un obstacle imaginaire et finit sa course contre le zinc du comptoir.

— Bon. Tu vas devoir accepter ma proposition... Tu n'as plus trop le choix : tu ne peux pas rentrer dans cet état ! Installe-toi là un moment, j'ai presque terminé.

Une demi-heure plus tard, après que le dernier client fut parti et le rideau de fer baissé, il s'occupa de son ami.

C'était un poids mort. Il le mena jusqu'au premier étage avec toutes les peines du monde.

Il le coucha et prit soin d'enlever son pantalon en velours et sa chemise bon marché. Ils étaient tachés, auréolés de gras et d'autres substances douteuses.

Pauvre type... Il me fait de la peine... Quand je pense qu'il y a un an, c'était un gars prometteur qui avait tout pour lui.

4.

Jacques Depierre sortit du restaurant avec une idée derrière la tête. La jeune femme qu'il venait de rencontrer était visiblement sous le charme.

— Tu veux qu'on aille boire un verre ?, s'enquit-il en franchissant le seuil de l'établissement.

— C'est comme tu veux. Mais je n'ai pas particulièrement envie de voir du monde. On pourrait plutôt aller chez toi, non ?

Il ne s'attendait pas à cette réponse. C'était du harponnage en bonne et due forme mais il n'allait pas cracher dessus. Cela faisait un moment qu'il n'avait pas eu l'occasion de passer une nuit complice avec une jolie femme. Et ce soir, visiblement, c'était le bon soir.

— Avec plaisir, Marie, s'exclama-t-il simplement, comme pour sceller le pacte.

— Je te plais ?, risqua-t-elle bêtement.

— Bien sûr que tu me plais. Quelle question !, répondit-il du tac au tac en se recoiffant d'un geste rapide de la main.

Il s'arrêta et regarda la jeune femme qui lui tenait le bras. Un sacré joli brin de fille! D'accord... en y faisant attention, elle avait plutôt l'air un peu paumée. La trentaine largement entamée, des yeux trop maquillés, des fringues à la limite de l'attentat à la pudeur.

Mais pour l'heure, elle avait réveillé en un éclair ses hormones endormies.

— Jacques, c'est vrai ce que tu m'as dit tout à l'heure ?, reprit-elle en plantant ses yeux malicieux dans les siens.

— Quoi donc, Marie ?

— Que tu es flic ?!

— Oui, bien sûr, pourquoi te mentirais-je ?

— Oh ! Eh bien... parce que les hommes, je les connais. Ils feraient n'importe quoi pour lever une fille.

— Ah bon ?! Et tu trouves que c'est sexy, un flic ?, répondit-il, éludant la remarque.

— Oui, c'est comme les pompiers, les pilotes ou les marins... Ça me fait fantasmer. J'adore ça !

— C'est pour ça que je t'ai sentie irrésistiblement attirée tout à l'heure..., poursuivit-il sur un ton provocant.

Elle pouffa puis répondit.

— Y a un peu de ça, en effet... Mais je dois ajouter que je te trouve plutôt mignon.

Plutôt mignon... Mon petit Jacques, c'est dans la poche...

— Donc les flics te font fantasmer ?

— Oui, assez, je dois dire. Et j'ai un petit faible pour les flics en civil... comme ceux de la Crime.

— Tiens donc... Et pourquoi ?

— J'en sais trop rien. Ça me branche. Peut-être parce qu'ils ont une vie trépidante et qu'ils sont proches du danger, du risque... de la mort.

— C'est pas toujours le cas, je te rassure. Heureusement, d'ailleurs.

— Tu connais des flics de la Crime ?

Il hocha la tête et prit un air suffisant, bombant le torse.

— Ma jolie, tu ne peux pas mieux tomber. Je suis lieutenant de police à la Criminelle.

— Non... Tu plaisantes ?!

— En général, je préfère ne pas en parler. C'est un monde très dur. Les gens ne sont pas toujours prêts à entendre certaines choses.

— Moi, je veux tout savoir ! Et je veux que tu me fasses passer une nuit inoubliable.

Jacques la fixa à nouveau. Surexcitée, elle frétillait et ses yeux pétillaient comme si on venait de lui annoncer qu'elle avait gagné au loto.

— Allez, viens, rentrons. Il fait un temps de chien, termina-t-il en remontant le col de son pardessus, et la pluie ne va pas tarder.

5.

Richard se réveilla dans un lit inconnu.

Il n'avait plus aucun souvenir de la soirée et son cerveau, encore noyé dans les limbes cotonneux de l'alcool, n'arrivait pas à faire surface.

Quelques coups résonnèrent contre la porte en bois de la chambre, le ramenant brusquement à la réalité.

Incapable d'articuler, il éructa un étrange grognement.

Le battant s'ouvrit sur la silhouette massive du patron du bar-restaurant qu'il avait l'habitude de fréquenter.

— Alors ? Ça y est !? T'es enfin réveillé ?

— Max ?, fit l'homme, reconnaissant la voix de son ami. Qu'est-ce que je fous ici ?

— Tu n'te souviens pas ?

— Euh... Non !, reprit Richard, gêné.

— T'étais complètement torché. J'ai dû te coucher. Rond comme une barrique. J't'avais jamais vu comme ça.

— J'suis désolé. J'espère que je ne t'ai pas causé de problèmes. J'ai perdu les pédales.

— Non, ça a été, mais t'as dû boire toutes tes économies en l'espace d'une soirée. Tu sais, je me fais du souci pour toi. Faut que tu remontes la pente. Je ne veux pas te voir te détruire ainsi.

— À quoi bon ? Je n'ai plus rien. Quand Mélinda est partie, tout s'est écroulé. Ça m'a achevé. Il ne me reste que des regrets.

-C'est pas une bonne femme qui va te bousiller la vie, non ? Si c'est que ça, j'ai de bonnes copines... Elles te reprendront en main.

— Mélinda était celle que j'aimais...

— Oui, mais plus elle, visiblement.

— C'est cette connerie de gosse qui a tout bousillé ! Si on avait pu en avoir, j'en serais pas là...

— Connerie de gosse ?! C'est quoi, cette histoire ? Tu m'en as jamais parlé.

— Je sais... J'avais trop honte. Mélinda voulait un enfant à tout prix. Mais malgré nos efforts, rien de rien. Ça ne prenait pas. On a fait des examens et ils m'ont dit que j'étais atteint d'azoospermie.

— D'azau-quoi ?

— D'azoospermie... Pas de spermatozoïdes, si tu préfères. Tu vois, ce que je n'arrive pas à encaisser, c'est que c'était moi le responsable. Elle, au contraire, était super féconde. Oh... putain ! J'ai vraiment les nerfs, Max... La vie est injuste.

— Je suis désolé, Richard, j'savais pas. C'est sûr que ça n'a pas dû arranger les choses.

— Tu parles ! Ça a bousillé notre couple, oui ! La preuve c'est qu'aujourd'hui, elle est enceinte d'un autre mec et qu'elle file le parfait amour.

— Te laisse pas aller. Tu vas passer ce cap difficile et te reprendre en main : plus d'alcool, régime forcé et sport ! Tu vas me faire disparaître cette bedaine monstrueuse.

— Ouais… T'as raison !, souffla-t-il, exprimant un profond mal-être. Je me dégoûte complètement…

— Et puis, tu vas reprendre l'écriture. T'as du talent. Contrairement à ce que tu penses, j'ai lu tes bouquins et c'est bon, je t'assure.

— Ces romans à l'eau de rose ?! Ces trucs à deux balles que j'ai chiés en deux minutes ? Arrête ! C'est de la merde… T'as vraiment aucun goût, mon pauvre Max.

Le barman ne releva pas et fixa l'homme qui se redressait, la panse débordant de son caleçon.

« Par contre, j'ai bien réfléchi et je crois avoir trouvé une idée. Pour en avoir parlé avec d'autres auteurs présents au Salon du livre, ça tient la route. »

— Ah oui ? Quoi donc ?

— Je vais me lancer dans un polar. Un bien noir… Un bien dérangeant… Paraît qu'il y a un créneau à prendre.

— Hé… c'est génial !, exulta le barman en souriant. Regarde comment la société est en train d'évoluer… On n'a plus que ça à la télé et même les infos en parlent sans cesse. Les gens veulent du sang, des meurtres et des frissons. C'est une excellente idée. Exploite ce filon !

— De toute façon, je n'ai plus le choix. Mon éditeur m'a lâché. Les dernières ventes ont été si mauvaises qu'il m'a retiré ses avances. Je vais devoir me débrouiller tout seul.

— Si ça peut t'aider, je te prête un peu d'argent et ma maison de campagne pendant quelque temps. C'est pas un cinq étoiles, mais elle est agréable et parfaitement isolée. Tu pourras attaquer ton roman tranquillement. Les bois et la campagne… c'est ce qu'il te faut !

— C'est gentil, Max. Je vais y réfléchir. J'ai encore des choses à régler. Tu as raison, je dois me bouger le cul. C'est une question de survie maintenant.

6.

Jacques Depierre arriva vers huit heures au SRPJ de Lyon. Il venait de passer une nuit particulièrement épuisante et, de surcroit, inattendue.

Finalement, la jeune femme rencontrée la veille lui avait ôté toute envie de trouver l'âme sœur.

Depuis la disparition de sa moitié, il le pressentait. Désormais, il en était intimement convaincu. Personne ne pourrait remplacer Florence. Personne.

Leur couple avait été si fusionnel que les rencontres faites depuis et celles à venir ne pourraient qu'être vouées à l'échec... pitoyables, ridicules, malsaines ou encore inutiles.

— Alors! Quoi de neuf aujourd'hui?, entama-t-il en pénétrant d'un pas assuré dans la petite salle de repos.

— Tiens! Voilà notre super flic de choc, commenta Étienne, un des nouveaux jeunes loups du service, avec une pointe d'ironie dans la voix.

Il avait intégré le département quelques mois plus tôt et s'aventurait déjà sur les plates-bandes de ses collègues. Il faut dire que le *petit con* était appuyé par le patron, ce qui lui donnait certaines libertés.

Jacques l'ignora et rejoignit le petit groupe autour de la machine à café. Il y retrouva Camille, une jeune brigadière, ainsi que Didier et Marc, deux pointures du département.

— Salut Jacques, fit Marc, le plus grand des deux flics. On n'a pas grand-chose, mon vieux. Juste un corps retrouvé ce matin dans la Saône. C'était pas beau à voir d'après les collègues de la fluviale. Ils ont dû s'amuser quand ils l'ont ramassé. Apparemment, le cadavre a traîné au moins une semaine dans la flotte. Je te laisse imaginer... Avec les gaz de décomposition qui l'ont gonflé comme une baudruche et l'eau qui a ramolli les chairs, ça devait être à vomir ! Quand je pense aux légistes... Putain ! Je ne ferais ce métier pour rien au monde !

— C'était une femme ?, s'enquit-il, incisif.

— Affirmatif ! Mais une cinquantaine d'années, et elle correspond à la description de la pute qui a disparu ces derniers jours. On aura la confirmation avec le fichier dentaire.

— Suicide ?

— Non, aucune chance. À moins qu'elle ne soit née sans colonne vertébrale. Le coup fatal a été porté dans le dos. Une arme blanche de grande taille. Ça lui a traversé le poumon et le cœur.

— Fais chier... J'aime pas ce genre d'affaires.

— Ouais. Et puis celle-là, la Mondaine nous la laisse gentiment. On ne pourra pas y échapper. Ce connard de Brandillon vient d'appeler le patron. Ils n'ont aucune envie de tracter ça.

— Génial, fit Jacques posant les yeux sur le gobelet qui était en train de se remplir. Autre chose ?, continua-t-il, comme s'il attendait une information particulière.

— Non. Ça a été assez calme. Euh... enfin, si...Autre chose. Y a une gamine qui s'est fait enlever à en croire ses copines. Elles l'attendaient à la sortie d'une boîte de nuit, sur les quais. Elles nous ont appelés ce matin.

Je pense plutôt que la souris s'est dégotté un mec et qu'elle en a oublié ses amies. Un bon classique.

— Faudra quand même surveiller, on ne sait jamais. Qui s'en charge ?

— Lucien. Il va mener l'enquête de proximité. Les témoignages, c'est son dada.

— Bon, OK. Et l'autre ?, fit Jacques en désignant de la tête le jeune chien fou qu'il avait croisé en entrant. Il est de la partie ?

— Oui. Le chef nous l'a mis dans les pattes. Je sais ce que t'en penses, mais on ne peut rien y faire.

— La journée commence bien ... Enfin !

Il pivota légèrement, pour faire face à la jeune femme qui se tenait les bras croisés. Son visage était marqué de cernes profonds qui creusaient des sillons charbonneux dans sa peau d'albâtre.

« Et toi, Camille, toujours avec tes nuits blanches ? »

Elle leva les yeux au ciel, comme pour chercher un soutien mystique.

— M'en parle pas ! J'ai pas fermé l'œil de la nuit. Le petit m'a réveillée au moins six fois.

— Six fois ? Ah, les joies de la maternité ! Rassure-toi, ça ne devrait plus durer très longtemps.

— C'est ce que je me dis depuis onze mois... Mais tu vois, il persiste. En tout cas, j'espère que ça va cesser parce que là, je suis à bout. Entre le boulot et le reste, je ne m'en sors plus.

Elle soupira et reprit.

« Et toi, toujours avec tes plans foireux ? »

— Un peu de respect s'te plaît. Surtout qu'en plus, pour une fois, j'ai conclu. Je suis tombé sur une folle de première, la nuit dernière. Elle m'a même supplié de la menotter!

— Et tu l'as fait ?, répliqua-t-elle, narquoise.

— À vrai dire... Oui , c'était tentant. Mais rassure-toi, je l'ai jetée dehors ce matin à la première heure. Je ne me sentais pas à l'aise avec cette nana.

— Jacques, t'es vraiment impayable!, s'esclaffa-t-elle en secouant la tête. Va falloir que tu penses à te trouver une gentille petite femme qui s'occupe de toi et de ton ménage plutôt que de courir après les nymphos. Je t'assure que tu y gagnerais.

— Ce n'est pas aussi facile.

— À qui le dis-tu ? Regarde-moi, répondit la brune en gesticulant comme pour appuyer ses propos. Toujours seule depuis presque un an. Et puis, maintenant, avec Nicolas... Comment veux-tu qu'un homme s'intéresse à moi pour autre chose que la bagatelle ?

— Ça viendra. Ne t'en fais pas. Et puis, y a moi!, ajouta-t-il en éclatant de rire.

— Toi ? Alors là, sûrement pas! T'es qu'un séducteur. T'aurais vite fait de me rendre malheureuse.

— Faudrait peut-être qu'on se mette au boulot, coupa-t-il alors qu'ils étaient à présent seuls dans la pièce. On a du pain sur la planche et un rendez-vous à l'institut légal.

7.

— Alors, ça te plaît ?, questionna Max, qui venait de terminer la visite de la maison de campagne.

— Oui, c'est parfait. J'ai déjà de l'inspiration.

— T'as déjà trouvé une idée de roman ?!

— Oui. Je crois que je tiens quelque chose. Je vais même attaquer ce soir.

— Bonne nouvelle !

— Dis-moi, as-tu une connexion Internet dans la maison ? J'en aurai besoin pour mes recherches.

— Oui, bien sûr. Y a tout ce qu'il faut. Par contre, tu devras paramétrer ton PC.

— Pas de problème. Je l'ai déjà fait des centaines de fois. Je devrais m'en sortir.

— Bon... Sinon, pour continuer dans la logistique, le village n'est qu'à quelques kilomètres d'ici. Tu pourras y aller à pied ou à vélo. Y en a un qui traîne dans la remise. Je crois qu'il est en bon état.

— Parfait.

— J'ai aussi rempli le frigo. T'auras de quoi manger pendant une bonne semaine. Après, je te laisse te débrouiller pour renouveler les stocks.

— Merci Max. Sincèrement, merci.

— Pas de quoi. Ça me fait plaisir de pouvoir te filer un coup de main. T'es un chic type.

— Moins que toi !

— Faut le dire vite...

Bon... J'crois que t'as plus besoin de moi. Je vais te laisser. Pour Internet, les codes d'accès sont dans le secrétaire du salon. T'auras qu'à regarder et s'il y a un problème, n'hésite pas... Tu m'appelles. OK ?

— Je n'y manquerai pas. Je te revaudrai ça.

Max enfila son épais blouson et sortit en claquant la porte, bravant le froid extérieur. Le vent, qui s'était levé, abaissait sensiblement la température déjà fraîche pour la saison.

Richard regarda l'homme quelques instants au travers des carreaux poussiéreux et le vit s'engouffrer dans le gros break.

Il était maintenant seul, au cœur d'un essaim d'idées noires.

8.

Jacques tenait le volant de la Renault Scénic banalisée qui filait à grande vitesse vers l'institut médicolégal. Camille, la jeune brigadière, était assise à ses côtés et Étienne trônait à l'arrière, tel un pacha en complet gris.

— On est obligé de rouler aussi vite ?, grogna le jeune homme sur un ton déplaisant.

— Eh bien quoi, Étienne ? Déjà malade ?, fit la jeune femme, riant à gorge déployée. Qu'est-ce que ça va être à l'autopsie, alors ?!

— Ça n'a strictement rien à voir !, répliqua le jeune flic, piqué au vif. T'en fais pas pour moi.

— T'as déjà assisté à une autopsie ?, ajouta Jacques, histoire de remuer le couteau dans la plaie.

— Non. Mais je me doute bien de ce que c'est !

— C'est ce qu'on va voir... La réalité est souvent différente de ce qu'on croit, continua-t-il en enfonçant l'accélérateur.

Ils arrivèrent à destination quelques minutes plus tard. Le bâtiment blanc, planté sur l'avenue Rockefeller, s'élevait tel un colosse au beau milieu de la faculté de médecine du huitième arrondissement.

Les rues environnantes étaient noires de monde, une véritable ruche.

— On va se garer là. Ça devient n'importe quoi, ce quartier!

Jacques parqua la voiture sur le trottoir et invita ses occupants à descendre.

« Breton va être furax. Ne le faisons pas attendre plus longtemps. Il est déjà suffisamment chiant quand tout se passe bien ! »

— C'est le docteur Breton qui s'occupe du corps ? Je croyais qu'Agnès allait s'en charger, fit Camille alors qu'elle tentait de maîtriser ses longs cheveux balayés par le vent violent.

— Agnès Caminera ? Non. On vient de lui confier la tête de l'établissement. Elle n'exerce plus comme praticien. Je suis même étonné que tu la connaisses. Je crois qu'elle n'a plus fait la moindre autopsie depuis plus d'un an. C'était bien avant que tu ne rejoignes le service.

— Je ne la connais pas. C'est une amie qui m'en a parlé et elle m'en a fait l'éloge.

Jacques ne prêta pas attention à la réponse de la jeune femme et se retourna, énervé.

— Bon, allez, Étienne. On n'a pas le temps de traîner. Qu'est-ce que tu fabriques, bordel ?

— J'essayais d'enlever les poils de chien accrochés à ma veste ! Y en avait partout sur la banquette. Bon sang, Jacques, tu pourrais éviter de faire monter ton clébard dans la voiture de fonction. Regarde de quoi j'ai l'air !

— C'est quoi le problème ? Ça te donne presque un aspect humain. Avec ça sur tes fringues, on pourrait même croire que tu es l'ami des bêtes.

Le jeune bleu ne releva pas, mais pesta tout en pressant le pas. Pour lui, Jacques Depierre n'était qu'un sale con et il lui ferait payer un jour.

Il atteignit le perron alors que les deux flics s'engouffraient déjà dans l'immeuble par la porte principale.

Le colosse qui gardait le temple les laissa passer quand le lieutenant exhiba sa plaque.

Il faisait partie de la société de sécurité qui assurait la surveillance de l'institut depuis le vol de cadavres dans l'enceinte même de l'établissement. Quinze macchabées subtilisés au nez et à la barbe du personnel.

Pour l'instant, seules une demi-douzaine de dépouilles avaient été retrouvées, abandonnées par les voleurs après avoir été souillées et mutilées.

Cette histoire avait fait scandale dans la presse. Ne fût-ce que pour les problèmes d'éthique que cela posait. On ne badine pas avec la mort.

« Vol de cadavres en plein Lyon ». Les différents quotidiens avaient condamné l'événement à l'unanimité et se posaient une foule de questions quant à l'utilisation des corps.

Depuis, malgré les équipes mises en place pour élucider l'affaire, les recherches n'avaient toujours rien donné.

— Jacques Depierre, annonça le lieutenant dès qu'il arriva devant l'épais bureau d'accueil. Le docteur Breton nous attend pour une autopsie.

— C'est exact, répondit la standardiste en le dévisageant. Il vient justement de m'appeler. Il n'était pas commode. Je crains qu'il ne soit contrarié par votre retard. Vous le trouverez en bas. Bloc D.

C'est bien parti... On est bon pour une salve d'engueulades...

Quand ils se présentèrent à l'entrée de la salle, le médecin de la Légale était en train de méticuleusement se laver les mains. Vêtu d'un sarrau, chaussé d'une paire de bottes et affublé d'un tablier taché de sang, il avait effectivement l'air plutôt énervé.

9.

La jeune femme tenta une nouvelle fois de bouger, mais le mouvement lui arracha un cri de douleur assourdi par l'épaisseur de tissu qui lui couvrait la bouche.

Son agresseur l'avait rouée de coups, brisant certainement plusieurs os au passage.

Sanglotant intérieurement, elle se remémora les événements de la veille.

Elle se souvenait avoir entendu la sonnette de l'appartement tinter quelques minutes seulement après son retour du marché, et avoir ouvert machinalement sans se méfier. Ensuite... un choc d'une brutalité inouïe.

Quand elle avait repris connaissance au bout d'un temps qu'elle ne saurait quantifier, elle l'avait vu dressé face à elle. Il était monstrueux et ses yeux, brasillant d'une fureur dévorante, la sondaient avec excitation. Ce qui était certain, c'est qu'elle ne le connaissait pas.

Il avait vociféré des choses bizarres, auxquelles elle n'avait rien compris. Que voulait-il exactement ? Pourquoi avait-il déversé toute sa rage contre elle, la battant jusqu'au sang, la traitant de tous les noms... ?

Il s'était acharné comme une bête sauvage, sans mobile apparent. Puis, après lui avoir arraché ses vêtements et l'avoir attachée au lit, il était reparti comme il était arrivé, subitement, la laissant ainsi, à l'agonie. Sans eau, sans nourriture, sans rien.

Cela faisait à présent plus d'une journée qu'il avait saccagé sa vie. Reviendrait-il ? Allait-il la laisser crever à petit feu ?

Elle essaya à nouveau de se mouvoir mais renonça aussitôt : son bras lui faisait souffrir le martyre. Avec tous les coups qu'il avait reçus, l'humérus n'était plus qu'un chapelet de fragments osseux.

Il fallait pourtant qu'elle se détache, qu'elle trouve un moyen de s'enfuir car elle en était certaine : c'était sa seule chance de survie ! Dans peu de temps, elle subirait le contrecoup de sa soif. Sa langue deviendrait lourde, l'empêchant de déglutir. Elle avait déjà enflé, elle le sentait, cherchant quelques gouttes d'eau bienfaitrices dans sa salive.

Elle serra les dents et insista, tâchant d'occulter la douleur, déployant des efforts surhumains pour se déplacer, mais rien n'y fit. Ses entraves étaient trop solides.

À bout de nerfs et tremblante, elle finit par capituler.

En repensant à la soirée qu'elle avait annulée peu de temps avant de rentrer, elle pleura.

Cette foutue crémaillère aurait pu lui sauver la vie.

10.

Richard regarda sa montre.

Dix heures trente... Déjà !

Il venait de s'échiner plus de deux heures à établir une connexion Internet mais à présent, il pouvait surfer à loisir.

L'intrigue qu'il avait choisie demandait quelques heures de recherches, car un grand nombre de détails lui étaient totalement inconnus.

Dans ses précédents écrits, il n'avait abordé que des sujets qu'il maîtrisait, qu'il connaissait sur le bout des doigts. Enfin, qu'il pensait connaître ! Du sentimental... des histoires d'amour... de la psychologie de bazar.

Pour son prochain roman, l'univers serait singulièrement différent, voire aux antipodes.

S'il voulait être parfaitement crédible, il devait utiliser les ressources du Web pour se documenter.

Il navigua quelques instants à la recherche d'informations préliminaires, puis son estomac cria famine. Une barre chocolatée ferait office d'en-cas.

Il se rendit dans la cuisine mais n'y trouva rien de tel. Le régime forcé recommandé par son ami prenait cruellement forme...

Max... Max... Max... Qu'est-ce que tu m'as fait? Comment veux-tu que je tienne le coup?

Bon... Si je ne veux pas mourir d'inanition, il va falloir que j'aille au village dès aujourd'hui.

En attendant, on se contentera d'une pomme.

L'homme prit à contrecœur une des granny-smith qui le narguaient dans la corbeille à fruits puis jeta un coup d'œil à travers la petite fenêtre donnant sur l'autre côté de la maison.

Les bois s'étendaient à perte de vue.

Malgré la saison morte, toute cette végétation était impressionnante. Pour peu qu'on s'y attarde, elle procurait un sentiment mâtiné de sérénité absolue et d'angoisse profonde. Les feuillus, que la chlorophylle semblait avoir désertés à jamais, exhibaient avec impudeur leurs troncs noueux et leurs branches squelettiques. Heureusement, quelques rares résineux apportaient un semblant de vie dans ce cimetière de verdure.

En se retournant, son regard se posa sur la porte d'un des placards suspendus. Un petit mot punaisé attira son attention.

Il le parcourut rapidement mais il s'avéra incompréhensible.

Étrange!

Était-ce pour lui?

Non... Aucune chance! Pourquoi Max aurait-il laissé ça?

Après réflexion, il lui sembla plus logique que son hôte ait utilisé ce moyen mnémotechnique pour se rappeler quelque chose d'important.

Qu'importe! Tu n'es pas chez toi, Richard. Arrête, s'il te plaît!

Mais l'idée était déjà en train de germer... La succession

incohérente de lettres et de chiffres qu'il venait d'apercevoir lui suggérait une piste de travail.

Et si tu cherchais des éléments sur la cryptographie? Les gens adorent les énigmes et pas mal d'auteurs en font usage dans leurs romans policiers. Mon tueur pourrait communiquer avec les flics en masquant ses intentions... afin de les mettre au défi.

Qu'en penses-tu?, fit l'homme bedonnant, en mordant le fruit à pleines dents.

Oui, mais c'est du déjà vu, non?

Et alors? On verra bien où ça nous mène...

Convaincu par son intuition, Richard s'installa confortablement et passa une bonne heure à arpenter les forums et les nombreuses pages traitant du sujet qu'il avait décidé de décortiquer.

La cryptographie... Tu parles... Très compliqué. Trop, d'ailleurs... Comment faire pour l'intégrer dans un roman destiné aux non-initiés?

Entre le remplacement de lettres, le brassage de messages et les différents systèmes à base de clés, il était franchement largué. Visiblement, l'idée tournait court. Ça ne collait pas.

Il captura néanmoins quelques exemples de codages et les consigna dans un fichier. Il les reprendrait peut-être plus tard.

Tout en continuant à explorer les méandres d'Internet afin d'y trouver des fragments de rapports d'autopsie, il ne put s'empêcher de repenser au petit message fixé sur la porte du placard...

Pourquoi Max avait-il écrit ça?

Était-ce si confidentiel pour qu'il l'écrive sous cette forme?

Allez... Arrête. Concentre-toi... Ça ne te regarde pas.

11.

— Ah ! Vous voilà enfin, entama le médecin légiste à l'attention des deux hommes et de la jeune femme qui venaient d'entrer dans la salle aseptisée. Je vous attendais à dix heures. Je n'aime pas être retardé. Vous n'avez pas idée du travail que j'ai aujourd'hui...

— Nous sommes désolés mais ...

— Allez vous habiller, coupa-t-il fermement. On a du boulot à abattre et je n'ai pas le temps d'écouter vos sornettes.

Pris au dépourvu par le ton autoritaire du praticien, les trois flics enfilèrent sans un mot les blouses qu'il leur tendait.

Quelques secondes plus tard, des couvre-chaussures en papier et des masques en coton microaéré complétaient leur équipement.

— Bien. Nous allons pouvoir commencer, reprit le médecin en fixant les trois fonctionnaires. Je vous demanderai d'être extrêmement attentifs et de ne pas parler pendant toute la durée de l'autopsie. C'est compris ?

Jacques et Camille opinèrent du chef immédiatement, mais Étienne, qui regardait avec dégoût la masse spongieuse posée à même l'acier chirurgical, se fit réprimander par le médecin.

Après un silence qui en disait long sur son irritation, le légiste enclencha le petit dictaphone et entama son rapport sur un ton neutre, parfaitement maîtrisé.

— Nous sommes le quatre février deux mille huit et il est précisément dix heures dix-sept. Je suis en compagnie du lieutenant Depierre et de deux de ses collaborateurs, qui sont venus assister aux constatations légales.

Il observa une courte pause puis continua sur le même ton.

« Le sujet référencé HJ34554 est de sexe féminin et présente un degré de décomposition important. Comme l'atteste la peau, qui est fortement décolorée et boursouflée, il est vraisemblable que le corps ait séjourné dans l'eau de façon prolongée. De ce fait, je crains de ne rien trouver sur l'enveloppe extérieure de la victime. »

Il s'arrêta, fit un tour rapide de la dépouille et prit un écarteur sur la desserte.

Il se positionna à proximité de la tête du cadavre.

« Bien. Voyons ce que tu nous caches encore », continua-t-il en tournant la petite manivelle de l'engin qu'il venait de glisser entre les mâchoires.

En quelques tours rapides, la cavité buccale s'ouvrit en grand, en un craquement sinistre.

« Je ne vois pas de mousse blanche ni dans la bouche ni dans le nez. C'est très suspect. Je doute fort que la noyade soit la cause de la mort », fit-il en enfonçant sans ménagement deux doigts au fond de la gorge du macchabée.

« Oui, ça confirme ce que je pensais. Messieurs, il ne s'agit pas d'une noyade ! La victime est morte avant d'avoir été jetée à l'eau. Je suis catégorique. »

— Pourquoi en êtes-vous aussi certain ?, interrompit Étienne, visiblement en mal avec les consignes données par l'homme en blouse blanche.

— Parce que le larynx est bloqué. Dans la majorité des cas de noyade - quatre-vingt-dix pour cent pour être parfaitement exact -, ce conduit ostéocartilagineux se relâche et les poumons se remplissent d'eau. C'est mécanique. Là, il n'en est rien. Combiné à l'absence de mousse dans les voies aériennes supérieures, cet élément ne laisse plus le moindre doute : elle ne s'est pas noyée.

— On en prend note.

— Bien. Après ce bref exposé médicolégal, je vous propose de passer à la face postérieure. Vu le peu d'éléments dont nous disposons, l'examen extérieur va être extrêmement rapide. Tenez, jeune homme, vous qui semblez avoir envie de participer, venez m'aider à retourner le corps.

— Comment ? Moi ?, fit Étienne en reculant légèrement.

— Oui, vous ! Et enfilez-moi ces gants... Je ne tiens pas à avoir votre patrimoine génétique sur mon cadavre.

Le jeune homme s'exécuta à contrecœur et se positionna à la hauteur des pieds. La vision de la femme couchée sur l'acier froid était insoutenable. Ses deux collègues, qui l'avaient chambré tout à l'heure dans la voiture, avaient raison. La réalité était pire que ce qu'il avait pu imaginer.

Il refoula un haut-le-cœur afin d'éviter de vomir son petit déjeuner et, à la demande du légiste, se saisit des jambes gonflées, non sans une grimace de répulsion.

Elles ressemblaient, à s'y méprendre, à de gros poteaux électriques sur toute leur longueur. La peau, qui avait dû être soyeuse quelques jours auparavant, était gluante.

Les deux hommes retournèrent le corps avec difficulté et quand le dos apparut, ils identifièrent immédiatement la cause réelle du décès.

C'était un coup de couteau. Et un fameux, vu la taille de la blessure qui parcourait la chair du côté gauche.

– Hum... C'est un bel engin qui a occasionné cette plaie. La largeur de la lame est assez impressionnante. Elle dépasse les six centimètres, commenta Breton en mesurant l'entaille. Il n'y a que certains modèles de couteaux de chasse qui puissent faire ce genre de dégâts.

Tout en continuant de parler, le légiste inséra la tige en acier graduée au milieu des chairs. Pas moins des trois quarts s'engouffrèrent dans les tissus visqueux.

«Messieurs, on a affaire à une véritable arme de guerre. C'est un couteau massif, large et assez long. La lame fait environ dix-huit centimètres. Si j'en crois les traces que vous voyez là, l'agresseur l'a enfoncée intégralement dans le corps. La pression des gardes est particulièrement visible. Ça a contusionné la peau. Regardez les tissus à côté de la lésion, ils sont très caractéristiques.

– Cette fois-ci, ça élimine définitivement la noyade!, lança Étienne en pouffant, volontairement provocateur.

– Dites donc, jeune homme! Vous n'allez pas m'apprendre mon métier. Si c'est pour le temps que j'ai pris à ausculter les voies aériennes que vous faites cette remarque déplacée, sachez que dans mon travail, comme dans le vôtre d'ailleurs, on ne doit rien omettre.

– Ne faites pas attention à lui! Ce n'est qu'un petit con prétentieux et inutile, intervint Jacques, roulant une paire d'yeux évocateurs à l'attention du jeune flic.

– Alors qu'il sorte! Je n'ai rien à faire avec les gens de son espèce.

— Tu me paieras ça, Depierre!!!, éructa Étienne, fou de rage, en arrachant son masque tandis qu'il se dirigeait vers la sortie.

— Je ferai mon rapport dès mon retour. Ton comportement est inacceptable. Va donc te réfugier dans les jupes du commissaire... Il n'y a que ça que tu saches bien faire!

Le jeune flic traversa la salle, la porte claqua puis le silence retomba.

C'est le lieutenant qui reprit la parole.

— Je suis désolé, docteur. On me l'a collé sur le dos... C'est un protégé des hauts dignitaires et il est incontrôlable.

— Ce n'est vraiment pas de chance. Il va falloir éduquer ce chien fou. Si vous voulez, envoyez-le-moi de temps à autre. Je lui ferai passer sa fougue. Vous verrez: après un petit séjour à mes côtés, il sera définitivement calmé.

— Ce sera avec un grand plaisir...

L'autopsie se poursuivit encore une bonne heure et lorsqu'ils remontèrent à l'accueil, Jacques et Camille étaient vidés de toutes forces physiques et mentales.

Ils ne s'attendaient pas à ce qu'avait révélé l'examen interne.

Malheureusement, il ne s'agissait que de la cruelle réalité.

Ce qu'ils craignaient le plus se reproduisait à nouveau.

Hormis le lieu de découverte du corps et la mise en scène qui différaient des trois affaires précédentes, tout le reste était identique.

Il était évident que la femme repêchée cette nuit dans la Saône avait croisé la route du même tueur.

Les stigmates de la victime - immondes, extrêmes - en attestaient.

Si on se centrait sur le côté positif, ils avaient un nouvel indice à exploiter: l'auteur du crime était un as des couteaux de type Commando.

Mais c'était loin d'être suffisant.

12.

Richard avait consigné plus d'une vingtaine de pages de documentation quand son envie de se restaurer revint à la charge. Il était plus d'une heure de l'après-midi et il n'avait pas vu le temps passer, perdu dans ses recherches.

Bien... Voyons ce que je peux grignoter, fit-il en ouvrant le frigo.

Sur le deuxième rayonnage, au milieu d'une horde de légumes, une feuille de papier était pliée. Il la parcourut rapidement.

« Richard,

Je voulais juste te souhaiter un bon premier repas et un bon démarrage pour ton roman.

Amitiés.

Max. »

Sacré Max! Si tu n'existais pas il faudrait t'inventer, pensa l'homme à haute voix. On n'avait pas été aussi prévenant avec lui depuis belle lurette et cela faisait un bien fou.

Il farfouilla dans le réfrigérateur et finit par trouver quelques bricoles qui le feraient patienter jusqu'au goûter. Il partirait au village à ce moment-là.

Quand il sortit de la cuisine, il passa une nouvelle fois devant la note étrange qui avait attiré son attention.

Non, Richard... Tu ne la prends pas! T'as plein de trucs à faire... Et puis, ça t'avancera à quoi ?

Il resta immobile et hésita un bon moment. Mais sa curiosité l'emporta et il décolla le Post-it.

Si Max l'avait laissé là, c'était peut-être pour qu'il le lise, après tout!

Tu le recopies et tu le remets en place.

Dix minutes plus tard, il en avait fini avec le petit message et avait entamé le premier chapitre de son roman.

Ça commençait fort...

Dès le début, l'inspiration, qui lui avait tant fait défaut ces derniers temps, fut au rendez-vous et son approche lui sembla bien partie.

La première scène mettait en action une jeune femme aux mains de son agresseur. L'homme, un redoutable psychopathe, lui faisait subir un jeu de questions-réponses sadiques. Si elle se trompait, elle était cruellement punie... Plus ses réponses étaient erronées, plus le châtiment se faisait douloureux.

Il relut les dernières lignes.

— Tu vas répondre à la fin ?! Le temps est écoulé... Regarde le sablier !

— J'en sais rien… J'arrive plus à me concentrer… Je vous en prie… Arrêtez par pitié, hurla la jeune femme à bout de nerfs, solidement attachée à l'énorme billot de boucher.

— Tu veux que je reformule la question ?

— Non ! Pas ça ! Pitié…

— Comment ça, non ? C'est parce que tu sais ce qu'il en coûte de me faire répéter ?

— Oui !

— Oh… Ce n'est qu'une toute petite décharge… Je t'assure que ce n'est rien à côté de ce qui t'attend si tu ne me réponds pas.

— Pitié… Laissez-moi partir…, implora-t-elle, larmoyante.

— Je vais donc répéter la question, fit le tueur implacable, le regard carnassier…

Hum… Non. C'est pas bon… Tu tombes dans la facilité, Richard… Regard carnassier… C'est fade…

Il effaça la dernière ligne et reprit la rédaction.

— Je vais donc répéter la question puisque tu ne réponds pas, fit-il, implacable, tout en s'approchant de sa victime.

Il se saisit de la grosse électrode suspendue à la table de torture et vint la placer à quelques centimètres de la poitrine de la jeune femme.

La borne négative était solidement fixée à l'acier qui recouvrait la table de découpe. Il n'avait plus qu'à toucher la peau de sa proie avec la tige métallique pour faire jaillir un arc électrique.

À ce moment précis, le temps sembla se figer comme s'il cherchait à retarder la sentence inéluctable.

Le psychopathe, amusé, la regarda puis lui sourit. Il semblait se délecter de la peur qu'il procurait.

— Pitiééé...

Avec lenteur, il commença à effleurer le corps de la jeune femme... Des seins vers le ventre pour revenir vers les seins.

Puis d'un seul coup, il abaissa le métal conducteur contre la chair, la grillant instantanément.

Sous le choc, la jeune femme s'évanouit.

Mouais... Pas mal...Je vais devoir le retravailler pour que ça sonne plus juste, mais j'aime bien... Ça change de mes amourettes aseptisées.

Richard regarda sa montre. Le temps avait filé.

S'il voulait rentrer avant le crépuscule, il devait partir dès à présent pour le village. En espérant que le vélo de la remise soit en état.

D'un pas décidé, il enfila un gros pull et zippa sa parka. Deux minutes plus tard, il était déjà dans l'arrière-cour.

Le vent et ses bourrasques mugissantes giflaient la campagne en rafales et annonçaient le retour des températures négatives. Faire le chemin à vélo n'était peut-être pas une si bonne idée...

Allez, arrête de te plaindre... Si tu n'y vas pas, tu le regretteras tout à l'heure.

Il parcourut les quelques mètres qui le séparaient du petit hangar et s'engouffra à l'intérieur.

Quand il actionna l'interrupteur, il s'arrêta net, ses bras retombant lourdement.

Il resta figé telle une statue de sel.

13.

Jacques entra dans le bureau, suivi par Camille qui lui emboîtait le pas.

— Alors ?, entama Marc dès qu'il aperçut ses deux collègues.

— Ne m'en parle pas. Ce connard d'Étienne a encore fait des siennes, lâcha le lieutenant. Quand j'aurai le temps, j'irai en toucher deux mots au commissaire. Je ne veux plus le voir sur mes affaires.

— Eh bien ! Ça a l'air de s'être passé à merveille, dis-moi... Et l'autopsie, qu'est-ce qu'elle a donné ?

— Encore pire... C'est une de ses victimes !

— Comment ?!!!

— Je ne m'y attendais pas non plus..., reprit Jacques, la mine déconfite.

— Merde !, lâcha Marc. Pourtant, ça ne colle pas ! C'est une femme âgée. Pas de mise en scène... Il l'a simplement balancée à l'eau.

— Je sais. Mais c'est bien lui. Il n'y a aucun doute. Il lui a arraché l'utérus comme pour les autres. La technique est rigoureusement identique. Point pour point.

— Je ne saisis pas.

— Moi non plus. Je commence même à me demander si les mises en scène n'étaient pas là pour nous tester. Il attendait peut-être quelque chose de nous ?!

— C'est possible.

— Ou alors, il a été dérangé...

Silence.

— Tout ça ne me plaît pas. J'ai un mauvais pressentiment. La fréquence des meurtres s'accélère. On dirait qu'il s'emballe.

— Ça, c'est indéniable ! Si je ne m'abuse, ça ne fait que deux semaines qu'on a retrouvé la dernière victime ! Cet enculé semble y prendre goût.

Au fait, tu ne m'as pas dit, c'est bien la prostituée qui avait disparu ?

— Il y a de fortes chances. Des analyses ADN sont en cours en ce moment même. On verra bien. Il n'y a plus qu'à croiser les doigts et espérer qu'elles seront plus parlantes que l'examen anatomique.

— Pourquoi ? Vous n'avez rien trouvé ?

— Bof... Rien de franchement intéressant. Comme tu l'as compris, l'ablation a été réalisée par le vagin. Le légiste s'est même enthousiasmé devant le travail réalisé.

— Breton s'est enthousiasmé ?

— Oui...

— Ces légistes ! Parfois, je me demande s'ils n'ont pas un cimetière dans le cerveau.

Jacques hocha la tête puis continua sur le même ton.

— En définitive, la seule chose exploitable est l'arme utilisée. D'après la blessure, il ne s'agit pas d'un modèle courant. Ce serait même un genre de couteau de guerre impossible à trouver dans une armurerie traditionnelle. On devrait bientôt recevoir un moulage de la lame.

Marc, songeur, se frotta le menton puis reprit en résumant le problème.

— Nous voilà avec quatre victimes sur le dos et un taré qui court les rues. Si on considère qu'il a tué cette femme une semaine à peine après la précédente, il doit être sur les traces de la prochaine...

— Ta synthèse sonne juste, répliqua l'autre flic. T'as juste oublié de préciser qu'on est condamnés à attendre faute de concret. Mais je vais demander l'aide d'un profileur. Il dénichera peut-être un détail qui nous a échappé. Ce salopard doit forcément suivre une logique.

— Ça ne coûte rien d'y croire.

Quelques minutes plus tard, Jacques Depierre était dans le bureau de son chef de service. On pouvait distinguer leurs gesticulations à travers la vitre insonorisée.

— Jacques, nom de Dieu ! Cette histoire me fout les boules ! Il faut trouver quelque chose !!! On ne peut pas rester les bras croisés.

— Je sais, patron. En fait, j'ai besoin d'un spécialiste. Pour le coincer, il faut savoir comment il pense, analyser son comportement, anticiper ses pulsions... Bref, dresser son profil psychologique. Pour l'instant, on n'a pas assez d'éléments pour avancer. Un ou deux hommes supplémentaires seraient également les bienvenus.

— Mais je viens de vous confier Étienne !

— Étienne ?! C'est un jean-foutre ! Il est incontrôlable. Je voulais d'ailleurs vous en parler.

— Jacques, de grâce... modérez votre langage. Je connais personnellement le père de ce jeune homme et il m'a été chaudement recommandé par le préfet.

— C'est un poids mort. Il est stupide et arrogant.

— Je n'ai pas le choix.

— La politique ?

— En quelque sorte... Les réseaux. Vous comprendrez un jour qu'on est obligé de composer !

— Soit ! Je le garde, mais en contrepartie, je veux que vous lui passiez un savon pour ce matin et que vous me donniez votre accord pour les ressources.

— Je vais voir ce que je peux faire.

— Commissaire, si on veut le choper, on n'a pas le choix !

— J'ai bien noté. Si vous voyez Étienne, dites-lui que je l'attends de pied ferme. Je vais le calmer un peu.

14.

Zut alors! fit la jeune femme en insistant sur la sonnette. *Où es-tu passée, ma grande?*

De toute évidence, son amie n'était pas encore rentrée et c'était bien dommage. Elle aurait aimé savoir pourquoi la soirée avait été annulée. Ça ne lui ressemblait pas... Il y avait certainement un homme là-dessous.

Elle consulta une nouvelle fois sa montre puis, les bras chargés de sacs, ouvrit la porte avec les clés qu'elle lui avait confiées.

Elle pénétra en silence dans la pénombre du hall d'entrée puis se rendit directement dans la cuisine.

La vaisselle était encore empilée dans l'évier telle une installation d'art contemporain.

Il doit être sacrement important ce type, et bien dis donc... Tu ne prends même plus le temps de faire le ménage...

Faudra vraiment que tu m'en parles à l'occasion.

Elle remisa les victuailles sur les rayonnages puis ferma le réfrigérateur en sifflotant.

Depuis son lit, Évelyne trépignait. Elle avait entendu les appels répétés sur la sonnette, la porte s'ouvrir en grinçant puis le bruit des talons sur le parquet et le carrelage.

Maintenant c'étaient des sifflements...

Dans une autre situation, elle aurait souri de la fausseté de l'air entamé par la jeune femme.

Juliane était là ! De l'autre côté de la cloison. À quelques centimètres à peine...

Bon Dieu, Juliane... Je suis là... Viens dans la chambre... Je t'en prie... Viens dans la chambre.

Bravant une nouvelle fois la douleur, elle tenta de manifester sa présence, tirant sur ses liens, criant de toutes ses forces, mais elle ne parvint pas à attirer l'attention de son amie. Ce foutu bâillon l'en empêchait...

Bon. Voilà. Tu me remercieras la prochaine fois, fit la jeune femme qui en avait terminé avec le rangement des courses. Elle griffonna quelques mots sur un bout de papier qu'elle posa sur la table. Il était temps qu'elle rentre chez elle...

Elle tourna les talons pour revenir vers la porte d'entrée mais à mi-course, s'arrêta soudainement et bifurqua vers la chambre à coucher.

Attends ! Vu que je suis là, autant en profiter... Je vais récupérer la robe que je t'ai prêtée. Je vais bientôt en avoir besoin !

Elle traversa le petit couloir d'un pas vif.

La porte de la chambre à coucher se dressait devant elle. Elle saisit la poignée et la bascula d'un coup sec. Alors qu'elle allait entrer, son téléphone portable sonna.

Oui... Vas-y, ouvre ! Je suis là... Vas-y, Juliane ! Je t'en supplie...

15.

Quand Richard avait activé l'interrupteur de l'entrepôt, son cœur s'était arrêté de battre. La chose accrochée sur l'un des murs en pin brut du bâtiment était abominable.

Selon toute vraisemblance, il s'agissait d'un animal. Les poils, lisses et soyeux à l'origine, étaient imbibés de sang et donnaient une allure monstrueuse à la créature suspendue.

Mon Dieu... Qu'est-ce que c'est que ce truc ?

Il hésita longuement à bouger, révulsé par cette vision, puis, finalement, les jambes flageolantes, s'approcha de la bestiole crucifiée sur la paroi.

Jamais il n'avait vu une horreur pareille.

L'état de la charogne empêchait toute identification formelle. Ce qu'il voyait n'était plus qu'un amalgame de chairs et de poils mais, d'après la masse corporelle, il estima que ce devait être un chien.

Il s'avança encore et observa attentivement l'enveloppe extérieure. Elle présentait une multitude de meurtrissures, comme si une bombe avait éclaté à l'intérieur, expulsant les viscères, la viande et les fluides corporels de toutes parts.

C'est dégueulasse..., lâcha Richard, affligé.

Il s'épongea le front, où perlaient quelques gouttes de sueur malgré le froid, et expira lentement. La découverte l'avait ébranlé et son teint venait de prendre une couleur blafarde, comme s'il allait tourner de l'œil.

Il réprima une première vague de haut-le-coeur puis, n'y tenant plus, se rua dehors afin d'expulser avec douleur le peu qu'il avait ingurgité.

Comment pouvait-on être l'auteur d'une telle boucherie ?

Bordel de merde !

Saisi par le vent glacial qui soufflait toujours aussi fort, il reprit ses esprits assez rapidement et rentra au pas de course dans la maison.

Il fallait qu'il téléphone à Max pour lui parler de ce qu'il venait de découvrir.

C'est complètement insensé...

En tremblant, il composa le numéro de son ami mais bascula sur le répondeur au bout de quatre sonneries.

« Vous êtes sur la messagerie de Max. Vous tombez mal, je suis en vacances pour quelque temps. Je ne peux pas vous répondre. Laissez-moi votre message, je me ferai un plaisir de vous rappeler dès mon retour. C'est à vous... Biiiiip... »

Richard, surpris, resta sans voix puis entama en bredouillant :

– Max... C'est Richard... Il se ... Je ne ... J'ai trouvé quelque... Il s'est passé quelque chose de terrible, finit-il par formuler. Rappelle-moi d'urgence, s'il te plaît.

Le message enregistré, il raccrocha, totalement sonné.

Max en vacances... C'est quoi, cette embrouille ?

Pourquoi m'avoir proposé de t'appeler si tu partais?
Tout cela était complètement dingue...
La découverte du chien...
La soudaine absence de Max...
Ça commençait à faire beaucoup pour une seule journée.

16.

— Oui ? Ah c'est toi ! Non... Ah...? Comme tu veux... Je suis chez Évelyne, mais si tu veux, j'arrive immédiatement... OK. À tout de suite alors.

Juliane raccrocha, un large sourire aux lèvres. Luc daignait enfin reprendre contact avec elle après plus d'une semaine de silence.

Elle relâcha la poignée, qui reprit sa place en grinçant, puis se dirigea vers la sortie de l'appartement en faisant claquer les fers de ses chaussures sur le parquet.

Sa robe attendrait. Elle avait des choses bien plus urgentes à faire. Et notamment reconquérir le cœur de son amoureux.

En entendant les pas s'éloigner, Évelyne hurla intérieurement. Le coup de téléphone reçu par son amie venait d'anéantir tous ses derniers espoirs.

Juliane n'ouvrirait pas la porte. Elle ne viendrait pas la sauver. Elle resterait là, condamnée chez elle, ficelée comme un roti, attendant que l'autre cinglé revienne pour terminer le travail. Enfin, s'il revenait.

17.

Jacques Depierre était satisfait. Le commissaire lui avait donné un brigadier supplémentaire et surtout l'aide d'un profileur en la personne de Jean Dunoir. Désormais, l'équipe d'investigation comptait six personnes et ce n'était pas du luxe face à la traque qu'ils allaient devoir mener.

Après avoir consigné les éléments du dernier homicide dans le dossier déjà épais, il réfléchit aux nouvelles pistes d'investigation.

Deux choses le contrariaient particulièrement.

La première était le changement, pour partie, de la signature du tueur. Bien sûr, il manifestait toujours la même obsession pour l'utérus de ses victimes, mais il n'y avait plus toutes les fioritures annexes, la mise en scène avait disparu...

Ce point était extrêmement gênant, car c'étaient autant d'indices potentiels qui disparaissaient. Sans lieu de crime, il ne restait plus que le cadavre pour trouver une piste exploitable.

Sa deuxième inquiétude concernait la fréquence d'action. Si leurs estimations étaient justes, les deux derniers meurtres n'étaient espacés que d'une grosse semaine.

Le rythme s'intensifiait donc...

Il a certainement mis du temps pour passer à l'acte la première fois et malgré l'excitation que cela a dû lui procurer, il lui a fallu un long moment pour digérer. Mais il a pris de l'assurance. Maintenant, il semble parfaitement en phase avec lui-même. C'est l'effet inverse qui se produit. Il ne peut plus attendre. Il a besoin de ça... C'est devenu sa raison de vivre.

Désormais, sa frénésie meurtrière pourrait le pousser à se jeter sur la première personne à sa portée, même si elle ne correspondait pas parfaitement à ses critères sélectifs.

Il y avait-il réellement un lien entre les victimes comme il l'avait pensé au début ?

Au regard des différences flagrantes entre la dernière défunte et les autres, sa théorie ne tenait plus vraiment.

J'en sais rien... Je n'y comprends plus rien...

Dépité, il referma le dossier et se prit la tête entre les mains... Il avait besoin de Jean Dunoir pour rassembler les premières pièces du puzzle. Si puzzle il y avait... Il avait d'ailleurs rendez-vous avec le spécialiste dans une petite heure.

*
* *

Richard était en plein désarroi.

Malgré ses appels répétés, il tombait invariablement sur le répondeur de Max.

Je ne peux pas rester comme ça à ne rien faire...

Le type qui a fait ça est capable de tout. Imagine s'il revenait...

Imagine s'il rentrait dans la maison et s'en prenait à toi...

Tout en réfléchissant, il se dit que la situation était critique.

Sur le coup, il ne l'avait pas analysée comme cela, mais maintenant qu'il y pensait, la prudence voulait qu'il contacte la police malgré les conséquences et les explications qu'il devrait fournir. Sa vie était peut-être en danger.

Déterminé, il saisit son portable, s'installa devant l'ordinateur et composa le dix-sept. Il tomba sur le disque d'attente...

La mélodie résonnait toujours à ses oreilles quand il remarqua une petite enveloppe dans la barre de tâches Windows.

Il avait reçu un courrier électronique pendant son absence.

Machinalement, il double-cliqua sur l'icône et le courriel apparut instantanément.

Il le parcourut en diagonale.

Le contenu était étrange et peu explicite. Il le reprit de façon plus attentive.

Cela parlait de Max... de lui... Qu'il ne devait pas prévenir la police pour ce qu'il avait vu dans la remise. Enfin, s'il tenait à la vie de son ami.

Le style du texte était bizarre, mêlant métaphores et allusions théologiques.

De plus, la personne qui avait rédigé le message semblait le connaître... Elle le tutoyait et avait commencé sa missive par « Mon cher Richard ».

Préférant une version papier, il imprima l'e-mail et posa la feuille devant lui. Ce qui était inscrit était édifiant.

« Mon cher Richard,

Je sais que tu vas être surpris par cette prise de contact un peu brutale, mais je pense qu'il est grand temps qu'on fasse connaissance tous les deux... Ça fait longtemps que je t'observe et j'ai décidé de prendre l'initiative. J'espère que tu ne m'en voudras pas.

Ce que tu as vu dans la grange a été spécialement préparé pour toi. Je t'assure que ce n'était pas très drôle de torturer ce pauvre chien, d'autant plus que j'ai beaucoup de sympathie et de respect pour la race canine, mais je n'avais rien d'autre sous la main.

Bientôt, je te montrerai des choses plus intéressantes.

Ne t'avise surtout pas de partager, avec qui que ce soit, ce que je te donne sur un plateau… Ton ami Max en souffrirait et toi également.

La religion m'a toujours indiqué la marche à suivre : aider son prochain… Alors, j'ai décidé de suivre les pas de Dieu et de t'apporter mon soutien franc et massif.

Au fait, ce que tu as écrit est à retravailler… C'est un bon début, mais j'ai pas vraiment tripé.

Ton nouvel ami.

Ps : J'ai joint une photo à ce mail. Regarde-la. Ça pourrait t'inspirer.

Re Ps : Ne préviens surtout pas les flics. Tu es averti !

Re Re Ps: Si tu as trouvé mon message dans la cuisine, essaye de le déchiffrer... Ça t'aidera à comprendre.»

Ce qu'il avait sous les yeux était clairement une mise en garde, mais le plus curieux dans tout ça, c'est que l'adresse e-mail de l'émetteur était... la sienne!

Ce malade s'était servi de sa messagerie...

Paniqué, il reposa le téléphone.

18.

Jean Dunoir arriva pile à l'heure au SRPJ de Lyon. Il avait rendez-vous avec le lieutenant Jacques Depierre.

Il n'avait jamais eu l'occasion de travailler directement avec lui, mais en avait eu d'excellents échos.

Sa flatteuse réputation le décrivait comme un homme volontaire, opiniâtre et doté d'une droiture d'esprit peu commune.

Sur le papier, il lui rappelait un peu le flic avec qui il avait collaboré l'année dernière... un certain Zanetti.

Oui... Massimo Zanetti...

Quand il se présenta au troisième étage, il découvrit un groupe de personnes manifestement impatientes de le voir.

— Bonjour monsieur Dunoir, entama Jacques, reconnaissant immédiatement le profileur à son allure. J'ai réuni toute l'équipe chargée de cette enquête. Comme ça, nous pourrons faire connaissance. J'ai réservé la salle de réunion. Nous serons plus à l'aise. Vous me suivez ?

Après l'avoir salué, Jean - qui le dépassait d'au moins une tête - lui emboîta le pas. Ils entrèrent ensemble dans l'une des salles centrales, ajourées de larges baies vitrées donnant sur les bureaux alentour.

Un aquarium...

— Je vois que le commissaire vous a donné les moyens, entama le profileur en scrutant méthodiquement chacun des participants.

— Oui. Cette affaire commence à faire beaucoup de bruit dans la région. Tout le monde est sur les dents. Il y a déjà quatre victimes.

— Je suis au courant. Quelques informations ont filtré. Avez-vous réussi à museler la presse ?

— Oui, pour l'instant. Mais s'il continue à ce rythme, on ne pourra plus rien maîtriser.

— C'est fort probable.

— Bien. Vu que tout le monde ne se connaît pas encore, je propose de faire un tour de table avant d'entrer dans le vif du sujet, continua le lieutenant en parcourant l'assemblée du regard.

« Et puisque j'ai lancé l'idée, je vais commencer. Je suis le lieutenant Depierre et, comme tout le monde le sait déjà, je suis le responsable de l'enquête qui nous intéresse. »

Il fit un signe à la jeune femme assise à côté de lui, pour qu'elle enchaîne.

— Camille Evalisa, brigadière. Je suis spécialisée en anthropologie sociale et culturelle. J'ai intégré le SRPJ il y a six mois et je travaille en collaboration avec le lieutenant Depierre.

— Marc Amarante, lieutenant de police. Je suis expert en cryptanalyse avec une spécialité dans les réseaux informatiques. À la demande de Jacques, je suis de près cette enquête, mais je n'ai qu'un rôle d'observateur... du moins pour l'instant !, commenta le quadragénaire en adressant un clin d'œil au lieutenant.

– Étienne de Charole, brigadier.

– Brigadier-chef Charles Théodore. J'ai rejoint l'équipe aujourd'hui.

Jacques remercia les membres de l'équipe d'un petit signe de tête puis se tourna vers le profileur, l'invitant à conclure les présentations.

– Je vais donc conclure, fit l'homme au complet noir en sondant les visages crispés qui l'entouraient. Je m'appelle Jean Dunoir et, depuis plus de trois ans, je profile les tueurs de tout poil. À la demande du commissaire Hermann, je vais tenter de mettre mes compétences à contribution dans le cadre de cette enquête.

– Maintenant que le tour de table est fini, je vous propose d'attaquer dans le vif du sujet, reprit Jacques en allumant le rétroprojecteur qui devait dater d'au moins une quinzaine d'années.

L'archaïque appareil, qui faute de budget avait été bidouillé par les spécialistes informatiques afin de le rendre compatible avec les nouveaux médias, grogna. Un bruit de soufflerie envahit la pièce quand il s'actionna.

« J'ai préparé un petit diaporama retraçant l'historique de nos découvertes. Cela permettra peut-être de comprendre comment le tueur évolue. »

Il cliqua sur la souris de l'ordinateur afin d'enclencher la première diapositive.

« Il s'agit de Véronique Lerond, la première victime, retrouvée il y a six mois. Quand on l'a découverte, elle baignait dans son sang... La photo que vous voyez sur l'écran a été prise par la

PTS[1] sur la scène du crime avant le passage des légistes. »

Tous les regards se braquèrent sur l'image projetée. La victime était sur son lit. Elle semblait avoir été égorgée.

— Comment ça s'est passé ?, fit Jean, les yeux rivés sur la toile.

— Le tueur s'est introduit chez elle, mais on n'a relevé aucune trace d'effraction...

— Les ouvertures ? Les fenêtres ?

— Fermées. Les rideaux tirés.

— On a donc deux hypothèses plausibles : soit il l'a suivie et en a profité pour pénétrer dans l'appartement quand elle entrait, soit elle lui a ouvert la porte. C'est donc un chasseur ou un charmeur-manipulateur.

— Vu ce qu'il lui a fait, je pencherais plutôt pour un chasseur, répliqua Jacques, reprenant les rênes de la réunion. Une fois à l'intérieur, il s'est amusé avec elle et l'a maintenue en vie au moins vingt-quatre heures avant de s'en débarrasser. Les légistes sont formels : il a pris tout son temps pour la torturer. Il n'avait manifestement aucune crainte d'être dérangé.

Il connaît leur vie...

Il les traque...

— Ce sont des hématomes qu'on observe là ?, questionna Jean, pointant son index en direction de l'image projetée. Il semblait désigner l'une des nombreuses masses sombres qui marbraient le corps.

— Oui, effectivement. Avant de l'égorger, il l'a frappée un nombre incalculable de fois. Chaque centimètre carré du corps

1. Police technique et scientifique.

y est passé. Un objet contondant... sans doute une barre de petit diamètre. La pauvre avait même des coups sous la plante des pieds !

— Une véritable correction !, fit le profileur sans sourciller. On dirait un jeu sadique. C'était identique pour les autres ?

— Oui, mais je vous propose de voir ça plus tard. Je tiens à respecter l'ordre chronologique, si ça ne vous gêne pas.

— Très bien. Au contraire.

— Donc, je disais que cette jeune femme a été littéralement martyrisée. Il s'est acharné sur l'ensemble du corps. Mais ce n'est pas le plus caractéristique. Sa véritable signature est à connotation sexuelle : il a prélevé l'utérus après l'avoir tuée. Et pas n'importe comment... Il l'a arraché par les voies naturelles.

— Par le vagin !?, fit Jean, fronçant les sourcils. Il fit courir ses doigts sur son petit bouc parfaitement entretenu.

— Oui ! On peut dire qu'il s'est franchement compliqué la vie. Il aurait pu lui inciser le ventre, mais non, il a préféré trancher le périnée pour s'emparer de son... *trophée*.

— C'est étrange... Comme ça, à chaud, je ne trouve pas ce comportement très logique, reprit le profileur, essayant déjà de rassembler les maigres éléments qu'il venait de glaner. J'aurais bien émis l'hypothèse qu'il ne voulait pas abîmer l'enveloppe extérieure s'il ne lui avait pas charcuté le cou, mais...

— On y a pensé également, fit Camille, sortant de son silence. C'est vrai que certains éléments sont contradictoires.

— Clairement, reprit Jean, poursuivant son raisonnement. À première vue, je trouve même ça très ambigu. On verra si les autres meurtres présentent des caractéristiques similaires... Mais pour l'instant, j'ai du mal à concevoir qu'il puisse s'agir de la même personne. Je dirais qu'il est littéralement écartelé entre deux personnalités contradictoires, ou alors qu'on a affaire à plusieurs tueurs...

— Deux psychopathes ? Comment pouvez-vous avancer une chose pareille aussi vite !?, s'exclama Jacques, dérouté.

— Rassurez-vous, ce n'est qu'une supposition, mais regardez... D'un côté, il semble ne pas vouloir abîmer ses victimes : pas de dénaturations visibles à part les bleus. Il les rend même provocantes en les figeant dans des postures suggestives... Mais je pense que c'est plutôt lié à sa volonté de les humilier. La deuxième caractéristique, presque invisible, est beaucoup plus animale, extrêmement brutale et complètement à l'opposé de la première. Qu'y a-t-il de plus dépersonnifiant que d'enlever l'utérus d'une femme ?

— Je suis d'accord mais comme vous l'avez dit, il peut s'agir d'une seule et même personne, continua le lieutenant.

— C'est vrai, mais je serais tenté d'affirmer le contraire parce que je n'ai jamais vu un tueur en série procéder de la sorte. C'est statistique. Dans plus de quatre-vingt-dix pour cent des cas, ce genre de tueur focalise toute sa rage sur la victime en la mutilant. On peut même globalement parler de véritable acharnement : il découpe les seins, la taillade de toutes parts, lui arrache les yeux, la langue... Enfin, bref... Ici, le corps est trop préservé. Ça ne colle pas. A-t-elle été violée ?

— Non. Aucun rapport sexuel. Pas de sperme ni de spermicide. Il ne l'a pas touchée sur ce plan. Les principales séquelles sont liées à l'hystérectomie.

— Donc, ça confirme ce que je pensais. Il ne s'agit pas d'un, mais de deux tueurs... J'en mettrais ma main à couper.

— Je suis désolée mais, à mon tour, je n'arrive pas à suivre votre raisonnement. C'est vrai qu'on peut s'ouvrir à cette éventualité, mais de là à en être persuadé, interjeta Camille qui n'en perdait pas une miette, au regard de sa passion pour ces nouvelles approches psycho-comportementales.

— C'est logique. S'il n'y avait eu qu'un seul protagoniste, il l'aurait violée. Le viol et la mutilation sexuelle sont quasi indissociables. Je pense plutôt que c'est son binôme qui l'en a empêché. Il lui a simplement laissé le droit de prélever l'utérus sans trop l'abîmer.

— Il y a une certaine logique, je vous l'accorde, mais je suis quand même assez perplexe, poursuivit la jeune femme.

— Vous trouvez normal qu'il lui ait lavé la main gauche et que dans le même temps, il lui arrache une partie de son intimité ?, reprit Jean qui commençait à perdre patience. Il ne peut pas s'agir de la même personne. C'est impensable. Trop de contradictions.

— Comment avez-vous deviné qu'il lui a lavé la main ?, fit Jacques, les yeux écarquillés.

— Il suffit de regarder la photo. Toutes les parties du corps présentent des éclaboussures de sang. Ce qui est logique, d'ailleurs, vu qu'il lui a tranché la gorge.

Seule la main gauche a été épargnée. Or, c'est impossible. Il la lui a donc lavée *post mortem*. Mais pour quelle raison ? Je n'en ai aucune idée.

— Je constate que les premiers clichés vous ont inspiré, monsieur Dunoir, reprit le lieutenant. Vu l'heure, je vous propose de faire une courte pause avant de passer à la victime suivante. Pour ma part, j'ai besoin d'un bon café. Vous me suivez jusqu'à la machine ?

— Avec plaisir. Je crois qu'on va tous en avoir besoin.

19.

Richard était sous le choc.

Il n'arrivait pas à détacher les yeux de la page où était imprimé l'e-mail de l'inconnu.

Tout cela n'avait aucun sens.

Le massacre du chien, les menaces, les commentaires sur son travail... Comment pouvait-il le savoir, d'ailleurs ?

Et comble de l'angoisse : le message codé de la cuisine n'était pas de la main de Max, mais provenait de l'homme qui avait pris contact avec lui.

Il était donc déjà entré dans la maison.

Essaye de le déchiffrer...

Ça t'aidera..., reprit-il mentalement en examinant la suite de caractères qu'il avait recopiée tout à l'heure.

RTTT LRAT QDLF IURO EE1E UAEO C1OU SP1S EN1R H1UT 1O2S S1TA
1VE1 N2T3 R1ES 1S2I 3D1R 2E2O 5A2S 2N5S 5S3

Comment pouvait-il décoder un truc pareil ?

L'heure qu'il avait consacrée ce matin à l'exploration des techniques cryptographiques ne l'avançait à rien.

Non, c'était une évidence ! Il ne pouvait pas réussir tout seul. S'il voulait décrypter le message, il devrait trouver une aide extérieure. Peut-être que les forums spécialisés d'Internet lui apporteraient une solution.

Il regarda sa montre. Les derniers événements lui avaient fait perdre une bonne partie du temps qui lui restait pour son excursion. Son petit tour au village était compromis. La nuit allait tomber et il n'avait aucune envie de se balader à vélo dans l'obscurité glacée. Il irait demain à la première heure.

Mais cela impliquait de passer la nuit ici et à cette idée, il frissonna.

Appelle la police, Richard. Tu ne vas pas rester là cette nuit... S'il lui prenait l'envie de venir te voir, qu'est-ce que tu ferais?

Il passa outre l'avertissement contenu dans l'e-mail et saisit son portable, bravant l'interdit.

Alors qu'il composait le numéro, une sonnerie de téléphone retentit dans la maison.

20.

— Bien. Nous allons reprendre… Si nous ne voulons pas y passer la nuit, il va falloir qu'on avance. Quelles sont vos disponibilités pour cette fin de journée, monsieur Dunoir ?

— Je n'ai rien de prévu. J'ai tout le temps nécessaire. Aucun problème.

— Parfait. On va donc poursuivre avec la deuxième victime, reprit Jacques projetant les photographies suivantes. Elles ressemblaient à s'y méprendre à celles qu'ils avaient vues avant la pause café.

« Anne-Marie Loche a été retrouvée il y a un peu moins de trois mois, soit environ un trimestre plus tard que Véronique Lerond. Comme vous pouvez le constater Jean, la concordance est frappante. Outre la signature du tueur, strictement identique, les deux jeunes femmes étaient très proches physiquement et dans la même tranche d'âge. Véronique Lerond avait vingt-trois ans, Anne-Marie Loche à peine plus. Toutes les deux assez jolies, minces et blondes.

— Et leur métier ?, ajouta Jean, qui fixait l'écran de ses grands yeux noirs.

— Cette piste n'a rien donné. Véronique était coiffeuse, Anne-Marie, vendeuse dans un magasin de prêt-à-porter masculin. Deux activités professionnelles distinctes.

— Hum... Je ne suis pas d'accord. Toutes les deux avaient un métier en contact avec le public... peut-être masculin. Il a pu les rencontrer dans ce cadre-là.

— On y a pensé, fit Jacques. Mais la piste n'est pas allée très loin. Bien trop vaste et impossible à circonscrire. Mais je suis d'accord avec vous, c'est tout à fait possible qu'il les ait repérées de cette façon.

— D'après les maigres éléments dont je dispose, je commence à être persuadé que nous avons affaire à un prédateur. Il traque ses proies pendant plusieurs jours avant de passer à l'acte. Après avoir choisi sa victime, il la suit, étudie sa vie, entre peut-être même en contact avec elle... En tout cas, il prend son temps et y trouve certainement un grand plaisir. Quand il estime qu'il n'y a plus aucun risque, il jette son filet.

— Vous n'aviez pas dit tout à l'heure qu'il n'y avait pas un, mais deux tueurs ?, interrogea Camille, attentive aux propos du spécialiste.

— Si, effectivement. En revanche, je suis convaincu que pendant cette phase de chasse, il n'y en a qu'un seul qui agit. Le deuxième n'opère que pour l'acte final.

Dites-moi, le *modus operandi* était-il identique pour ce deuxième meurtre ?

— Strictement identique. Comme pour le premier, on n'a relevé aucune trace d'effraction dans l'appartement et il a passé beaucoup de temps avec elle avant de la tuer. On a même retrouvé des déjections humaines sur les draps.

— Relâchement *post mortem* ?

— Non. C'est ce qu'on avait pensé en entrant dans la pièce,

mais il y en avait partout. Sûrement un de ses jeux, une des nombreuses humiliations qu'il lui a fait subir.

— Quel salop! Il l'a maintenue attachée aux montants du lit pendant toute sa captivité. À sa merci. Elle a dû le supplier des heures durant. Et toutes les déjections provenaient de la fille?

— Les tests ADN l'ont confirmé.

Jean marqua une pause, essayant de comprendre et de projeter son esprit dans le passé.

Et lui? Comment a-t-il fait?

— Les WC ont-ils fait l'objet d'une analyse?, demanda-t-il, cherchant à vérifier ses hypothèses.

— Bien sûr, mais on n'a rien trouvé. Les seules traces étaient celles d'un ADN féminin, ceux de la victime.

— Hum...

— Bien. Si vous n'avez pas d'autres commentaires, je vous propose d'enchaîner sur le troisième meurtre.

Jacques passa aux clichés suivants. Une fois encore, ils ressemblaient fortement aux précédents.

— C'est une véritable obsession, cette précision, fit le profileur, scrutant chaque détail avec attention. Les trois scènes du crime sont conformes, point pour point. On dirait qu'elles forment un tout, une même œuvre!

— Nous nous sommes fait la même réflexion. Cette parfaite similitude est incroyable. C'est d'ailleurs pour cela que je ne comprends pas le dernier homicide. Il est trop différent.

— Dites-moi, fit Jean, perplexe, aviez-vous remarqué le tableau dans le coin gauche de la photo?

— Le tableau? Quel tableau?

— Là, regardez! Ça ne saute pas aux yeux de prime abord. On n'en voit ici qu'une infime parcelle, reprit le profileur en se levant, les yeux brillant d'excitation.

Toute l'assemblée fixa avec attention le petit cadre noir pointé par l'homme qui se tenait à présent devant la projection. Il mettait en relief les quelques centimètres carrés d'un dessin au fusain.

« Pouvez-vous revenir sur les clichés précédents ? J'aimerais en avoir le cœur net », continua-t-il.

— Bien sûr, fit Jacques.

Quand les images s'affichèrent, ils restèrent sans voix, interloqués.

Le même tableau, parfaitement identique, trônait au beau milieu de chaque scène de crime. Accroché au mur adjacent au lit de la victime, il semblait les narguer.

— Comment a-t-on pu passer à côté de ça ?, rugit Marc, ébranlé par la découverte.

— Ce n'est pas étonnant. Les meurtres sont espacés dans le temps. On est alors moins vigilant. Ce genre de détail peut passer totalement inaperçu.

— Mais on a raté un truc capital !, répliqua Jacques, à la fois énervé et stimulé. Et je ne suis pas certain qu'on puisse retrouver ces tableaux... Il va falloir contacter les familles.

— Je crois, en effet, que c'est l'urgence du moment, reprit Jean, les bras croisés.

— Je vous propose d'en rester là pour l'instant. On reprendra notre séance demain matin si vous êtes disponibles.

La mine sombre, Jacques se tourna vers les membres de l'équipe qui le scrutaient sans piper mot.

« Messieurs, nous savons ce qu'il nous reste à faire. Priorité absolue. Espérons qu'il ne soit pas trop tard... »

21.

Guidé par la sonnerie stridente, Richard chercha quelques secondes le téléphone puis décrocha.

— Allo ! Rich..., entama-t-il avant d'être brutalement interrompu par son interlocuteur.

— Ne fais pas ça... C'est un malade !, s'écria une voix qui lui était parfaitement familière.

— Max ! Bordel de Dieu, mais que se passe-t-il ?, reprit-il paniqué. Je n'y comprends rien... J'ai l'impression d'être en plein cauchemar.

—Il m'a ordonné de t'appeler. Il était sûr que tu allais essayer de contacter la police.

— Mais qu'est-ce qu'il veut, à la fin ? Pourquoi tout ça ?

— Il va me tuer si tu fais une connerie... Jure-moi que tu ne tenteras rien... J'ai la trouille... J'y suis pour rien dans cette histoire...

Richard réfléchit quelques secondes puis reprit.

— Je ne préviendrai personne. Tu peux le lui dire. Tu es mon ami, je ne veux pas qu'il t'arrive d'emmerdes à cause de moi.

– Richard. Ess... Bip... Bip... Bip... Bip...

Merde...

La ligne venait d'être coupée.

Totalement hébété, Richard regarda autour de lui, essayant de comprendre ce qui venait de se passer.

La situation paraissait surréaliste. L'appel avait eu lieu au moment précis où il allait contacter la police.

Comment était-ce possible ? Comment pouvait-il savoir ?

La communication, elle aussi, avait été étrange. Pas de véritable dialogue, mais plutôt la récitation d'un texte préparé.

Ce coup de téléphone confirmait qu'il était tombé dans un traquenard. Il était désormais à la merci d'un fou furieux et Max, prisonnier, était en danger de mort. Sa vie dépendait de lui.

Il regarda autour de lui et réfléchit à ce qu'il devait faire. Il ne voyait que deux possibilités : soit il acceptait le chantage ignoble de l'individu, soit il le défiait.

Il tergiversa un bon moment sans parvenir à une solution vraiment satisfaisante. La deuxième possibilité lui apparaissait la plus logique mais elle faisait courir un risque mortel à Max. Et ça, c'était hors de question.

Si l'autre timbré mettait ses menaces à exécution, il ne le supporterait pas.

À contrecœur, il prit le parti de ne rien faire.

La nuit était tombée et une obscurité oppressante avait envahi la maison.

Il alluma deux ou trois sources lumineuses et s'installa devant l'ordinateur.

Il veut jouer... Eh bien, rentrons dans son jeu...

L'homme voulait qu'il décrypte sa petite énigme... alors il allait la décrypter !

Déchiffre-le...

Ça t'aidera...

Ça m'aidera à quoi, nom de Dieu? À libérer Max?

Il parcourut la Toile un bon moment avant de dénicher ce qu'il cherchait.

Professeur Xorg, AnalyseX, RSAnote et les autres participants du forum Cryptoscientifica semblaient être les meilleurs, vu les défis qu'ils se lançaient.

Ils pourraient l'aider...

Il créa un nouveau fil, recopia le petit texte du mot punaisé, puis le posta sur le site.

22.

Quand Camille rentra vers dix-neuf heures, sa nourrice était déjà prête à s'en aller.

— Je suis désolée..., fit la flic en refermant la porte. On a eu beaucoup de choses à gérer aujourd'hui et je n'ai pas pu partir plus tôt.

— Je suis un peu embêtée de vous dire ça, madame, mais je ne vais pas pouvoir continuer ainsi ! C'est la troisième fois en une semaine que vous arrivez avec plus d'une heure de retard. J'ai des choses importantes à faire, moi aussi. Je ne suis pas votre domestique.

— Écoutez, je ne sais vraiment pas quoi dire et je vous promets que cela n'arrivera plus. Je vais m'organiser, fit-elle en cherchant du regard un peu de compréhension chez la jeune femme. Elle savait pertinemment qu'elle avait raison...

La gouvernante baissa les yeux, comme pour esquiver le contact visuel.

— Ma décision est prise. C'est trop tard. J'ai eu une autre proposition aujourd'hui et je vais l'accepter. Désolée de vous planter comme ça, mais ce n'est plus gérable.

— Mais...

— Désolée.

Camille, impuissante, la regarda quitter l'appartement et sitôt la porte claquée, éclata en sanglots.

Décidément, toute sa vie partait en vrille. En moins d'un an, elle n'avait subi qu'un long cortège de désillusions et affronté bon nombre des problèmes existant sur cette terre...

À quoi ça rime, tout ça? Tu as vu la vie que tu as?

Elle n'eut pas le temps de s'appesantir sur son sort: le petit Nicolas braillait déjà, lui rappelant ses responsabilités de mère.

Il fallait le laver, lui donner son biberon et s'occuper de la lessive.

Pas de répit...

La course contre la montre en permanence...

Elle soupira puis inspira profondément pour se donner du courage. De toute façon, elle n'avait pas le choix.

Après avoir rempli ses diverses obligations, elle se mit en quête d'une solution de dépannage pour les prochains jours.

Elle appela deux de ses amies, qui déclinèrent sans ménagement. À défaut d'alternative, elle se résigna à contacter sa mère.

Leurs rapports étaient loin d'être excellents, surtout depuis l'événement Bertrand, mais elle au moins ne lui refuserait pas de garder le petit.

Vers vingt-trois heures, le plan de secours était opérationnel.

Elle allait enfin pouvoir s'occuper d'elle-même.

Un bon bain chaud... Un instant de repos qu'elle passerait à échafauder un plan d'action salutaire pour son avenir...

23.

Marc fit tourner la clé dans la serrure mais elle s'arrêta au premier cran.

Le verrou était ouvert.

En poussant la porte, il se douta de ce qu'il allait trouver et lorsqu'il pénétra dans le salon, il en eut la confirmation.

Karine était là et l'attendait depuis un certain temps.

— C'est à cette heure-ci que tu rentres ? Je vois que ça n'a pas changé !

— Bonsoir Karine, reprit le flic en s'approchant de la femme d'une quarantaine d'années. Qu'est-ce que tu fais ici ? Je ne pensais plus te revoir.

— J'ai réfléchi à nous deux. C'est trop con… On avait tout pour être heureux, non ?

— Je n'ai jamais dit le contraire. Je te rappelle que c'est toi qui m'as largué il y a trois mois.

Elle secoua la tête et planta son regard de braise dans ses yeux.

— J'en avais marre de cette vie, de ton boulot, de ton PC à longueur de soirée. Je ne te voyais jamais. Et quand t'étais avec moi, c'était comme si je n'existais pas.

— Côté boulot, ça n'a pas vraiment changé.

— Je m'en doute... Mais j'avais envie de te revoir.

— On va dire que c'est la bonne nouvelle de la journée...

— Oh ! La bonne nouvelle de la journée ! Tu m'en diras tant, reprit-elle d'un air taquin.

Marc observa un temps d'arrêt puis dévisagea la femme rayonnante. Il sentait naître une boule de désir en lui.

Karine, nom de Dieu ... Tu es toujours aussi attirante.

Il réprima une envie soudaine de la prendre dans ses bras puis continua sur le même ton, camouflant l'émotion qui le submergeait.

— Tu m'as manqué aussi mais avec le boulot qu'on s'est tapé ces derniers mois, je n'ai pas eu le temps de t'appeler.

— Menteur... Tu ne voulais surtout pas le faire. Tu es bien trop orgueilleux ! Remarque, je ne t'en veux pas. C'est moi la responsable.

— Merci de le reconnaître... Et comment vas-tu ?

— Ces quelques mois m'ont fait du bien et m'ont permis de réfléchir. Et toi ?

— Bah ! Toujours la même chose. Des enquêtes... toujours et encore. Mais cette fois, on a du sérieux.

— Une grosse enquête ?

— Un quart des effectifs est mobilisé. On a même eu droit à un profileur.

— Un profileur ? C'est pas un type qui traque les tueurs en série ?

— Si. Y a un peu de ça, en effet. Ce sont des spécialistes de la psychologie humaine. Ils arrivent à déterminer l'origine et le comportement d'un tueur rien qu'en analysant certains indices.

— Eh bien... C'est quoi, cette enquête ?, reprit-elle, piquée par la curiosité.

— Désolé, Karine, mais je ne peux pas en parler. Personne n'est au courant. On n'a même rien lâché à la presse.

— Je sais garder un secret. Allez, dis-moi !

— Karine !, reprit Marc en la fixant ardemment dans les yeux.

C'était non négociable et elle comprit instantanément le message.

— Bon, allez viens... Installe-toi, c'est moi qui m'occupe de tout. J'ai prévu un petit dîner pour nous deux. J'espère que ça te fait plaisir ?

— Tu parles, c'est une excellente idée !, s'enthousiasma Marc en s'asseyant sur le canapé. Je vais sortir un bon vin !

— J'ai dit que je m'occupais de tout, donc tu restes tranquille et tu savoures.

Il se renfonça dans les replis confortables du sofa et la femme se mit aux fourneaux de la cuisine américaine pour réchauffer les plats qu'elle avait apportés.

Une heure plus tard, la soirée avait tenu ses promesses et ils avaient englouti l'excellent repas aromatisé de curry et de coriandre.

Tous les deux étaient à nouveau sous le charme.

Ils parlèrent encore un bon moment puis vers minuit, ils finirent, comme par le passé, blottis l'un contre l'autre...

24.

— Alors, comment ça va, petite traînée ?, attaqua-t-il en pénétrant dans la chambre à coucher. Ça faisait longtemps qu'on ne s'était pas vus, tous les deux. Je t'ai manqué ?

Il darda un regard acéré vers la jeune femme couverte de coups et de plaies infectées. Réduite à l'immobilité par ses entraves et rendue muette par le bâillon qui lui obstruait la bouche, elle attendait le coup de grâce.

Mais il était loin d'en avoir fini avec elle.

Elle releva la tête, lourde comme une enclume, avec une infinie difficulté, puis fixa l'homme qui se tenait devant elle.

Ses yeux en disaient long sur ses intentions. Il voulait qu'elle souffre, qu'elle en bave un maximum avant de s'en débarrasser.

— T'as toujours envie de continuer ?, hurla-t-il en empoignant de nouveau le rouleau à pâtisserie. Oui ? Eh bien, je vais te la faire passer, moi, cette envie, sale pute de merde !

Avec une violence inouïe, il abattit l'ustensile sur les chairs meurtries et frappa... frappa... frappa. Sur le sternum... la cage thoracique... les hanches... les cuisses... Il s'acharna sur elle un long moment et il ne s'arrêta que lorsqu'il entendit ses os craquer dans une horrible complainte.

— Ce ne sont que les côtes, ma chérie. Ça fait mal, mais ce n'est rien à côté de ce que je vais te faire. C'est que le début. Maintenant, tu vas me montrer comme tu es belle!

Il détacha la jambe gauche, la tordit de sorte que l'angle d'ouverture dégage l'entrée du vagin puis, malgré les tentatives de la jeune femme pour se soustraire, replaça l'entrave afin de la maintenir dans la position. Il pourrait ainsi pratiquer l'hystérectomie sans le moindre problème. Mais avant, il profiterait du spectacle.

Cette petite salope l'excitait tout autant qu'elle le dégoûtait. Il regarda les muqueuses rosâtres avec envie puis lui cracha au visage avec mépris.

— Allez, maintenant je vais me faire du bien et puis on en finira.

Les yeux rivés sur l'entrejambe de la jeune femme, il descendit le zip de sa braguette et en sortit son sexe déjà rigide. De l'autre main, il se saisit d'un mouchoir.

L'envie de la pénétrer était à son comble, mais il se contrôla avec détermination. Le faire serait une erreur. Cette salope avait peut-être traîné on ne sait où! Et puis, laisser son sperme, c'était comme déposer sa carte de visite.

Avec lenteur, il commença les allers-retours, les yeux braqués sur les poils hirsutes et imagina son appendice s'engouffrer au milieu des chairs tendres de la jeune femme.

Oui... C'est bon... Fais-moi jouir, espèce de pouffiasse!

Il accéléra et s'abandonna rapidement, laissant son fluide dégouliner sur ses doigts. Il retint un râle puis s'essuya méticuleusement.

— Voilà ! C'est fini...! C'était le pied. Merci, ma chérie.

Il lui passa la main sur la joue, comme pour lui montrer sa gratitude, lui adressa un grand sourire puis reprit tranquillement.

— Allez, comme je suis de bonne humeur, je vais me montrer magnanime. Je te donne une minute pour me convaincre de t'épargner des souffrances.

Faisant preuve d'une délicatesse qui tranchait radicalement avec ce qu'il venait de lui faire subir, il défit le bâillon puis planta son regard noir dans les yeux azur de la jeune femme.

— Alors, qu'est-ce que tu dis pour ta défense ?

— Je... Je... Ne me... Laissez-moi !!!, bredouilla-t-elle en grimaçant. Ses côtes cassées lui renvoyaient une douleur terrible à chaque respiration.

— Quoi ?!

— Laissez-moi, Monsieur... S'il vous plaît... Je... Je ne sais pas ce que vous... voulez.

— Encore une mauvaise réponse, jeune fille..., grogna-t-il en saisissant à nouveau l'épais morceau de bois et en infligeant quatre ou cinq coups sur la poitrine

— Aieeeeee !!! Aiiieeeeeee !!! Pitiéééééé

— Tu le fais exprès... Allez, tu n'as plus que quarante secondes, pouffiasse. Explique-moi pourquoi je ne devrais pas te faire souffrir !

— Pitiéééééé !!! Je vous en supplie.

— Trente secondes. Fais un effort.

— Je... Je... Je ne sais pas ce...

— Bon, ça suffit. Tu ne veux rien me dire... Soit ! Ta pénitence est amplement méritée. Je ne veux plus t'entendre. C'est terminé !

Fou de rage, il refixa le bâillon et sortit le scalpel et le fin crochet. Elle allait payer.

Il le lui arracherait vivante. Tant pis pour elle. Elle l'avait bien cherché.

En glissant l'outil acéré dans le vagin, il posa ses yeux sur la hachette qui dépassait de son sac.

Ça aussi, il s'en servirait.

25.

Jacques avait passé une mauvaise soirée.

Marie, la fille avec qui il avait partagé la nuit dernière, était revenue à la charge, mais il avait refusé la facilité et n'avait pas décroché, la laissant parler au répondeur.

Camille avait raison: ce n'était pas une solution. Tout cela ne le menait à rien. Les sites de rencontres qu'il écumait avaient même un effet néfaste sur son épanouissement personnel et l'empêchaient de faire le deuil de son passé.

Oublier le passé. Facile à dire...

Il avait bien essayé de résister, mais il avait fini par reprendre ce maudit album pour le feuilleter pendant plus d'une heure. Il fallait qu'il trouve la force de le jeter. Seulement, il ne se sentait pas encore prêt.

C'était tout ce qui lui restait de son ancienne vie, celle qui avait volé en éclats il y a deux ans.

Florence était une femme merveilleuse.

Ils avaient tout pour eux.

Mais c'était compter sans cette saloperie de maladie.

Six mois.

Six petits mois. Terribles. Remplis d'espoirs et de désillusions.

Et merde...

Vers une heure du matin, il s'était effondré dans le canapé, ivre mort.

Lorsqu'il entra dans le bureau, sa tête en disait long sur la nuit qu'il avait passée.

Le brigadier-chef Théodore et Marc étaient déjà là, affairés à leurs dernières trouvailles.

— Alors, ça donne quoi ?, entama-t-il la voix rauque, brûlée par l'alcool.

— Le profileur avait vu juste. Regarde ce qu'on a retrouvé.

Jacques se tourna vers les trois enveloppes posées sur le bureau. Un texte en script était inscrit sur le papier brun : « Bien joué ».

— C'est quoi ?

— Ca fait partie de son petit jeu. Cet enculé les avait glissées derrière le cadre, sous une deuxième toile. On s'en est aperçu en désossant les tableaux. Mais je t'en prie, jette un œil sur les photos.

Jacques saisit la première enveloppe et en extirpa deux clichés. Le premier avait été pris alors que la jeune femme était encore en vie. Attachée à plat ventre sur le lit, elle avait la tête tournée dans sa direction, on entendait presque ses hurlements de terreur.

Le deuxième cliché était atroce. C'était un plan rapproché du torse et on y distinguait l'utérus posé sur la peau nue, à proximité des poils pubiens.

— Putain... C'est à gerber !

— C'est la même chose pour les trois filles. Une photo avant... une photo après. Comme s'il voulait immortaliser son œuvre.

— Et ça ?, reprit Jacques en désignant les étranges codages qu'étudiait son collègue.

— Je n'en ai aucune idée. On dirait des codes-barres mais j'ai vérifié : ça n'a rien à voir. L'algorithme utilisé est totalement différent, fit Marc, les yeux cernés, vestiges de sa nuit agitée.

— Tordu, le mec... Déposer des tableaux identiques dans chaque scène de crime était déjà dingue, mais pour y glisser des photos pareilles et des messages codés, faut vraiment avoir un grain !

— Non. C'est encore une façon de nous défier.

Jacques s'approcha de Marc, toujours penché sur un des codes-barres.

— Dis-moi... As-tu essayé de le remettre dans le contexte du tableau ? Y a peut-être un lien ?

— C'est ce que j'ai tenté de faire, mais ça ne donne rien.

— Merde...

— Tout ce que je sais, c'est que les trois tableaux sont la reproduction d'une œuvre majeure de Dürer : *Les Quatre Cavaliers de l'Apocalypse*.

— Et alors, ça aurait un sens avec notre affaire ?

— Je n'en sais rien. Il se prend peut-être pour l'un d'entre eux ? Je me rappelle avoir lu dans un passage de l'Apocalypse que chacun représentait une calamité... les quatre fléaux de Dieu. Il y a la pestilence, affublée d'une couronne, la guerre, armée d'une épée, la famine qui pèse la nourriture à l'aide d'une balance et la mort... Peut-être qu'il se prend pour le dernier ?!

Les deux hommes fixèrent à nouveau leur attention sur le premier message. Il semblait être le fruit d'une codification élaborée.

B000V0000CQ000P00V000C00R00000E000000A0E000LA00
0S00N001000U0V0000L000D000E1000T0010000S000S00I
0000104000U00400E000G0006010001E0001R0007000R00

— C'est à s'arracher les cheveux, fit Jacques en regardant, par-dessus l'épaule de son collègue, l'étalage de lettres, de chiffres et de barres sans relation évidente.

— Ouais... Et les deux autres sont du même acabit.

— Salut les gars ! Alors, vous avez avancé ?, lança Camille, entrant à son tour dans le bureau.

— Très peu, aux dires de Marc. Ça va, toi ? T'as vraiment une sale tronche.

— Charmant, merci. Comme tu vois, j'ai mal dormi et ma nounou m'a plantée hier soir. J'ai dû emmener Nicolas chez ma mère ce matin.

— Va falloir te prendre avec des pincettes, alors ?

— Je crois bien ! Mais vous n'allez pas me voir bien longtemps. Je file récupérer les analyses cytologiques et toxicologiques. À plus tard.

La jeune femme les salua puis ils reprirent leur examen minutieux, soulagés d'avoir pu épargner la vision des images à leur collègue.

-Reprenons. Il doit bien y avoir un truc qu'on a raté, marmonna Jacques, scrutant tour à tour chacun des cryptogrammes. Place les autres en dessous, pour voir...

Le lieutenant s'exécuta et disposa les trois messages les uns en dessous des autres.

B000V0000CQ000P00V000C00R00000E000000A0E000LA00
0S00N001000U0V0000L000D000E1000T0010000S000S00I
0000104000U00400E000G0006010001E0001R0007000R00

00S00D0C000V0M0A00A0S0V000I0E000E0U0E00R0000000
A01000100S000100RC00I0U0V00S00R0S00S0E0000E020E00
20100A0Z0T00Z0R00401060E000U0T000Z00040101S0010

0M0V00D0M000N000S00V000A0E000EE00E000A000L0000I
000U00C00SE000S00U002000S1000010010001E000R0000
0Z0Y00001001000100P000E00A004000707000400004007

— Alors ? Ça t'inspire ?

— Non ! Fait chier... Et en les changeant de position ?

Marc, sans attendre, modifia leur ordre mais n'obtint rien d'intéressant. Il réitéra à plusieurs reprises, essayant toutes les combinaisons. Visiblement, la résolution de l'énigme ne passait pas par là.

— Ça me fait penser à ce putain de jeu de foire, avec une bille et trois pots !, pesta Jacques.

—Sauf qu'ici, y a pas franchement de bille !, reprit Marc, dépité.

— Et en les agrégeant ?

— Je l'ai déjà fait. Ça n'a rien donné de concret. C'est une vraie merde, ce truc.

Exaspéré, il rassembla les trois feuillets et les jeta rageusement sur le bureau, puis se leva pour aller chercher son énième café de la journée.

— Hé... Attends ! J'ai une idée..., l'interrompit Jacques, les yeux braqués sur les feuilles tombées en tas.

— Quoi ?

— T'as essayé de les superposer ?

— Non, mais c'est pas con. Tentons.

— On a des transparents ?

— Oui. Il doit encore en rester quelque part.

Marc farfouilla dans les armoires du bureau et finit par dénicher une liasse de films plastiques poussiéreux qui devaient avoir le même âge que le rétroprojecteur.

— C'est un vrai musée, ici ! s'exclama Jacques. Envoie, que je photocopie ces saloperies de codes.

Marc les lui tendit puis il ramassa les trois papiers, les photocopia et, enfin, les découpa avant de les superposer sur le plateau lumineux.

— Alors ?, s'enquit Marc.

— Je ne discerne pas grand-chose. Et toi ?

— Moi non plus.

— Dommage. On est repartis pour un tour mais j'ai l'impression qu'on brûle.

Il testa plusieurs dispositions et se figea subitement.

— Hé !, fit-il en claquant des doigts, regarde-moi un peu ça !

— Quoi ?

— On dirait qu'ils sont complémentaires...

— Complémentaires ? C'est à dire ?

— Observe la position des zéros.

Marc examina les trois codages avec la plus grande attention et releva la tête, un sourire aux lèvres.

— Putain... Je crois qu'on a tapé dans le mille. Attends ! Je vais modifier les séquences en remplaçant les zéros par des espaces.

Il s'exécuta, refit des transparents et les replaça sur le rétroprojecteur. Enthousiaste, il secoua la tête et montra le résultat à son collègue. Les codes se combinaient parfaitement, formant un nouveau cryptogramme. Le résultat n'était pourtant guère plus parlant.

BMSVVDDCMCQVNMPASVAVSCVAREI0EEEEEEU0EAARE0L0LA0I
AS1UN1C1SSEU1VSRCULI2UDVS1SE1R1ST1S1E1E0SER2SE0I
2Z1Y1A4Z1TU1Z4R1E4P1G6EE6A1U4T1E7Z71R4E171S4R17

— Ça a l'air de correspondre, mais je ne vois pas trop à quoi ça va nous avancer.

-Ce n'est toujours pas un code-barres!, grommela Marc qui venait de passer le résultat dans l'algorithme.

— Je ne sais plus quoi penser, Marc... Notre intuition est bonne, j'en mettrais ma main à couper. Ça colle parfaitement mais ça reste complètement abscons. Si une clé se cache réellement derrière, je pense qu'on sera des vieillards avant de la trouver.

— Détrompe-toi. Je crois, au contraire, qu'on vient de faire un grand pas vers la solution. Je vais mettre un de nos spécialistes en sécurité sur le coup. Avec les moyens informatiques dont on dispose, on devrait pouvoir élucider ça rapidement.

— T'es sûr ?

— Oui. Certain. Bravo, en tout cas! J'y suis depuis six heures du matin et je n'avais encore rien vu. Va vraiment falloir que je me recycle.

— Bah... Coup de bol. Au fait, il n'est pas encore arrivé ?

— Qui ça ?

— Le profileur. Il devait être là ce matin, non ?

— Il a appelé avant que tu arrives. Il sera là dans une demi-heure. On lui montrera ce qu'on a découvert.

26.

Il ne l'avait jamais remarqué, mais les petits bruits d'une maison sont des facteurs d'anxiété impressionnants : les craquements du plancher, les gargouillis électriques du frigo, les grincements de pièces métalliques qui se dilatent sous l'effet de la chaleur, le ronronnement de la chaudière ... Tous ces tueurs de silence s'étaient relayés inlassablement pour le priver d'un sommeil réparateur.

Quand le jour se leva, il n'était pas franchement en forme : regard cerné, bouche pâteuse, migraine lancinante... Ses yeux rougis clignaient comme le témoin d'une batterie déchargée.

Mais à son grand étonnement, rien ne s'était produit pendant la nuit.

Il regarda par la fenêtre. Le vent de la veille avait disparu, emportant avec lui les épais nuages anthracite qui alourdissaient le ciel. Ce matin, une immense voûte azurée se déployait à l'horizon. La journée démarrait sur une note flamboyante.

Il comptait se rendre au village dans la matinée et en profiter pour acheter de la chaux vive afin de se débarrasser du cadavre du chien et de ses hordes de bestioles nécrophages.

Quand il se dirigea vers le bureau, l'horloge du salon indiquait déjà huit heures quarante et, malgré ses cogitations nocturnes, il ne savait toujours pas quoi faire.

Il s'installa devant l'ordinateur et stoppa l'économiseur d'écran. Avec les tourments de la veille, il en avait oublié de regarder la photo jointe à l'e-mail.

Regarde-la...

Ça pourrait t'inspirer...

Il retrouva rapidement le message et cliqua sur la pièce jointe. L'image s'afficha en un éclair, lui projetant ses pixels terrifiants au visage.

Il avait en face de lui la représentation absolue de la souffrance. Jamais il ne l'avait ressentie à ce point.

La femme au centre du cliché était en pleine agonie.

Les yeux révulsés, la bouche tordue par le martyre, elle exprimait une douleur insoutenable.

L'auteur de son calvaire s'en était donné à cœur joie.

Son corps n'était plus qu'un champ de bataille dévasté, lacéré de toutes parts, dévoilant crûment la chair pourpre et sanguinolente.

Il posa avec appréhension les yeux sur le texte inscrit en surimpression sur le cliché.

Richard,

Voici un exemple très concret de ce que j'aimerais retrouver dans ton roman. Regarde bien! C'est très important de transmettre parfaitement les émotions.

Je t'ai aidé... À toi maintenant de me faire vibrer.

Richard resta pétrifié une bonne minute avant de reprendre le contrôle de ses sens puis de faire disparaître la photo dans les abîmes de l'ordinateur.

C'en était trop pour lui.

Je t'ai aidé... À toi maintenant de me faire vibrer...

Désormais, les intentions de ce cinglé étaient parfaitement claires : il voulait être sa source d'inspiration, sa *muse* dans un monde d'horreur et de souffrance.

C'est un malade, Richard...

Il faut que t'arrêtes ça immédiatement !

Tu vas aller voir la police, un point c'est tout !

Il regarda une nouvelle fois le courriel qu'il avait imprimé et le mit dans sa poche. C'était une preuve de ce qu'il subissait.

Il le montrerait à qui de droit...

Il enfila sa parka et prit les clés.

Il était temps de se rendre au village.

27.

— Ça ne m'étonne pas vraiment. Ce petit jeu est en phase avec sa personnalité, fit Jean Dunoir, examinant les étranges codages et le début de solution.

— Nous nous doutions que c'était une sorte d'épreuve pour nous mettre en difficulté, répondit Jacques, cherchant les yeux du profileur. Ce salopard veut tester nos capacités. Ça colle parfaitement avec les tableaux qu'il a laissés sur les scènes de crime.

— Vous m'ôtez les mots de la bouche! On dirait que c'est sa façon d'attirer notre attention. Il prend des risques pour pimenter ses actes... On retrouve d'ailleurs ce goût du danger dans tout ce qu'il fait, comme rester dans l'appartement de la victime pendant des heures.

— Pourquoi a-t-il besoin de ça ?

— Cela flatte son ego. Il a besoin de reconnaissance... Il veut qu'on l'admire pour ce qu'il fait, qu'on le craigne...

Nous avons affaire à quelqu'un qui a une très haute opinion de lui-même. Il se sent supérieur. Invulnérable.

— Et pour l'instant, c'est le cas! C'est lui qui mène le jeu... On n'a rien trouvé d'exploitable.

— Il fera tôt ou tard une erreur. À nous d'être attentifs.

— Et que pensez-vous de la dernière victime?

— Ce dernier crime me semble quand même assez paradoxal. D'un côté, on retrouve toute la violence exprimée depuis le début, mais l'absence de support contredit ses habitudes et convictions. On assiste ici à une profonde rupture de la psyché.

— Une rupture de la psyché?, reprit Jacques, peu à l'aise avec le jargon psychiatrique.

— Oui absolument. Je ne vois que deux hypothèses valables pour ce changement brutal. La première, s'il s'agit vraiment d'un seul individu - ce que je ne pense pas - est qu'il a trouvé une nouvelle forme d'épanouissement personnel. Il n'a plus besoin de matérialiser son fantasme comme il le faisait auparavant. L'autre possibilité, que j'aurais tendance à privilégier, implique un événement structurant, inattendu. Comme la disparition de l'un d'entre eux.

— Un des deux aurait disparu?

— Oui. Je ne serais pas étonné que vous retrouviez prochainement le corps d'un de ces assassins. Mais le pire dans tout cela, c'est que ce n'est pas le plus inoffensif des deux qui a survécu. Le chasseur a pris le dessus sur le fétichiste, la frustration a été plus forte que la raison.

— Ça ne va pas arranger nos affaires...

— Non. Maintenant, les choses risquent d'être radicalement différentes. En l'absence du «modérateur», l'autre risque de ne plus avoir aucune limite.

— Encore plus de violence?

— C'est une évidence. Violence et acharnement sexuels.

— Et pour les messages ?

— Je n'en sais rien... Il n'est pas certain qu'il continue le jeu. Tout dépendra de son besoin de reconnaissance.

— Alors, on est en train d'essayer de faire parler ces conneries de codes-barres pour du beurre !, vociféra Jacques, exaspéré.

— C'est fort possible, en effet. Mais on ne doit pas relâcher la pression. Ce n'est pas parce que j'ai cette intuition que je ne me trompe pas.

— Oui. Mais vous semblez plutôt convaincu et... convaincant, de surcroît.

— Ce ne sont que mes premières impressions à chaud. Il ne faut surtout pas baisser les bras, répliqua Jean, sûr de lui. On peut réexaminer les clichés ?

— Certainement, fit Jacques, revenant instantanément au début du slide-show. Vous avez noté autre chose ?

— Non, mais je pense qu'il faut s'imprégner des derniers événements. Plus on aura d'éléments, plus il nous sera facile de le comprendre et d'anticiper ses réactions.

28.

Richard pédala comme un possédé, mû par quelque énergie invisible, jusqu'au petit bourg situé sur la colline.

Malgré le dénivelé important, il avala les trois kilomètres qui séparaient la maison de Max du village en quelques minutes.

L'effort avait été violent, mais il ne s'en était pas rendu compte tant il était égaré dans ses pensées.

Une question passait en boucle dans son esprit.

Pourquoi ce salopard avait-il fait disparaître toutes les traces de l'abomination qu'il avait vue dans le hangar?

Lorsqu'il pénétra sur la place centrale de Courzieu, il regarda derrière lui pour s'assurer qu'il n'avait pas été suivi, mais il ne vit que les lacets de bitume qu'il venait d'emprunter. Ils s'étendaient à perte de vue et leurs arabesques se mêlaient harmonieusement à la verdure des bois alentour.

Tu deviens parano. Il n'y a personne...

Il chercha du regard le poste de police municipale et le localisa rapidement. Il faisait tache avec tout le reste. Coincé tel un chicot entre deux agences rutilantes, il n'était qu'une relique des temps anciens, délitée faute de budget.

Il entra dans le bâtiment et se présenta directement à l'accueil. L'intérieur était à l'image de l'extérieur : vétuste.

Une préposée - d'époque, elle aussi - était campée derrière un bureau d'avant-guerre.

— Bonjour, vous désirez ?

— Bonjour madame. Je souhaiterais rencontrer le chef de poste.

— C'est à quel sujet ?

— Un problème, répondit-il simplement, préférant ne pas s'épancher.

— Vous tombez mal monsieur. Il vient juste de partir pour sa ronde. Il ne sera de retour qu'en fin de journée.

Merde.

— C'est le seul gradé, ici ?

— Oui. Vous savez, les petits villages... On a déjà de la chance d'avoir une antenne locale !

— Puis-je avoir son téléphone ? Je dois lui parler de toute urgence.

— Quel est votre problème, jeune homme ? Vous semblez bien pressé.

— C'est à dire... C'est qu'il y va peut-être de la vie de quelqu'un...

— La vie de quelqu'un !? C'est une plaisanterie, n'est-ce pas ?, fit-elle en le regardant droit dans les yeux. L'intensité qu'elle y perçut la troubla et elle ajouta immédiatement :

« Écoutez, le brigadier-chef n'a pas de téléphone portable et la radio de sa voiture est H.S. depuis trois jours. Laissez-moi vos coordonnées. Je lui dirai de vous rappeler dès qu'il rentrera. ».

Richard laissa son numéro de téléphone et son adresse puis,

dépité, sortit et retrouva la place toujours aussi déserte.

Dehors, un soleil généreux réchauffait enfin l'air glacial.

Il fit un tour rapide des commerces, entra dans la petite superette Casino et en ressortit les bras chargés de deux sacs en papier, qu'il fixa sur le porte-bagages. Au moins, il ne manquerait pas de victuailles.

En remontant sur le vélo pour rejoindre la maisonnée située en contrebas de la colline, il se dit qu'il ferait mieux de quitter les lieux tant qu'il en était encore temps. D'entrer vite fait dans un bar et commander un taxi afin de fuir toute cette folie.

Fuir sa peur grandissante.

29.

Jusqu'à présent, Évelyne était une jeune femme ordinaire. Elle travaillait dans une grande surface de la zone industrielle de la porte de Lyon depuis plus de trois ans.

C'était une employée modèle, discrète, travailleuse et serviable. Elle faisait l'unanimité auprès de la Direction et des autres membres du personnel.

Quand elle n'était pas venue travailler hier matin, ses collègues avaient été intrigués. Ce n'était pas usuel. Jamais une fille comme Évelyne ne se serait absentée sans prendre le soin d'en avertir ses responsables.

Beaucoup d'entre eux avaient tout de suite pensé au pire mais bizarrement, personne n'avait pris l'initiative de la contacter ni même de prévenir la police.

Pourtant, cela aurait pu lui sauver la vie.

Ce matin, son destin avait basculé. Elle était passée du statut d'illustre inconnue à celui de vedette de toute la presse locale...

«Horreur dans le cinquième arrondissement»
«Boucherie morbide en plein Saint-Jean»
«Un tueur fou sévit à Lyon»

Voilà, en résumé, ce que titreraient les grands quotidiens lyonnais du lendemain.

— Alors, qu'est-ce qu'on a?, fit Jacques Depierre en rejoignant Marc et Camille dans la chambre à coucher - ses deux collègues l'ayant précédé de quelques minutes.

— Le profileur avait raison, j'en ai bien peur..., répondit le lieutenant Amarante. Cette fois, il s'est acharné. Elle a vraiment passé un sale moment.

— C'est bien notre tueur?

— Pas le moindre doute. Le périnée a été tranché net et vu l'état de la vulve, il y a fort à parier que l'utérus a été prélevé, reprit Marc en regardant son collègue.

La jeune brigadière, qui se tenait à ses côtés, sécha les larmes qui coulaient encore sur ses joues. L'horreur qui s'étalait devant elle, couplée à sa fatigue chronique, était en train de la faire craquer. Elle s'adressa à Jacques qui se penchait sur la victime...

— Comment peut-on faire des choses pareilles? C'est monstrueux, fit-elle, encore sous le choc.

— Ce n'est pas un être humain comme toi et moi, Camille... C'est un malade. Tu as entendu Jean Dunoir. Il n'a plus aucune limite. Enlever un utérus n'est qu'un amuse-gueule pour lui.

Les trois flics du SRPJ observèrent une nouvelle fois la scène du crime où s'activait une équipe spécialisée de la police technique et scientifique.

Toute la petite pièce était maculée de sang, du sol au plafond en passant par les murs, où l'auteur avait tracé une série de lettres ensanglantées.

— Pourquoi lui a-t-il tranché les membres ?, reprit la jeune femme en se retournant pour faire face au lieutenant.

— Je n'en ai aucune idée. Peut-être par pure sévice.

— Tu ne penses pas que c'était pour se débarrasser du corps, mais qu'il a été dérangé ?

— C'est possible, mais je pense plutôt qu'il voulait nous en mettre plein la vue. Et pour le coup, il a parfaitement réussi.

— Ça me rend malade. Pauvre fille...

— Oui. C'est dégueulasse.

— Hé ! C'est quoi, tous ces journalistes ?, coupa brutalement Marc qui venait de jeter un œil par la fenêtre et d'apercevoir les nombreux camions de presse garés dans la rue. Comment peuvent-ils déjà être au courant ?

— Tous les canards du coin ont reçu un coup de fil anonyme ce matin, répondit Jacques en tournant la tête vers son collègue. D'après ce que j'ai entendu quand j'entrais dans l'immeuble, il les a contactés peu de temps avant nous.

— Il continue à rechercher la notoriété, alors. C'est plutôt bon signe, non ?!

— Oui, en espérant que ça l'amène à commettre une erreur, continua l'homme, les yeux rivés sur les deux techniciens de la scène du crime qui s'échinaient sur le mobilier. Il continua :

« Et eux, ils ont trouvé quelque chose ? »

— Non, j'crois pas. Ils passent tout l'appartement au crible. Les seuls éléments qu'on a pour l'instant, ce sont les textes sur les murs. Ils ont certainement été écrits avec le sang de la victime.

Jacques regarda les papiers peints maculés d'une substance brunâtre. Parmi les nombreuses taches, deux lettres revenaient une cinquantaine de fois :

S.L.

— C'est quoi, à ton avis ? Des initiales ?

— Il a peut-être décidé de signer ses crimes...

— Écoute. Tu photographies tout. On regardera ça plus tard. Je dois y aller. J'ai rendez-vous avec le commissaire dans moins d'une demi-heure.

— C'est déjà fait... Qu'est-ce que tu crois ?

— Bon, c'est parfait. Alors, à tout à l'heure. Et s'il y du nouveau...

— T'inquiètes, je reste là avec Camille. Si on a quoi que ce soit, je te bipe.

Il adressa un petit signe de tête à son collègue et regarda la jeune brigadière qui s'était mise en retrait. Elle était pâle comme un linge.

30.

Quand Richard arriva devant la grille de la petite propriété, il entendit son téléphone portable sonner.

Il le sortit de sa sacoche et regarda machinalement l'écran. Le numéro était inconnu.

— Richard Gr..., entama-t-il spontanément.

— Qu'est-ce que tu crois, espèce de petit trou du cul ?, l'interrompit brutalement une voix métallique, truquée de toute évidence. Tu pensais que ta petite escapade allait passer inaperçue ? C'est ça ?

— Qui... Qui êtes... Qui êtes-vous ?, bredouilla Richard.

— C'est pas important ! Comme je te l'ai déjà dit, je suis là pour toi. C'est tout. Je me décarcasse... et toi, tu fais des conneries.

— Je ne comprends pas... Je ne comprends pas où vous voulez en venir. Pourquoi tout ça ? Pourquoi moi ?

— Peut-être que j'ai un petit faible pour toi.

— Mais on ne se connaît pas !

— Ça, c'est toi qui le dis ! Et si on s'était croisés dans un Salon ?

Les Salons... Comment peut-il savoir ?

— Qu'attendez-vous de moi, exactement ?

— Tu le fais exprès ou quoi ? Tu vas finir par me décevoir. C'est pourtant simple...

— Je vous assure que je ne vois pas où vous voulez en venir.

— OK... Alors, écoute-moi bien. Je ne te le dirai pas deux fois. Je veux que tu écrives une version romancée de mon œuvre. À travers tes mots, je connaîtrai la gloire et avec mon aide, tu auras un public. La souffrance est une chose qui ne s'invente pas si tu ne la génères pas toi-même. Tu ne peux pas l'imaginer sans support... En fait, c'est une mise en commun de nos talents que je te propose.

Mais de toute évidence, tu ne veux pas jouer le jeu alors je vais te montrer qu'il ne faut pas plaisanter avec moi.

— Que... que voulez-vous dire ?

— Tu te rappelles la jeune femme qui t'a servi tout à l'heure à la superette ?

— Heu... Oui. La jeune fille ?

— Exact ! Par ta faute, elle va subir mon courroux.

— Non ! Vous êtes fou !

— Richard, ne m'insulte pas, s'il te plaît ! Je ne te laisse pas le choix. Retrouve-la dans les bois cette nuit... Je te guiderai. Si t'arrives à temps, elle sera sauve . C'est promis. Sa vie dépend désormais de toi et de ton esprit de déduction.

— Quel bois ?

— Je te guiderai à partir de la maison. À toi de faire les bons choix.

— Vous êtes dingue !

— Richard... Je viens de te demander de ne pas m'insulter.

— Ne la tuez pas, hurla l'homme bedonnant.

— Alors, tu la fermes !

Silence.

— J'aimerais aussi que tu me concèdes une dernière faveur...

— Que voulez-vous ?, demanda Richard, d'une voix trahissant son émotion.

— Il va falloir que tu penses à produire. J'ai constaté que tu n'avais rien écrit aujourd'hui... Tu sais, si tu ne me donnes pas satisfaction, je m'occuperai personnellement de tous ceux qui ont croisé ta vie de près ou de loin... Tu ne voudrais pas qu'il leur arrive des bricoles, n'est-ce pas ?

Silence.

— T'as compris ?!!!, fulmina la voix métallique.

— Oui.

— Alors à ce soir... Attends mon signal !

Le type venait à nouveau de faire monter la pression. À chacune de ses tentatives pour le défier, il ripostait implacablement, tel un rouleau compresseur.

Il n'y avait aucune échappatoire au chantage immonde qu'il subissait.

Il rentra dans la maison, anéanti, et s'installa devant l'ordinateur.

31.

Vers dix-neuf heures, Marc et Camille rejoignirent Jacques, comme prévu.

Les autres éléments retrouvés sur la scène du crime n'avaient pas été fructueux. Hormis les écritures sur les murs, rien n'était venu enrichir leur dossier. Cette fois, pas de tableau et encore moins de code et de photos.

Ce qui était sûr, c'est que l'enquête prenait une nouvelle dimension et que l'homme qu'ils traquaient avait foncièrement changé sa façon de procéder.

Plus violent, beaucoup plus imprévisible, il devenait impossible à cerner.

— J'en ai ras la casquette ! Terminé pour aujourd'hui, fit Marc, visiblement épuisé par la journée. Je ne sais pas ce que les prélèvements vont donner, mais je suis assez pessimiste. Cet enfoiré a vraiment pensé à tout.

— Va te reposer. Je crois qu'on a tous besoin d'une bonne nuit de sommeil.

— T'as raison… et j'y vais de ce pas. À demain !, reprit-il en enfilant son pardessus. Il salua les deux flics et claqua la porte.

— Et toi Camille ? Comment ça va ?

— C'est pas la joie... Quand je repense à la pauvre fille... J'en ai la chair de poule. Tu sais... C'est bizarre...

— Quoi ?

— J'attendais avec impatience ce genre d'affaires. Et là, je suis tellement bouleversée par ce que j'ai vu que j'ai vraiment du mal.

— C'est normal. Comment veux-tu que nous restions insensibles à tout ça ? On a beau être des pros, on n'en reste pas moins des êtres humains. Ne te bile pas, ça va passer.

— Ouais... J'sais pas. Je sais plus ce que je veux. Je crois que ça a fini de m'achever.

— Allez, t'es crevée. Rentre chez toi. Va t'occuper de ton fils et oublie tout ça.

— Merci Jacques. C'est gentil.

— Arrête, t'as vu les heures qu'on se tape ? Il n'y a rien de gentil dans ma proposition. C'est la moindre des choses.

— OK. Ça te dirait de passer ce soir ?

— Quoi ? Moi ?

— Oui. J'aimerais assez que tu viennes. J'ai pas franchement envie de rester seule.

— Heu... J'ai encore du boulot et...

— Bon, l'interrompit-elle, sentant parfaitement qu'il n'était pas emballé par l'idée. Fais comme tu le sens. Mais si ça te dit... n'hésite pas.

Jacques regarda la jeune femme partir en soupirant.

Malgré l'épreuve qu'elle traversait, elle s'en sortait bien et sa proposition était tentante.

Mais ce n'était pas une bonne idée. Vraiment pas. En tout cas, pas en ce moment.

32.

Les heures avaient filé sans qu'il s'en aperçoive.

C'est dingue...Comment est-ce possible?, avait-il bougonné dans sa barbe en regardant sa montre.

Comme le lui avait ordonné son *nouvel ami*, il s'était remis à l'écriture dès son retour des courses mais rien de bon n'en était sorti.

Une page...Une production misérable...

Son état émotionnel empêchait toute pensée créative.

La nuit était tombée et il attendait désormais le signal avec appréhension. Il grignota quelques sucreries sans quitter son PC des yeux.

Cette nuit... Tu dois la sauver...

Je te contacterai...

Comment allait-il le contacter, d'ailleurs? Par e-mail? Par téléphone? C'était vague...

Vingt-trois heures passèrent sur la grande horloge du salon et rien ne semblait vouloir se profiler.

Était-ce un canular? Non... Impossible.

L'homme semblait tout ce qu'il y a de plus sérieux et ne laissait aucune place aux sous-entendus.

Somnolent, il prit son mal en patience, puis vers minuit, il reçut enfin les instructions qu'il attendait.

C'était un e-mail.

Comme pour le premier, l'adresse de l'expéditeur était la sienne : richard.granjon@hotmail.fr

Il le parcourut rapidement.

«Mon cher Richard,

C'est l'heure de notre petit jeu. Je vois que tu n'as pas franchement avancé, aujourd'hui encore… Ça me chagrine beaucoup.

Aurais-je misé sur un mauvais cheval ?

Comme promis, je te convie à une petite balade nocturne dans les bois. Je te laisse une heure pour retrouver la gentille Laurence, qui a été, je dois dire, parfaitement compréhensive dans son tourment. J'espère qu'elle peut compter sur toi.

Le premier indice est dans la cour, à l'entrée des bois. Dès que tu te sentiras prêt, vas-y… Mais ne traîne pas trop : le temps t'est compté.

Ah ! Juste une précision… Mémorise la pièce jointe… Elle te servira. Mais attention, elle ne s'affichera que dix secondes à partir du moment où tu l'ouvriras… Ce serait trop simple, sinon…

À toi de voir quand tu te sentiras prêt.

Ton ami éternel»

Richard souffla afin d'évacuer la tension accumulée et fixa du regard le trombone accroché au message.

Mémorise la pièce jointe… Tu as dix secondes.

Il prit un papier et un stylo puis cliqua sur le document. Celui-ci afficha une grille contenant une centaine de lettres, chiffres et symboles divers…

1	2	E	E	S	A	0	T	T	E
9	F	Z	Y	Z	D	S	5	G	R
R	3	5	Y	2	G	D	Y	A	F
T	Y	B	J	Q	Z	E	V	I	W
U	8	V	1	2	0	5	P	C	B
Q	6	J	1	9	6	6	V	Z	A
F	S	5	S	V	H	U	S	Z	A
É	&	E	F	A	1	R	A	2	C
4	2	-	A	U	J	H	8	Ç	2
A	Z	Y	F	*	G	S	E	$	1

Sans réfléchir, il recopia frénétiquement le tableau, aussi vite qu'il le put, mais lorsque le message s'effaça, il n'avait réussi à relever que les quatre premières lignes.

Merde...

...J'espère que ça va suffire !

J'aurais dû la prendre en photo avec mon portable ! T'es trop con...T'aurais pu y penser avant !

À quoi cela allait-il lui servir ?

Il n'en avait aucune idée, mais il prit la note qu'il venait de rédiger et enfila sa parka.

Cinq minutes plus tard, armé d'une énorme lampe torche, il était dehors, dans la nuit glacée.

Prêt à braver la noirceur des bois.

33.

Jacques était rentré assez tard du bureau, repoussant au maximum le moment où il allait se retrouver seul face à son passé douloureux.

Florence, avec sa souffrance... et lui, avec son impuissance.

Non!

Ce soir, il résisterait.

Pas d'album... Pas de photos... Pas de films!

Juste essayer de se vider la tête en regardant des conneries à la télévision.

Mais vers vingt-trois heures, malgré ses efforts, il sentit la nostalgie rôder.

Encore une bataille perdue...

Il allait à nouveau avoir besoin de son vieil ami Jack Daniel's et en y repensant, il aurait peut-être dû accepter l'invitation de Camille.

Machinalement, il saisit le combiné.

Il allait l'appeler, lui dire qu'il avait, lui aussi, besoin de quelqu'un.

Mais il le reposa. C'était n'importe quoi...

Il fallait qu'il se reprenne.

Il lutta contre les vagues de souvenirs, mais c'était impossible.

Il revoyait les trente-cinq kilos décharnés, ce corps tourmenté par la douleur, par cette saloperie de maladie. Et malgré tout ça, son sourire, sa volonté.

C'était incroyable. En fait, c'est plutôt elle qui avait cherché à le soutenir. Lui s'était effondré.

Elle n'avait jamais renoncé, se battant jusqu'à ses derniers instants.

Il effleura les coins de l'album-souvenir en pleurant et lutta une dernière fois contre l'envie de l'ouvrir.

Dix minutes plus tard, il avait abdiqué et entamait le flacon alcoolisé.

34.

Richard avançait dans les bois.

Le jeu de piste l'emmenait désormais par-dessus le grand vallon qui courait sur des hectares, en bordure de la maison de Max.

Dans le noir, sans autre repère que le faisceau de sa torche, il progressait à vue, se bornant à suivre les indications laissées à son intention.

La peur l'enveloppait comme une camisole, accélérant son rythme cardiaque et faisant vibrer ses tempes. Son stress, poussé au paroxysme, risquait de le conduire tout droit à l'infarctus.

Conformément aux directives du dernier message qu'il avait trouvé sous une grosse pierre, il compta encore trente pas puis éclaira l'obstacle dressé devant lui. Un vieux chêne étendait ses vastes branches noueuses tels des tentacules figés dans l'attente d'une proie.

Ça ne pouvait être que là, il n'y avait rien d'autre dans un rayon de plusieurs mètres.

Il s'approcha, inspecta l'arbre puis inséra la main dans un trou à proximité des racines. Il y découvrit un morceau de papier froissé sur lequel un nouveau message dactylographié lui indiquait la marche à suivre.

«Mon cher Richard,

Tu touches bientôt au but... Toutes mes félicitations! Jusqu'à présent, tu as été particulièrement attentif et d'une rigueur remarquable puisque tu es arrivé jusqu'ici... Mais c'était quand même assez simple. Maintenant, on va s'assurer que tu as bonne mémoire.

Tu vas marcher cent pas sur ta gauche puis deux cents sur ta droite. Tu trouveras une petite cabane en bois.

C'est là que se trouve le but ultime de ta quête de ce soir.

Elle t'attend impatiemment, je peux te l'assurer... Ne la déçois pas.

D'après mes estimations et si tu n'as pas trop traîné, il te reste environ dix minutes. C'est largement suffisant pour la sauver.

Ton ami pour toujours.»

Bien que cela lui paraisse impossible, son pouls accéléra encore. Son cœur était à deux doigts d'exploser. Il était effrayé mais en un sens, chaque pas le rapprochait de la délivrance.

La cabane se dessina peu à peu dans l'obscurité. La lueur de la torche révéla les premiers rondins de bois puis la toiture.

Sans doute une ancienne cahute de bûcheron ou de chasseur. Elle semblait abandonnée depuis des lustres, vu l'état extérieur.

Il s'en approcha à pas feutrés.

Qu'est-ce que tu fous, là ? C'est totalement inutile de camoufler ta présence... Il sait que tu es là... C'est lui qui t'a guidé... T'es stupide, Richard.

Malgré la justesse de ses convictions, son corps semblait hermétique aux ordres de son cerveau : il était tendu comme un arc, en alerte, suspendu aux bruits environnants.

Il arriva enfin devant l'entrée.

Une lumière vacillait à l'intérieur. C'était là.

Le dénouement de la soirée l'attendait derrière les billes de bois à moitié vermoulues.

Lorsqu'il poussa la porte, son regard fut immédiatement captivé par la silhouette ramassée sur elle-même, dans un coin de la pièce, à proximité de la grande cheminée. C'était elle. C'était la jeune femme qu'il avait croisée ce matin au village. La jeune caissière...

— Est-ce que ça va ?, fit-il simplement, ne sachant pas trop quoi dire et restant planté à quelques mètres devant elle.

Au son de sa voix, la jeune femme eut un mouvement de recul, mais n'émit aucun son. Il s'approcha lentement.

— Mumphhhh...

— Attendez, je vais ôter votre bâillon. Et cessez de bouger, je suis là pour vous aider... Vous n'avez plus rien à craindre.

Non sans mal, il réussit à la débarrasser de la boule en caoutchouc, mais au lieu de le remercier comme il s'y attendait, elle se recroquevilla davantage, cherchant à se protéger.

— Pitié !, hurla-t-elle... Ne me faites pas de mal...

— Calmez-vous mademoiselle... Je suis venu pour vous sauver. Ne craignez rien. Je suis un ami.

Mais ses paroles eurent un effet encore plus inattendu. La jeune femme paniquée se mit à gesticuler comme une démente, lançant ses bras contre lui dans un ballet désordonné, cherchant à le frapper de toutes ses forces. Elle avait visiblement perdu les pédales...

Il recula instinctivement pour se protéger et chercha du regard quelque chose qui puisse lui indiquer ce qu'il devait faire.

Un nouveau papier... Un message...

Richard... Défais ses liens et puis barre-toi. C'est tout...

Mais la situation était plus complexe qu'il n'y paraissait. Il avait devant lui une machine absolument machiavélique...

Une grande chaîne accrochée au mur entravait les jambes de la jeune femme et un large plastron de cuir lui encerclait une bonne partie du torse. De cette veste étrange dépassaient, par endroits, de petits tubes cylindriques en contact direct avec la peau et remplis de liquide visqueux. Sur la face avant du gilet et à la hauteur de son sternum, un réveil électrique, connecté au mécanisme, égrenait les secondes dans un tic-tac presque inaudible. Deux grands cadenas à chiffres scellaient le tout.

Richard posa les yeux sur le cadran afin d'avoir une idée du temps restant. La bombe ou la chose qui se cramponnait sur le corps galbé allait bientôt s'activer...

Deux minutes deux secondes...

— Je vais te libérer, reprit-il en s'approchant à nouveau de la jeune femme. Il ignorait totalement comment il allait procéder, mais c'était une façon de se donner du courage.

— Vous êtes fou !, hurla-t-elle. Ne me touchez pas...

— Comment ça ?, fit Richard, totalement incrédule, je veux vous aider.

Dans sa terreur, elle semblait tout mélanger... tout confondre : son agresseur... lui... sa condition de prisonnière...

Une minute quarante...

— On n'a plus le temps de parler ! Laissez-moi regarder, reprit-il d'un ton ferme.

Mais de nouveau, elle se retourna, cherchant à se soustraire.

« Putain, mais tu vas me laisser faire les choses, espèce de petite conne !, hurla-t-il en y mettant, cette fois-ci, une énergie qui annihila les dernières réticences de la jeune femme. »

Elle s'arrêta net et il put enfin accéder aux cadenas : deux gros loquets dont chaque combinaison se composait de quatre chiffres.

Voilà à quoi allait lui servir la grille que l'autre cinglé lui avait demandé de mémoriser !

Le problème, c'est qu'il n'avait pas noté toutes les lignes.

Une minute vingt...

Il s'empara du premier cadenas tout en regardant les codes qu'il avait recopiés.

Voyons voir... Il veut des chiffres... On va essayer de les placer dans l'ordre où ils apparaissaient sur la grille...

Il positionna les trois premiers cylindres respectivement sur le 1, le 2 et le 0 puis tourna le dernier anneau métallique pour le mettre en regard du 9. Aucun effet.

C'est peut-être en sens inverse après tout... Il faut peut-être lire la ligne suivante de droite à gauche...

Sans réfléchir davantage, il fit pivoter à nouveau l'anneau et le plaça sur le chiffre qui, selon sa théorie, était le bon... 5.

Clic...

C'est donc ça... Une ligne à l'endroit... Une ligne à l'envers...

Il avait compris. Le premier verrou avait lâché en quelques secondes. Il ne restait plus que le deuxième, ce ne serait plus qu'un jeu d'enfant...

Une minute...

Confiant, il renouvela l'expérience et plaça les quatre anneaux du deuxième loquet respectivement sur le 9, le 3, le 5 et le 2. Mais ce dernier resta fermé comme une huître. La combinaison n'était pas la bonne. Sa déduction était foireuse. Il avait peut-être eu de la chance en trouvant la solution aussi rapidement ou alors, cet enfoiré avait fait en sorte de le laisser espérer...

Quarante secondes...

Merde... Merde... Merde... Qu'est-ce que ça peut être?

Le même chiffre?

Il fit glisser les cylindres le plus rapidement possible pour former la combinaison qui avait ouvert le cadenas précédent.

1205.

Rien.

Vingt secondes...

Mon Dieu... Aidez-moi...

La jeune femme ne bougeait plus. Elle le regardait, les yeux exorbités. Elle était tétanisée.

Un dernier essai.

2579.

Quatre secondes...

Trois secondes...

Deux secondes...

Il se prit la tête et fixa le verrou qui gisait sur le sol, à quelques centimètres de la jeune femme.

En un éclair, il venait de saisir. Le chiffre qui était encore affiché lui était tout à fait personnel.

1205

C'était parfaitement limpide.

Ce chiffre représentait l'agrégation du jour et du mois de sa naissance. L'autre combinaison ne pouvait être que l'année qui l'avait vu venir au monde.

Une seconde...

Clic.

35.

Jacques se réveilla avec la douloureuse impression d'avoir une barre à mine plantée dans le crâne. Il avait terminé la soirée ivre, s'enfilant une fois encore les soixante-quinze centilitres du bourbon américain.

S'il poursuivait sur cette lancée, c'était la cirrhose assurée.

Il enfila son peignoir et se dirigea vers la salle de bain. Un peu d'eau chaude lui ferait du bien et le rendrait plus présentable.

Une fois sous le jet, il se mit à réfléchir.

Son avenir... Ses projets... Depuis que Florence avait disparu de son existence, il avait tout perdu. Plus rien ne le faisait vibrer. Même son métier devenait pesant.

À quoi cela rimait-il, après tout ? Une enquête à traiter... une enquête terminée... Puis le cycle recommençait, éternellement, tel le supplice de Sisyphe. La vermine humaine était comme le chiendent, impossible à éradiquer, l'entraînant toujours plus loin dans l'horreur.

En s'épongeant, il se dit qu'il fallait à tout prix reprendre le dessus.

La solution ne se trouvait pas dans l'alcool.

Il devait avancer.

Il enfila une chemise, un pull et un vieux jean, puis rejoignit le salon.

Il était temps de partir au bureau.

En passant, il récupéra le vieil album photos. Sa décision était prise : il s'en débarrasserait définitivement.

36.

L'explosion avait été peu violente et largement insuffisante pour la tuer. Mais il avait très vite compris que ce n'était pas le but recherché.

Ce qu'avait concocté *son nouvel ami* était bien plus pervers... absolument horrible.

Cela resterait gravé toute sa vie dans sa mémoire...

C'est bien ce qu'il voulait, non?

Le mécanisme était très élaboré et la détonation n'avait qu'un seul objectif, qu'elle avait parfaitement atteint: briser les petits cylindres de verre pour que le liquide sirupeux se répande sur le corps de la jeune fille.

Atterré par son échec, il avait assisté, impuissant, à la longue agonie.

Libéré des petits conteneurs, le puissant acide avait tout de suite attaqué la peau, la brûlant profondément en quelques secondes, rongeant les chairs, les organes et les os dans un atroce crépitement.

Elle avait hurlé... vociférant des propos incompréhensibles sous l'effet de la douleur. Ça avait été abominable.

Il n'avait fallu que deux minutes... deux minutes interminables pour qu'elle tombe enfin... raide... à moitié rongée par le liquide, sans qu'il ait pu faire quoi que ce soit.

Elle est morte par ta faute, Richard...

C'est à ce moment-là que son esprit l'avait abandonné.

Quand il avait repris conscience, il était dans le lit douillet de la chambre d'ami de Max.

Ce qui avait pu se passer après le drame lui était totalement inconnu.

Perdu dans les abîmes de sa psyché...

Il jeta un coup d'œil par la fenêtre tout en mâchant une énième barre de céréales chocolatée. Le soleil était au rendez-vous ce matin. L'anticyclone d'hiver semblait enfin vouloir jouer des coudes avec les intempéries et venir s'installer pour quelque temps.

Cela faisait déjà une bonne heure que le jour s'était levé, mais il n'avait pas bougé, affalé dans le fauteuil du salon, anéanti.

C'est de ta faute, Richard... Tu l'as provoqué... Tu vois de quoi il est capable...

Il regarda machinalement son portable. À son grand soulagement, personne n'avait cherché à le joindre. Mais cela ne durerait pas...

Il se souvenait avoir demandé à la fonctionnaire du poste de police que le sous-officier le rappelle. Il allait certainement avoir de ses nouvelles.

Il devait impérativement trouver une excuse pour ne pas impliquer le flic. C'était trop dangereux.

Oui...

La démonstration de la nuit dernière avait été d'une efficacité indiscutable, broyant sa volonté.

L'autre détraqué n'avait aucune limite.

Il s'installa devant l'ordinateur et commença par relever ses e-mails. Mais ce matin, hormis quelques spams proposant des placements financiers aussi juteux que fictifs ou annonçant des gains faramineux à la loterie anglaise, il ne trouva aucun message le concernant.

Après s'être connecté au forum de cryptographie pour vérifier si quelqu'un avait résolu l'énigme, il passa une bonne partie de la matinée à écrire.

Ironie du sort, il avait retrouvé l'inspiration qui lui manquait ces derniers jours, admit-il à contrecœur. Les événements de la veille l'avaient même prodigieusement aidé.

Ce qu'il avait produit sonnait beaucoup plus plus réaliste...

C'était bon... Même très bon.

Vers onze heures, alors qu'il venait de rédiger une vingtaine de pages d'une seule traite, il fut interrompu dans ses pensées par un bruyant coup de Klaxon.

Il regarda par la fenêtre.

C'était une voiture de flic.

37.

Jacques passa une bonne partie de la matinée à étudier le rapport de la Police technique et scientifique.

Les éléments étaient décevants. Seules les traces sanglantes qui couvraient les murs étaient exploitables.

Les tests immunochromatographiques avaient rendu leur verdict. C'était du sang humain qui avait été utilisé pour tracer les lettres et il y avait fort à parier que les analyses ADN confirmeraient que c'était celui de la victime.

En tout cas, cette fois-ci, le crime avait été particulièrement violent.

Il parcourut rapidement les divers points du rapport puis tenta de se glisser dans la peau du tueur.

C'était certainement un de ces tueurs organisés dont il avait entendu parler lors d'une conférence sur l'analyse du comportement.

D'après ce qu'il avait compris, ce type de profil était un redoutable calculateur, parfaitement organisé. Il avait besoin de tout contrôler, d'être le maître absolu du jeu.

Les associer à son œuvre n'était-il pas une façon de les garder à l'œil ? De les manipuler ?

Il devrait en parler à l'occasion avec Jean Dunoir. Le profileur avait certainement un avis pertinent sur la question.

Après un rapide déjeuner, il passa le reste de la journée sur le document de la cellule Sécurité. Marc le lui avait envoyé avant de monter à Paris pour une visite éclair.

Plusieurs algorithmes avaient été utilisés et le rapport en exposait la synthèse. Mais malgré une lecture minutieuse, il n'y comprit que les grandes lignes.

Toutes ces techniques mathématiques atteignaient un degré de complexité trop important pour son faible niveau. La seule chose qu'il réussit à appréhender concernait le paragraphe sur la fréquence alphabétique française.

En fin de journée, il regarda le vieil album qu'il avait encore avec lui. Malgré sa décision, il n'avait pas réussi à le jeter, s'accrochant à lui comme à une bouée crevée.

Alors qu'il allait l'ouvrir, le téléphone sonna.

C'était Breton. Le médecin légiste.

38.

Richard ne lâcha pas des yeux la Jeep qui venait de se garer dans la cour principale. Son conducteur était en train de parler à la radio.

Elle marche, ta putain de radio! Elle s'est bien foutue de ma gueule, la vieille taupe...

Trois bonnes minutes passèrent puis le Klaxon retentit de nouveau. Richard hésita un instant mais vu l'insistance de l'homme en uniforme, décida d'aller à sa rencontre.

— Bonjour. Vous cherchez quelque chose?, entama-t-il lorsqu'il arriva près de la voiture.

— Bonjour, brigadier-chef Chillon! Vous êtes monsieur Granjon, n'est-ce pas?

— Heu... Oui. Tout à fait!

— Eh bien, c'est à vous de me dire si je dois chercher quelque chose... Madame Grumellon m'a informé de votre visite au poste. Elle m'a dit qu'il y avait urgence et qu'il y allait de la vie d'une personne... Alors, j'attends vos explications.

Merde... J'aurais mieux fait de fermer ma gueule...

— Je suis désolé mais je crains de vous avoir fait déplacer pour rien. À vrai dire, j'ai pété un câble... C'est sûrement l'isolement et les bois qui m'ont fait perdre les pédales.

— Comment ça ? Je ne comprends pas très bien. Que vous est-il arrivé ?

— Heu..., fit Richard quelque peu désarçonné. Il s'attendait à cette question mais n'avait pas trouvé de réponse plausible. Il improvisa.

« Avant-hier, j'ai entendu des cris dans la nuit... Des cris étranges. J'ai même cru que c'étaient ceux d'une femme... »

— Ha ! Ha ! Ha ! Vous êtes bien un citadin, monsieur Granjon ! Les bruits étranges dans les bois en pleine nuit, ce n'est pas ce qui manque... Entre les oiseaux nocturnes, les chevreuils et autres bestioles qui sortent de leur terrier pour se nourrir, vous n'avez pas fini de vous inquiéter !

— Je me sens un peu ridicule, en effet.

— Remarquez, je préfère ça. Je n'ai pas trop envie de me coltiner une deuxième histoire compliquée. Une seule me suffit largement pour la journée. Mais dites-moi, que faites-vous chez monsieur Saunière ?

— Max a eu la gentillesse de me prêter sa maison pour que je puisse avancer dans mon roman. Vous savez, l'isolement est souvent source d'inspiration.

— Vous êtes écrivain ?! Waow ! C'est la première fois que j'en vois un en chair et en os ! Et c'est quoi, votre domaine ?

— Euh..., répondit Richard, hésitant sur ce qu'il devait lui dire. En fait, je me suis attaqué à la rédaction d'un roman policier et j...

— Un roman policier ?, interrompit le flic. C'est bien ma veine ! J'aimerais beaucoup le lire. J'adore les romans policiers. J'pourrais même vous aider si vous voulez. J'ai des tas d'anecdotes.

— Euh... Certainement, fit Richard, pris une nouvelle fois au dépourvu. Mais je dois avancer encore un peu car pour l'instant, je n'ai pas assez de matière.

— Bien... C'est comme vous voulez. Mais si vous souhaitez mon aide, je vous la donnerai avec plaisir.

— Merci. Merci beaucoup, fit Richard, feignant la gratitude.

— Pas de quoi. Passez mes amitiés à Max. Moi, je vais aller investiguer dans les bois.

— Les bois ? Pourquoi ?, reprit-il sur un ton qui laissa filtrer une pointe d'angoisse. Le flic ne sembla pas s'en apercevoir.

— C'est confidentiel, mais... bon allez, je vais faire une entorse au règlement... d'autant plus qu'on n'a aucune certitude. C'est une gamine du village qui a disparu. Elle ne s'est pas présentée au travail ce matin.

— Vous pensez qu'elle a été enlevée ?

— Ma foi, j'en sais rien ! Mais les parents sont inquiets, alors je vais faire un tour de routine... On prendra d'autres dispositions si elle n'est pas rentrée ce soir.

Pendant que le flic parlait, Richard luttait intérieurement pour étouffer son envie de hurler... de lui dire que la jeune femme était morte... qu'il l'avait vue et que tout ça était en partie sa faute...

— Eh bien, brigadier... Excusez-moi, je n'ai pas retenu votre nom ?

— Chillon. Brigadier-chef Chillon.

— Eh bien, brigadier Chillon, je vous souhaite bonne chance dans vos recherches. Tenez-moi au courant. J'espère qu'on la retrouvera rapidement.

— J'en suis sûr. Ce n'est sûrement qu'une petite fugue amoureuse. Dans les campagnes, c'est monnaie courante. On a plein d'écervelées...

Richard le salua de la main puis retourna, lentement, à l'intérieur. Il avait le cœur gros.

Il venait, par son silence, de protéger un être immonde contre son gré.

39.

La fin de journée passa en un éclair sans le moindre événement notable. Vers dix-huit heures, Jacques se rendit dans le bureau de Camille.

— Alors, ces cryptogrammes ? Ça a donné quelque chose ?, lança-t-elle, le nez planté sur le rapport d'autopsie de la femme retrouvée dans la Saône.

— Non, pas pour le moment. Tout ce qu'on a appris, c'est que les lettres n'ont pas été remplacées mais mélangées. Les fréquences de la langue française sont parfaitement respectées.

— Les fréquences de la langue française ?

— Oui. Ça correspond au pourcentage d'utilisation de chaque consonne et de chaque voyelle. Ce qui est drôle, c'est que c'est immuable. Il suffit que le texte soit assez long pour que par magie, on retrouve des résultats identiques.

Par exemple, en français, la lettre qui est la plus utilisée est le 'E'... Si tu calcules sa fréquence, tu constateras que quel que soit le texte, les valeurs trouvées sont toujours très proches. C'est de cette manière qu'on vérifie si des lettres ont été interverties.

— Donc, les lettres n'ont pas été interchangées... C'est ça que tu veux me dire ?

— Oui, exactement. Les lettres affichées correspondent à ce qu'elles sont en réalité. Par contre, elles ont dû être brassées via un algorithme qu'il faut casser.

— C'est un bon début, non ?

— C'était le plus facile. Venir à bout d'un algorithme est très aléatoire. Ça peut prendre d'une heure à plusieurs années. Même les ordinateurs les plus puissants sont incapables de traiter certains cryptogrammes. La logique humaine n'est pas forcément modélisable.

— Quoi ? L'homme est plus habile que la machine ?

— Bien sûr ! Qu'est-ce que tu crois !? Un ordinateur est programmé pour faire ce qu'on lui demande. Si on ne lui a pas appris à analyser le texte d'une certaine façon, il ne le fera pas tout seul.

— Ah..., fit la jeune femme déçue.

— Mais les choses sont en train de changer. Avec les réseaux neuronaux, les ordinateurs deviennent de plus en plus performants dans leur façon de 'penser' et s'approchent toujours plus du modèle humain. C'est le principe même de l'intelligence artificielle, basée sur l'apprentissage.

— C'est une science que je ne connais pas du tout, mais ça ne m'attire pas vraiment.

— Pourquoi ?

— Parce que les machines me font peur. Y a qu'à voir ce qui se passe quand un de ces foutus PC refuse de démarrer... C'est la crise ! Alors je te laisse imaginer quand la cybernétique remplacera l'homme dans les fonctions critiques. Ça me fait froid dans le dos.

— C'est déjà le cas! Regarde, ne seraient-ce que les avions. Les pilotages automatiques sont des systèmes critiques, parfaitement gérés par l'informatique.

— Oui. C'est vrai, je n'y avais pas pensé.

— D'ailleurs tout est finalement modélisable. Enfin... presque!

— C'est-à-dire?

— Oui, tout sauf... la logique des femmes! Pour y arriver, il faudrait créer des processeurs à humeurs... T'imagines pas le travail!, reprit-il avec un grand sourire satisfait.

— N'importe quoi! T'es vraiment qu'un macho de base! Quand je pense que je t'ai même proposé de passer chez moi, répliqua-t-elle en hochant la tête.

— C'était trop tentant... Bon , dis-moi... pour changer de registre, je viens d'avoir Breton au téléphone. Il faudrait que quelqu'un se rende à l'autopsie de ce soir. Je ne peux pas y aller. Tu pourrais t'en charger?

— Ben... J'ai mon fils à récupérer... Et Marc? Il ne peut pas te remplacer?, tenta la jeune femme, guère satisfaite de la tournure qu'allait prendre sa soirée.

— Non. Il est à Paris. Je crains que ce ne soit pour ta pomme. Je suis désolé...

— On fait vraiment un boulot de chiens... Comment veux-tu que je gère ma vie, moi ?, grommela-t-elle.

Jacques la fixa sans rien dire.

« Bon, OK, je vais m'y rendre. C'est à quelle heure? »

— À vingt heures.

— Vingt heures! Il fait des heures sup', le garçon!

— À croire que la dissection est sa raison de vivre...

— Super! Un homme comme je les aime, fit Camille en consultant sa montre.

Il était déjà plus de dix-huit heures. Si elle ne voulait pas être en retard pour l'autopsie, il fallait qu'elle s'active.

« Jacques, je vais y aller. Je dois passer chez moi pour récupérer deux ou trois trucs afin de les donner à ma mère. Après, je file directement voir Mister Macchabées. Souhaite-moi bonne chance !

— Merci Camille... Je te revaudrai ça.

— J'espère bien !

Jacques lui adressa un sourire et la regarda partir. C'était vraiment une chic fille.

40.

Richard passa tout le reste de la journée à plancher sur son roman et comme pour le matin, l'inspiration fut au rendez-vous. Il avait même regardé plusieurs fois la photo que le dingue lui avait envoyée.

Toute cette horreur l'inspirait incroyablement. Il y puisait la noirceur dont il avait besoin.

C'était malsain... mais bénéfique.

Vers dix-sept heures, il reçut un e-mail.

C'était son *nouvel ami* !

«Mon cher Richard,

Je viens de lire ce que tu as écrit et je dois dire que je suis pleinement satisfait. Tu vois... tu es capable du meilleur.

Par contre, on va devoir s'occuper de toute urgence de notre nouveau problème...

Tu sais, le flic !

Et puis, quand je dis on... je voulais dire tu. C'est par ta faute qu'il est sur nos pas. C'est donc à toi de régler les choses.

Mais ne t'en fais pas, je te dirai ce que tu devras faire.

Bien à toi,

Ton ami.

Ps : Voici une nouvelle photo. Regarde-la bien... Elle est mignonne. Imagine ce que je vais lui faire... »

Richard resta figé un moment qui lui parut une éternité.

S'occuper du flic...

Et puis quoi encore ? C'était hors de question. Jamais il ne ferait un truc pareil, même sous la contrainte.

Il fallait qu'il trouve une solution pour s'en sortir. Mais pour cela, il devait en parler à quelqu'un... quelqu'un qui puisse l'aider.

Mais pas ici, pas dans la maison. L'homme était trop bien informé. Il devait avoir caché des micros et des caméras dans toute l'habitation. Bien sûr, il ne trouverait rien... même s'il cherchait méthodiquement. L'homme à qui il avait affaire était extrêmement organisé et avait forcément dissimulé les indices de sa surveillance.

Pour être tranquille, il devrait y aller la nuit, pendant qu'il était censé dormir. Ainsi, il aurait plus de chances de passer inaperçu.

Mais avant de pouvoir agir, il devait donner rendez-vous au flic. Et ça, c'était coton !

Il fut tiré de ses pensées par le tintement des carreaux. Quelqu'un était dehors, martelant le verre dépoli.

Il jeta un coup d'œil par la fenêtre qui donnait sur le jardin.

Rien...

Il alla dans la cuisine et reconnut malgré la nuit la silhouette du brigadier avec qui il avait parlé ce matin.

Que veut-il encore ?

Richard... Voilà une bonne occasion pour lui faire passer un message...

Soudainement affolé, il gribouilla quelques mots sur un bout de papier puis s'empressa d'ouvrir au représentant des forces de l'ordre.

— Bonsoir. Je ne vous attendais pas aussi rapidement, lança-t-il en l'invitant à entrer.

— C'était pour vous tenir au courant. Les recherches n'ont rien donné et la jeune femme est toujours introuvable. Ça devient sérieux.

— Oh ! Je suis désolé...

— Je venais aussi vous informer qu'une battue était prévue demain matin. Si vous aviez du temps à nous consacrer, ce serait bienvenu. On manque de volontaires...

— Euh... Bien sûr. Mais... Vous n'avez rien retrouvé, alors ?, reprit-il, essayant de tâter le terrain.

T'as pas dû chercher correctement... C'est dans le cabanon... À quelques kilomètres d'ici...

— Non. Rien. J'ai parcouru pas moins de vingt kilomètres carrés, mais pas la moindre trace de la gamine. Je commence à m'inquiéter sérieusement.

Richard tripota le papier qui était dans sa poche. Il fallait qu'il le lui donne...

— Vous pouvez compter sur moi !

— Très bien. Je vous remercie. Bonne soirée.

Le papier, Richard...

— Bonne soirée.

Et merde !

Quelques secondes plus tard, le brigadier était dans sa voiture, les lumières bleues s'agitant dans une ronde effrénée.

L'homme adipeux sortit son poing de sa poche. Il enserrait une boule de papier.

Hors de lui, il la défroissa et relut ce qu'il avait écrit :

Aidez-moi ! Mais taisez-vous, on nous espionne.

41.

Camille était repassée chez sa mère afin de déposer tout le nécessaire pour le petit Nicolas et comme elle s'y attendait, elle avait eu droit à une leçon de morale.

— C'est vraiment n'importe quoi, ton travail ! Tu te rends compte que tu ne vois plus ton fils que par intermittence ? Ce n'est pas une vie, ça !

Sa mère avait raison. Mais sa façon de remuer le couteau dans la plaie n'arrangeait pas les choses, bien au contraire.

— Que veux-tu que j'y fasse ? C'est comme ça. C'est le métier qui veut ça.

— Regarde le salaire que ça te rapporte... Même pas de quoi mettre du beurre dans les épinards. Pourquoi ne cherches-tu pas autre chose ?

— Parce que j'aime ce métier, Maman. C'est tout ce qui m'attire et quand j'aurai passé les concours internes, ça sera différent.

— Tu parles ! Enfin, j'aurais beau te dire n'importe quoi, je ne te ferai pas changer d'avis. C'est pour quelle raison, cette fois ?

— Une autopsie. Une femme qu'on a retrouvée ce matin.

— Et ça te plaît ?

— Ce n'est pas ça qui me plaît... Mais ça fait partie du boulot.

— Bon, c'est toi qui décides. À demain, alors. Sois prudente.

— T'en fais pas. À demain. Merci Maman.

Quinze minutes plus tard, elle était devant l'institut légal. Il n'était pas loin de vingt heures.

Quand elle entra, le bâtiment était presque désert. Seuls le cerbère - le vigile qu'ils avaient aperçu la dernière fois - et l'hôtesse d'accueil étaient présents dans le grand hall en marbre froid.

— Bonsoir. Je viens assister à l'autopsie que le docteur Breton va pratiquer, entama-t-elle en s'adressant à la femme qui arborait un petit sourire figé.

— À cette heure-ci ? Je croyais que les interventions étaient terminées pour ce soir. Attendez... Je regarde dans le planning... Hum... Oui. Effectivement. C'est au bloc C. Premier sous-sol. L'ascenseur est au fond à gauche.

— Merci. Je connais les lieux. Bonne soirée..

La jeune femme descendit, guère rassurée. Les salles aseptisées, qui dégageaient déjà à l'ordinaire un sentiment oppressant, généraient ici, avec la tombée de la nuit, une atmosphère très pesante. Les couloirs déserts, les recoins obscurs, un silence de mort... Tout contribuait à parfaire la sensation de mal-être.

Un faible flux lumineux filtrait du bloc C qui, à la différence des trois autres, était allumé.

Comment peut-on travailler enfermé dans un endroit pareil pendant toute une journée ?, s'interrogea la jeune femme tout en s'approchant de la lumière diffuse.

Elle poussa la porte entrebâillée et entra.

À son grand étonnement, il n'y avait personne.

Une dépouille féminine était allongée sur la grande table principale, attendant l'intervention du chirurgien de l'au-delà. Elle la reconnut distinctement. Il s'agissait de la jeune femme qu'elle avait découverte ce matin.

— Y a quelqu'un ?, entama-t-elle d'une voix peu assurée. Docteur Breton ? Vous êtes là ?

C'est pas drôle de me faire poireauter toute seule là-dedans... Tu vas te montrer, oui ou merde ?

« Docteur Breton ? », reprit-elle en s'approchant de la porte qui donnait dans la salle de préparation.

Elle frappa, mais personne ne répondit.

Toi, ma fille, tu es en train de vivre un mauvais scénario...

Elle tourna lentement la poignée et ouvrit la porte d'un seul coup. Sur le sol en lino blanc, le corps d'un homme en blouse gisait de tout son long.

— Mon Dieu, docteur Breton..., dit-elle en se précipitant vers le médecin inanimé. Est-ce que ça va ?

Machinalement, elle prit le pouls du légiste pour vérifier les fonctions vitales. Il était faible, mais elle le sentait distinctement. Il était encore en vie... Avait-il eu un malaise ?

Elle ne se posa pas la question très longtemps. L'homme qui se tenait jusqu'alors derrière l'une des armoires venait de se plaquer contre son dos.

— Tu vas être très sage et ne pas crier. Ça m'ennuierait de devoir me débarrasser de toi sans avoir fait connaissance. Tu vois, je commençais à perdre patience... Vous faites quoi à la police ?

— Qui... Qui êtes-vous ?, bredouilla Camille, sentant la panique l'envahir.

— Celui que vous cherchez !, répliqua l'homme qui pointait une seringue hypodermique contre son cou... Mais comme je ne vous sentais pas très motivés, j'ai décidé de faire bouger les choses. Peut-être que l'enlèvement d'un flic va provoquer un électrochoc ! Qu'en penses-tu ?

— Vous êtes malade...

— Tu es sacrément mignonne, dis-moi. On va pouvoir s'amuser tous les deux...

— Lâchez-moi ! Vous n'avez aucune chance de vous en sortir. Arrêtez ce massacre !, vociféra la jeune femme malgré la menace.

— Ne sois pas désagréable, s'il te plaît. J'ai été extrêmement courtois avec toi... et toi, tu m'agresses. Alors, maintenant tu la fermes !

La seringue se vida en une seconde.

Elle sentit vaguement sa tête tourner puis un voile noir envahit son esprit, engloutissant ses dernières pensées.

42.

Ses pas résonnèrent contre les parois rocheuses. Il avait finalement opté pour la cave comme cachot pour ses hôtes. Ce n'était pas le meilleur des repaires mais en attendant, il ferait avec.

Max était déjà en bas, solidement enchaîné et bâillonné. L'homme, doté d'une grande puissance physique, pouvait se montrer extrêmement dangereux. Il devait être vigilant.

Il avait même pensé à lui briser les jambes pour s'assurer une certaine tranquillité, mais les chaînes qu'il avait dégotées avaient résolu le problème.

La jeune femme qui allait le rejoindre était à l'opposé : frêle, presque chétive, elle n'avait rien d'un flic. Pas la carrure...

— Salut Max, entama l'homme en s'approchant, je t'amène un peu de compagnie. Tu vois que je peux être sympa quand je veux... Ha ! Ha ! Ha !

Le barman essaya de parler, mais l'épais bâillon lui obstruait la bouche.

« Tu ne dis rien ?! J'suis déçu. Je pensais que ça te ferait plaisir. Mais, ce n'est pas grave. Je comprends que tu sois contrarié. Allez, détends-toi... Ta colère ne changera rien. Je dois maintenant aller jusqu'au bout. Et puis d'un autre côté, le sort de l'autre con ne sera pas meilleur que le tien. Ce n'est qu'un pion. J'ai encore besoin de lui mais je m'en débarrasserai au moment voulu.

En attendant, on va s'amuser. C'est trop bon de manipuler les flics. J'ai une petite surprise pour eux. »

Max, perplexe, regarda l'homme qui se tenait devant lui. Son comportement était incompréhensible. Totalement incohérent.

Il est fou... Complètement givré !

« Bon, faut que je file ! J'ai des tas de choses à faire, t'as pas idée... Prends soin d'elle, j'y tiens comme à la prunelle de mes yeux », reprit l'homme qui venait d'amener le corps inanimé de la jeune femme.

Il la ligota fermement à une chaise puis observa à nouveau le barman d'un drôle d'air.

« Je suis désolé, mon gars, mais je crois bien que cette fois, j'ai trouvé ma véritable vocation. »

43.

Jonas se connecta.

Il était temps qu'il trouve une nouvelle proie.

Finalement, même s'il en avait détourné l'usage initial et que cela l'avait mené sur une voie qu'il n'aurait jamais imaginé emprunter, il y puisait désormais un immense plaisir.

C'était indéniablement sa première expérience qui avait tout fait basculer.

Quand il l'avait rencontrée dans un café où ils s'étaient donné rendez-vous par le biais du forum, l'échange verbal avait vite tourné au vinaigre. Sûrement parce qu'elle se faisait une autre idée de lui.

Il faut dire qu'il avait tout pour lui dans le monde virtuel. Elles étaient toutes sous le charme : un physique de tombeur, une énorme maison près des falaises, un job de chirurgien obstétrique qui lui permettait de gagner des milliers de dollars

Linden, l'argent virtuel de Second Life[1].

Son avatar[2] était parfait et détonnait profondément avec sa minable existence.

Elle l'avait repoussé, d'abord gentiment, puis de façon beaucoup plus grossière. C'est là qu'il avait perdu le contrôle.

Il se rappelle avoir voulu l'étrangler, la faire souffrir comme jamais, mais il y avait trop de monde. Alors il s'était renseigné sur la façon dont il devait s'y prendre... On ne pouvait pas impunément le traiter de cette façon. Personne n'en avait le droit !

Et pour cela, Second Life l'avait encore aidé...

Il était allé voir Norris, un tueur à gages qui avait pignon sur Web dans le MMORPG[3] tant sa renommée le précédait. D'ailleurs, il avait déjà fait appel à ses services pour effacer un de ses concurrents de la planète virtuelle.

---

1. *Second Life* est un métavers (ou univers virtuel) en trois dimensions qui est apparu en 2003. Il permet à l'utilisateur de vivre une sorte de « seconde vie ». La majeure partie de ce monde virtuel est créée par les résidents eux-mêmes. L'univers se démarque par son économie. Les résidents peuvent réaliser et vendre leurs propres créations (vêtements, immobilier, etc.) et les échanges se font en monnaie virtuelle qui peut être échangée contre de l'argent réel. *Second Life* n'est pas un jeu *stricto sensu*, mais un espace d'échanges, visant à être aussi varié que la vie réelle. C'est un forum Internet où s'expriment les engagements sociaux et politiques de manière libre et internationale. Les débats, expositions, conférences, formations, recrutements, concerts, mariages y sont monnaie courante. (Source Wikipédia).

2. En informatique et dans les jeux vidéo, un avatar est un personnage représentant un utilisateur. L'avatar peut se réduire à un portrait, comme sur un forum ou dans une messagerie instantanée, ou encore être un véritable acteur interactif, contrôlé par l'utilisateur, comme dans les jeux vidéo.

3. Massively multiplayer online role-playing game, littéralement : Jeu de rôle massivement multijoueurs en ligne.

Dans la réalité, Norris était un pirate informatique. Il avait habilement contourné les protections mises en place par Linden Lab. Normalement, les garde-fous du logiciel empêchaient quiconque de donner la mort dans le métavers, mais lui avait réussi cette prouesse et en avait même fait sa spécialité.

Sur ses conseils, Jonas l'avait traquée plusieurs jours, épiant tous ses faits et gestes à son insu. Puis lorsqu'il s'était senti prêt, il était passé à l'acte.

Le résultat avait été à la hauteur de ses espérances. Un véritable coup de maître.

Il était rentré dans l'immeuble de la jeune femme, avait enfilé une paire de gants en latex pour les empreintes puis s'était présenté à sa porte, parfaitement déterminé.

Il s'était fait passer pour un technicien du câble, abusant de sa confiance. Elle avait ouvert sans se méfier et en dix secondes, il l'avait neutralisée en la poussant à l'intérieur.

Une fois dans les lieux, il devenait celui qui avait les cartes en main et n'avait plus qu'à appliquer sa sentence.

Il se rappelait avoir procédé avec un calme inhabituel, une maîtrise parfaite.

Il l'avait bâillonnée rapidement pour qu'elle n'alerte pas le voisinage puis il avait pris tout son temps, jouant avec elle, laissant libre cours à ses fantasmes. Elle s'était moquée de lui... Il ne la laisserait jamais recommencer.

Il l'avait frappée au travers d'un jeu de questions-réponses : chaque erreur avait sa punition, progressive, toujours plus douloureuse.

Puis il avait appliqué la sanction finale : lui enlever ce qui ne lui servait à rien, ce qu'elle ne voulait pas lui donner.

L'hystérectomie avait été un peu plus compliquée qu'il ne le pensait mais finalement, il s'en était bien sorti.

Avant de partir, il avait déposé le tableau comme prévu. Un cadeau pour les flics. C'était Norris qui lui avait suggéré la base de ce jeu.

Mais ces abrutis ne l'avaient même pas remarqué. Tout ça n'avait servi à rien.

Les deux expériences suivantes furent du même acabit. Toujours la même technique d'approche, le même jeu de tortures physiques... Oh, seulement des coups. Malgré ses envies d'aller plus loin...

Puis l'ablation.

Et toujours le même tableau.

Mais en définitive, il n'y trouvait qu'une grande frustration.

Il avait même dû se faire violence pour ne pas laisser parler ses pulsions et la violer... La posséder... Lui arracher les seins... La salir... Se venger de ces êtres de chair qui le faisaient prendre conscience de sa médiocrité.

Le sang... Les hurlements... Les meurtres appelaient les meurtres... Il lui en fallait toujours plus...

Il avait senti qu'il allait bientôt basculer dans l'horreur.

C'est ce qui s'était passé lors de sa dernière rencontre.

La partie de lui qui, jusqu'à présent, tempérait sa folie morbide s'était amenuisée au point de disparaître.

Mais était-ce gênant ?

Non...

Il secoua la tête puis serra de toutes ses forces l'anneau qu'il venait de sortir de sa poche. Quelle serait la nouvelle élue de son cœur ?

44.

Vers six heures du matin, Jacques se réveilla en sursaut. Il avait mal dormi, essayant dans ses rêves de rassembler les différentes pièces du casse-tête.

Florence était revenue le hanter avant qu'il se couche. Et pour l'oublier, il avait passé une bonne partie de la nuit à naviguer sur son site préféré, un des meilleurs pour pratiquer la «chasse à la femme célibataire ou divorcée». Mais il en était sorti encore plus déprimé.

Décidément, cette saloperie d'Internet le menait droit au mur.

Le téléphone sonna une demi-heure plus tard, alors qu'il était en train d'engloutir une grande tartine beurrée.

Il décrocha, la bouche pleine.

C'était Marc.

— Quoi !? T'en es sûr !? Que s'est-il passé !?, brailla-t-il dans le combiné.

— Comme je viens de te le dire, Breton a été agressé cette nuit. Il est encore en soins à Grange Blanche. D'après nos informations, quelqu'un lui a injecté une dose de curare importante mais pas mortelle. Juste assez pour le paralyser temporairement, pour qu'il soit conscient, qu'il voie, qu'il entende, qu'il soit témoin de ce qui se passait. On ne sait pas encore si c'est un junkie ou si c'est lié aux voleurs de cadavres qui ont sévi à l'institut il y a quelques mois.

— T'as des nouvelles de Camille ?

— Non, pourquoi ?

— Elle devait le rejoindre pour une autopsie.

— Quoi !? Je ne savais pas qu'elle se rendait à l'institut. On ne m'a rien dit à ce sujet. En tout cas, quand on a découvert Breton, il était seul... encore en état de choc.

Jacques sentit son cœur se serrer.

— Tu peux vérifier à l'accueil, s'il te plaît ? Elle était attendue pour l'autopsie d'hier soir. Je devais m'y rendre moi-même, mais j'avais un empêchement. Je lui ai demandé d'y aller à ma place.

— Merde ! Je vais me renseigner. Tu penses venir ? La PTS doit débarquer d'une minute à l'autre.

— Oui... J'arrive aussi vite que je peux. À tout de suite.

Jacques termina de se préparer en un temps record et, vingt-cinq minutes plus tard, pénétra en trombe dans le bloc C.

— Alors ? Des nouvelles de Camille ?, entama-t-il, essoufflé. J'ai essayé de la joindre sur son portable, mais elle ne répond pas...

— Non. Enfin si... D'après la fille de l'accueil et le vigile, elle s'est bien présentée hier soir et est descendue directement au sous-sol. Depuis, personne ne l'a revue. C'est comme si elle s'était évaporée.

— Merde ! Merde ! Merde ! Vous avez trouvé des indices sur les lieux ?

— Non, pas encore mais une équipe travaille en ce moment même dans l'arrière-boutique, là, où Breton a été retrouvé. T'as noté ? Il n'a même pas eu le temps d'entamer l'autopsie. Le corps est toujours sur la table.

Jacques jeta un œil rapide à l'espace aseptisé, rempli de flics de tous grades et fonctions, puis se prit la tête entre les mains...

— Je vais devenir dingue ! J'aurais dû y aller.

— Calme-toi... Ce n'est pas certain qu'elle ait disparu. Elle est peut-être chez...

— Arrête !!! Tu sais très bien ce qu'il en est.

— Rien n'est certain. Bordel de Dieu, Jacques, tu vas te calmer...

— C'est lui ! J'en suis sûr.

Marc regarda son collègue avec étonnement.

— Ce serait vraiment gonflé de sa part !

— Je crois qu'il en est capable ! C'est une façon d'avoir sa dose d'adrénaline. Qu'y a-t-il de plus excitant, hein !? Enlever un flic et le tenir à sa merci... Il doit se sentir vraiment supérieur pour le coup !

— Ne t'emballe pas. Rien n'indique que c'est lui.

— J'en suis convaincu ! Elle est descendue ici. Si elle avait vu Breton dans cet état, elle aurait prévenu les secours.

Bordel Marc, on est dans la merde... Je vais appeler Dunoir immédiatement. Toi, reste ici pour récupérer un max d'infos... On se retrouve dans mon bureau dans une heure.

— OK. Ça marche.

— S'il lui arrive quelque chose, je... J'ose même pas imaginer.

45.

Richard avait passé une nuit exécrable. Et depuis le petit matin, il n'arrêtait pas de penser à la prochaine échéance fixée par l'autre taré.

S'occuper du flic...

Et puis quoi encore ? C'était hors de question...

Il allait, au contraire, profiter de la battue pour lui parler. L'emmener vers la cabane. Lui montrer le corps de la jeune femme. Lui faire part des menaces qu'il subissait depuis le début.

Pour que tout s'arrête. Pour qu'il puisse enfin retrouver un semblant de quiétude.

Il regarda par la fenêtre du salon. Le jour était en train de se lever. Dans vingt minutes, le brigadier-chef viendrait le chercher.

Il s'installa et se connecta. Aucun e-mail dans sa boîte aux lettres. De façon automatique, il entra son identifiant sur le forum des adeptes cryptographiques et quand la page principale s'afficha, son cœur s'emballa.

Son fil avait fait l'objet d'un nouveau message.

«J'ai trouvé!»

Le nouveau post était explicite...

Débordant d'impatience, il l'ouvrit afin de prendre connaissance des détails.

L'émetteur était le professeur Xorg, sans doute l'un des plus actifs du groupe.

À son grand désarroi, le texte était laconique.

«Un peu tordu, mais relativement simple, finalement, et surtout très efficace. Merci pour ce petit défi.»

Et c'est tout?!

Il ne m'a même pas donné la solution!

Richard bouillonnait... Quelqu'un avait réussi à trouver la clé de l'énigme et lui n'avait toujours pas accès au contenu.

Il rédigea rapidement une réponse en espérant que l'expert daigne y répondre.

«Cher professeur Xorg,

Toutes mes félicitations pour avoir déchiffré le cryptogramme. J'ai besoin que vous m'indiquiez le contenu du message décodé. C'est très important.

Merci de le poster sur ce forum dès que possible.

Bien cordialement.

Richard.»

Il eut juste le temps de valider l'envoi avant qu'un Klaxon ne rugisse à l'extérieur.

Le brigadier venait le chercher.

46.

— Cette fois, l'histoire devient extrêmement préoccupante, entama Jean, bien calé contre le dossier du fauteuil. Notre psychopathe vient de franchir une nouvelle étape dans son escalade mentale.

— Vous pensez également qu'il a enlevé mademoiselle Evalisa ?, s'enquit Jacques, qui n'arrivait toujours pas à avaler les derniers événements.

— C'est une évidence, non ?

— Je ne suis pas d'accord. On n'a encore aucune preuve, reprit Marc, tentant de nuancer les propos des deux autres flics.

— Désolé, mais ça ne fait aucun doute. Le mode opératoire, les substances utilisées et la façon dont il est entré et sorti sont autant d'éléments caractéristiques de son profil psychologique. Maintenant, reste à découvrir ses motivations.

Fortement affecté, Jacques regarda le profileur comme s'il détenait la vérité.

— On fait quoi, alors ?

— On va reprendre les choses dans l'ordre. Ça nous permettra d'y voir plus clair. Où en êtes-vous avec le cryptogramme ?

— On avance, mais le code n'est pas encore cassé !

— Et les lettres sur les murs ?

— Ça pourrait être n'importe quoi ! On avait pensé à des initiales, mais le croisement avec les fichiers des criminels déjà identifiés n'a rien donné.

— Bon... Tout cela n'est guère réjouissant. On a des indices, mais on est visiblement incapables de les exploiter.

— De mon côté, j'ai décidé de repartir de zéro, reprit Jacques avec aplomb. On va procéder à de nouvelles enquêtes de voisinage et familiales, remuer de fond en comble la vie des quatre victimes pour qu'il en sorte quelque chose. On a forcément loupé un détail.

— C'est une bonne idée car pour ma part, je sèche. Je n'arrive plus à le cerner. Je ne pensais pas qu'il puisse s'en prendre directement aux forces de police. Tout ça ne me plaît pas...

— Et que pensez-vous du dernier meurtre ?, reprit Marc, essayant de changer le cours de la conversation.

— Acharnement, bestialité... Toutes les pulsions bloquées en lui viennent de se libérer. Un peu comme un barrage qui éclate. Ça le rend extrêmement imprévisible. En tout cas, j'avais raison pour la main gauche...

— Oui. Avec l'utérus, c'est le deuxième élément concordant. Avez-vous trouvé une explication ?

— Je pense que les mains sont très importantes pour lui. S'il veut qu'elles restent pures, immaculées, c'est peut-être parce qu'elles symbolisent l'amour, les caresses...

— Mais pourquoi la gauche ?

— Il est peut-être gaucher... ou bien sa mère.

— C'est un p...

La porte s'ouvrit brutalement, brisant net la conversation.

– Excusez-moi, messieurs..., fit la jeune femme qui venait de faire irruption dans la pièce. J'ai un pli pour vous, lieutenant Depierre. C'est urgent d'après l'institut légal.

Jacques saisit l'enveloppe et l'ouvrit. C'était le rapport cytologique concernant la femme retrouvée quelques jours plus tôt dans la Saône.

Il parcourut rapidement les conclusions.

– Merde ! C'est quoi ce délire !!!?

– Quoi ? Qu'est-ce qu'il y a ?, firent de concert Jean et Marc, trépignant d'impatience.

– Attendez...

Il relut une deuxième fois le texte et s'exclama :

« Messieurs. Pour une nouvelle, c'est une sacrée nouvelle ! Ça fausse tout notre raisonnement. Le corps qu'on a retrouvé avant-hier n'est pas la prostituée qu'on pensait. La femme ramenée par la fluviale est morte il y a plus d'un an.

– Quoi ? C'est impossible !

– Au contraire, les analyses cytologiques sont formelles : elle a été congelée pendant toute une année.

Jean se frotta le visage, stupéfait par la révélation, et reprit.

– Effectivement, ça change tout. C'est certainement son premier passage à l'acte. En trouvant des informations sur cette femme, nous devrions avoir le point de départ de toute l'histoire.

À nous de faire parler le passé.

47.

Camille se réveilla avec une migraine épouvantable et une sensation inhabituelle.

Bien qu'elle eût les yeux ouverts, elle était incapable de voir ce qui se passait autour d'elle.

Bon sang... Mais qu'est-ce que j'ai ?, fit-t-elle, encore écœurée par la drogue administrée.

Max, qui avait entendu la jeune femme se réveiller, tenta de prendre contact, mais le bâillon solidement plaqué sur sa mâchoire l'empêcha d'articuler le moindre mot.

Au prix d'un effort surhumain, un son étrange filtra de sa bouche.

— Hummmfff

— Y a quelqu'un ?, répondit-elle, inquiète, n'arrivant pas à déterminer la provenance du bruit.

— Humfff.

À demi-consciente, elle tenta de reprendre ses esprits. Était-elle en train de rêver ? Était-ce Nicolas qui l'appelait ?

« Hummmmmffffff »

Elle prit une large inspiration puis expira profondément comme pour évacuer un trop-plein d'alcool. Mais rien n'y fit.

Etait-ce une attaque cérébrale ? Etait-elle devenue aveugle ?

Elle paniqua.

Outre sa vision qui défaillait, elle avait l'impression de ne plus commander son corps. Ses bras, ses jambes, d'une lourdeur affligeante, restaient totalement hermétiques aux ordres de son cerveau.

— Nicolas, mon chéri... C'est toi ? Attends, Maman se repose un peu. Elle va venir te voir.

— Humff...

Non... De toute évidence, ce n'était pas son fils. Maintenant, elle en était persuadée malgré son état.

Mais alors... Ce qu'elle avait vu dans son rêve, juste avant de se réveiller, était peut-être la vérité ?!

Le médecin légiste.

L'homme dans son dos.

La piqûre.

Mon Dieu.

48.

— Avant de commencer, je tenais à vous remercier pour votre sens du civisme et votre réponse positive à mon appel. Comme vous l'avez sans doute compris, cette recherche est celle de la dernière chance. Laurence Bourne a disparu depuis plus de trente-six heures. Il est fort probable qu'on ne trouvera rien... ou alors, j'en ai bien peur, qu'un corps sans vie.

Les statistiques sont très claires : passé les vingt-quatre premières heures, il n'y a quasiment plus aucune chance. Espérons que nous allons faire mentir les lois mathématiques.

Comme nous ne sommes que dix, je vous propose de nous répartir en trois groupes. Un premier groupe de quatre personnes s'occupera du vallon. Ça représente une sacrée superficie, mais l'accès est facile et le relief est peu marqué. Le groupe dont je ferai partie s'occupera du flanc est, à partir d'ici jusqu'aux ruines du fort. C'est un terrain très accidenté et nous devrons progresser assez rapidement si nous voulons couvrir le périmètre avant la fin de la journée. Enfin, le troisième groupe s'occupera du flanc ouest, des cascades jusqu'aux rives du lac.

Pour information, le dragage de l'étang est prévu demain dans la journée. Si quelqu'un souhaite participer... Bon, y a-t-il des questions ?

Personne ne réagit, hormis un vague murmure d'approbation. Le flic se tourna vers Richard.

« Monsieur Granjon, quel groupe souhaitez-vous rejoindre ? »

— Aucune préférence. Ne connaissant personne, je serais tenté de me joindre au vôtre, si vous n'y voyez pas d'inconvénient.

— Non, bien au contraire. Par contre, je vous préviens : le flanc est n'est pas de tout repos. Ça grimpe sec. Il faut une bonne condition physique.

— Ne vous inquiétez pas. Ça devrait aller.

— Parfait. Comme ça, on pourra parler de votre bouquin en cours de route. Peut-être m'en direz-vous un peu plus que la dernière fois ?!

— Euh... Oui. On verra, répondit Richard, contrarié que le flic parle de son travail devant les autres.

— Bon. On va attaquer. Si tous les chefs de groupe ont pris un talkie, il ne reste plus que les besaces de nourriture à récupérer. Elles sont dans la voiture.

Dernière précision : tout le monde de retour pour dix-huit heures. Et pas d'heures sup' : j'ai pas envie d'aller vous chercher quand la nuit sera tombée.

Les trois groupes se séparèrent et attaquèrent l'exploration. Une longue journée se profilait devant eux.

49.

La réunion allait commencer.

À la demande de Jacques, Marc, le brigadier-chef Théodore et le brigadier de Charole l'avaient rejoint dans la pièce centrale.

Jean Dunoir avait dû s'absenter et viendrait un peu plus tard.

— Merci pour votre ponctualité, entama-t-il simplement. Comme vous l'avez tous appris ce matin, le brigadier Evalisa a disparu. Tout porte à croire que c'est l'homme que nous traquons qui a fait le coup. Je ne vous cache pas ma profonde inquiétude.

Tout en parlant, il examinait les visages figés et sombres. Même Étienne, l'électron libre, avait la tête des mauvais jours, visiblement perturbé par la nouvelle.

« On va commencer par faire le tour des éléments en notre possession, histoire de remettre tout le monde au même niveau d'information.

Comme je vais vous l'expliquer, il s'est passé beaucoup d'événements depuis notre dernier point et pour progresser efficacement, on va devoir se répartir les pistes.

Pour l'heure, cinq cadavres ont été retrouvés. Le premier d'entre eux, si on respecte la chronologie des crimes, est celui de la dernière victime, qu'on a repêchée dans la Saône il y a deux jours.

— Comment ça ?, apostropha Etienne, stupéfait.

— Ça fait partie des éléments nouveaux... Les examens cellulaires ont révélé que le corps a été congelé pendant une bonne année. Le tueur ne s'en est débarrassé qu'avant-hier. D'après les légistes, elle est restée dans l'eau une journée tout au plus. Donc beaucoup moins de temps qu'ils ne l'avaient pensé au départ. Les cellules ont explosé quand la glace a fondu et ont entraîné une putréfaction foudroyante.

— Mais pourquoi s'en est-il séparé ?, continua le jeune brigadier. Conserver un macchabée pendant plus d'un an puis le bazarder sur un coup de tête... Je ne trouve pas ça très logique.

— Pour l'instant, on a seulement des hypothèses. D'après Jean, il est vraisemblable qu'il portait à cette femme un profond respect et une grande admiration. Il pense qu'elle a pu être sa favorite pendant toute cette période et qu'il s'en est débarrassé parce qu'il lui avait trouvé une remplaçante.

— Favorite ? Morte ? Un fétichiste ?, poursuivit Étienne, prolixe comme à l'accoutumée.

— Peut-être... D'après l'étude psychologique et comportementale dressée à partir des indices, il est même fort possible qu'il n'ait pas réellement eu conscience de l'avoir tuée. Il a continué à vivre à ses côtés, la sortant de la glace de temps en temps. Jean est même convaincu qu'il lui a voué un véritable culte.

— C'est dingue !

— En tout cas, cette découverte est capitale pour notre enquête. Elle nous permettra de remonter à la genèse des crimes et de comprendre l'événement déclencheur. Mais pour ça, on va devoir fouiller le passé de cette femme. Et en premier lieu, découvrir qui elle est.

— Le fichier dentaire ?

— Malheureusement, ça n'a rien donné. Le seul élément exploitable est le couteau qui l'a tuée. On vient de recevoir le moulage de la lame.

— Il l'a tuée sur un coup de colère !, coupa Jean, qui venait d'ouvrir la porte.

— Jean ! Je ne vous attendais pas aussi tôt. Installez-vous, je vous en prie.

Le profileur se faufila entre les chaises et vint se poster à la gauche du lieutenant Depierre.

— J'y ai réfléchi dans la voiture. Comme je vous l'ai dit tout à l'heure, je suis certain qu'elle est le déclencheur. Il est passé de l'autre côté de la ligne ce jour-là, de façon involontaire.

— Involontaire ?, fit Marc.

— Pour moi, le meurtre n'était pas prémédité. Il ne voulait pas la tuer. Ça a dérapé et il n'a pas pu se contrôler. C'est pour cette raison qu'il l'a congelée. Pour la garder et éviter qu'elle ne s'abîme...

— Si c'est un accident pourquoi lui a-t-il arraché l'utérus ?, continua le spécialiste en sécurité informatique.

— Je n'ai pas dit que c'était un accident. J'ai simplement précisé qu'il ne voulait pas la tuer et que ça a dérapé.

Pour l'utérus, je pense que c'est lié à un traumatisme profond et qu'il a, de toute évidence, un lien avec la mort de cette femme. C'est même tellement important que son premier meurtre est devenu un modèle qu'il reproduit à l'identique. Ce qui s'est passé avec cette femme a scellé son destin.

Le silence retomba quelques instants avant que Jacques ne reprenne la parole.

— Bien. Comme je le disais, il est urgent de trouver de qui il s'agit. Un avis de recherche sera publié dans les médias dès que les techniciens de l'institut légal auront terminé la reconstruction faciale. En attendant, la seule piste que nous ayons est celle de l'arme du crime.

— Vous m'aviez parlé d'un couteau de commando, je crois...?, ajouta Jean.

— Oui, mais d'après la forme de la lame, il peut s'agir d'un couteau de chasse. Ça ressemble à un poignard de mise à mort, un de ceux que mon père utilisait pour les sangliers et les chevreuils.

— Hum... Un chasseur alors... Ça pourrait expliquer la façon dont il traque ses proies, compléta Marc, cherchant du regard le soutien du profileur.

— Fort possible... Comme son acte n'était pas prémédité, il s'est vraisemblablement servi de ce qu'il avait sous la main... Il y a de grandes chances pour que le couteau soit le sien.

— Ça tient la route..., paracheva Jacques. Vu la qualité du moulage, nous devrions retrouver le modèle du couteau assez facilement. On sera vite fixés.

— Et on n'a vraiment rien d'autre que cette foutue lame à se mettre sous la dent?, fit Marc, au comble de la frustration.

— Non, mais apparemment, le modèle est une vraie rareté. Le légiste l'a confirmé. Ça pourrait nous réserver une bonne surprise.

— On va croiser les doigts, alors.!

Jacques acquiesça d'un signe de tête puis continua.

— OK. Je pense qu'on a fait le tour de la question et comme on n'a toujours pas avancé sur les cryptogrammes, je vous propose de passer à la dernière victime.

J'ai reçu ce matin les résultats de l'autopsie. C'est Agnès Caminera qui l'a réalisée. Elle a remplacé le docteur Breton au pied levé. Ses conclusions sont sans équivoque et décrivent parfaitement la sauvagerie de notre homme.

D'après la légiste, la victime a d'abord été frappée puis lacérée à coups de rasoir, mais les blessures sont restées superficielles. Visiblement, il voulait la faire souffrir au maximum avant de l'exécuter… Car c'est vraiment d'une mise à mort qu'il s'agit. Elle est morte d'une exsanguination suite à la rupture de la carotide.

Cette ordure l'a égorgée après avoir réalisé ses fantasmes comme on jette un emballage de chewing-gum. Elle s'est vidée de son sang en moins d'une minute.

À mesure qu'il parlait, Jacques sentit l'émotion l'envahir et le ton de sa voix s'emplit d'une profonde tristesse. Il se figurait le visage de Camille et ne pouvait s'empêcher de faire le rapprochement avec la jeune femme dont il décrivait l'agonie.

« Le pire, c'est qu'il a pratiqué l'hystérectomie avant de la tuer. Les analyses réalisées sur les tissus et les muqueuses le confirment. »

— Dites-moi, releva Jean, songeur, cela diffère du mode opératoire des meurtres précédents, non ?

— Oui. Pour les autres, l'ablation a eu lieu après la mort.

— Il a donc fait le plein de souffrances. C'est devenu pour lui une nouvelle source de plaisir. Il commence à se rapprocher d'un profil plus conventionnel. C'est très commun chez les tueurs en série.

Jacques ne releva pas la remarque du profileur. Rien qu'en y pensant, il frissonna. Le brigadier Evalisa était entre ses mains à ce moment précis.

Il reprit la parole, essayant de se concentrer à nouveau sur les éléments.

— J'en viens au deuxième point important du rapport. La légiste a retrouvé les restes d'une solution savonneuse sur la peau, et le luminol a révélé de nombreuses taches de sang sur la main gauche. Cela confirme qu'il l'a lavée après l'avoir découpée en morceaux. Mais ce n'est pas tout ! L'analyse chimique des prélèvements a indiqué la présence de glycérine.

— De la glycérine..., reprit Jean. Et alors ? La plupart des savons contiennent de la glycérine !

— Effectivement. Mais si c'était le cas, la répartition du produit serait uniforme. Or ici, il n'y a que deux doigts qui présentent des traces : l'annulaire et le majeur.

— Hum... C'est étonnant, en effet ! Rien d'analogue sur les femmes précédentes ?

— Non, vous pensez bien que c'est la première chose que j'ai vérifiée.

La réunion dura encore une bonne demi-heure, temps qu'ils utilisèrent pour aborder l'enlèvement de Camille et l'empoisonnement du docteur Breton. Mais la discussion tourna court, faute d'éléments exploitables.

Quand ils se séparèrent en fin de matinée, même si rien de concret n'était sorti de la discussion, ils s'étaient au moins réparti les tâches.

Étienne était chargé des recherches sur le couteau et Marc, de tirer parti des cryptogrammes en liaison avec la cellule Sécurité. Théodore et Jacques mèneraient les enquêtes de proximité.

Enfin, Jean s'emploierait à compléter le profil psychologique.

50.

— Ça va ?, demanda Chillon aux deux hommes qui le suivaient avec une certaine difficulté à travers les branches entremêlées des résineux.

— Ça va, souffla Richard en s'appuyant sur le bâton qu'il avait ramassé quelques mètres en contrebas. Vous pensez réellement qu'elle a pu passer par là ?

— Je n'en ai pas la moindre idée, monsieur Granjon, mais on doit envisager toutes les hypothèses. Il est vrai qu'ici, l'endroit est assez impraticable mais vous verrez, un peu plus haut, ça devient beaucoup plus accessible. La pente est moins raide et les arbres sont plus espacés.

— Vous avez parlé d'un fort tout à l'heure, poursuivit Richard, se rappelant les dernières paroles du flic avant d'entamer la battue.

— Oui ! C'est une relique médiévale. Il est situé en plein cœur du bois, tout là-haut sur la colline. Aujourd'hui, le bâtiment est en ruine et plus personne n'y est entré depuis qu'il est fermé au public... Trop dangereux. Quelques gosses traînent encore à l'extérieur, de temps en temps, pour fumer des joints, mais c'est devenu un tas de pierres à l'abandon. La mairie n'a pas les budgets pour le restaurer... C'est dommage.

— Vous savez, c'est toujours pareil. Notre patrimoine disparaît petit à petit et nos dirigeants ne bougent pas le petit doigt. Ça fait mal au cœur...

— Ça, j'suis bien d'accord avec vous! Ils préfèrent balancer des millions pour des créations contemporaines absolument merdiques.

— Il est encore loin d'ici?

— Non. On y sera dans une heure environ. Enfin, si on ne traîne pas trop. On pourra même déjeuner là-bas, si ça vous tente. Mais dites-moi... Ce roman, alors? Il avance? Vous avez bien campé vos personnages?

Richard regarda le flic et lui fit comprendre qu'il ne voulait pas parler de son travail à cause de l'homme qui les accompagnait.

— C'est Norbert qui vous gêne? Faut pas! Il est sourd et muet depuis qu'il est né. Un grand malheur pour sa famille.

Richard jeta un regard à l'homme rougeaud qui se trouvait derrière lui.

— Sourd et muet... Sacré handicap.

— Oui. Mais il s'en sort pas si mal. Il a repris une petite exploitation près des Verchères. Avec son frère, les affaires marchent bien...

— Que font-ils au juste?

— Élevage de porcs. C'est pas la joie pour le voisinage! Avec le vent, l'odeur remonte parfois jusqu'au village.

— J'imagine.

— Mais là où ils ont fait très fort, c'est qu'ils ne vendent pas les bêtes. D'après eux, le cours de la viande est trop bas donc ils conditionnent directement les morceaux. Prêts à être consommés...

— C'est eux qui les abattent ?

— Oui. Son frère trouve ça bien plus rentable. Ils ont fait construire un petit abattoir à quelques pas de la ferme.

— Un abattoir ? Brrr... J'aime pas ces endroits !, s'exclama Richard.

— Rassurez-vous, moi non plus. Je ne sais pas comment il fait. Paraît que ça couine sacrément fort, un porc qu'on égorge.

— C'est lui qui les tue ?, reprit Richard en désignant de la tête l'homme qui les suivait.

— Oui, il s'occupe de l'abattage et son frère, de la vente.

Richard regarda l'homme bouffi qui soufflait derrière son épaule. Il frissonna.

C'est vrai qu'il avait le profil de l'emploi : silhouette massive, mains énormes et tête difforme. Il l'imagina facilement dans le rôle.

Et plus il y pensait, plus il avait un doute terrible.

*
*   *

Étienne appela une bonne cinquantaine d'armuriers de la région et envoya autant de fax. L'objectif était simple : identifier le modèle de l'arme utilisée par le tueur et, avec un peu de chance, les personnes qui l'avaient achetée.

Deux heures plus tard, il avait obtenu trois réponses. Toutes étaient concordantes.

Comme ils s'en doutaient, le couteau en question était une rareté en Europe. Et encore plus en France.

D'après les spécialistes qui lui avaient répondu, il s'agissait d'un poignard de combat M4 réalisé par le coutelier Daniel M. Certo. Fabriqué en deux mille cinq à l'atelier de forge Relentless en Californie, ce modèle n'avait été produit qu'à mille exemplaires, et seule une vingtaine importée en France.

C'étaient la forme et les dimensions très caractéristiques de la lame qui avaient permis une identification formelle : courbure en arc, épaisseur significative à la base de la garde, longueur de dix-sept centimètres et huit millimètres exactement. Tous ces détails en faisaient un modèle d'exception et surtout unique, une référence pour les passionnés.

Après un appel fastidieux mais fructueux à la maison-mère du fabricant américain, afin d'obtenir les noms des importateurs français, il fit le point avec Jacques.

Vers midi trente, il partit pour Bourg-en-Bresse. Il avait rendez-vous avec l'un des armuriers qui avaient eu le fameux couteau entre les mains. Il avait vendu deux exemplaires sur les quatre de la région.

51.

— Jacques ! Il s'est bien foutu de notre gueule !, interpella Marc, fou de rage.

— Quoi ?!

— Ça y est ! On a cassé le code. Une belle petite saloperie...

— C'est vrai ? Génial !

— Oui. Les types du département Sécurité ont fait un sacré boulot. Regarde.

Il lança sur la table l'une des pages imprimées qu'il tenait dans ses mains.

C'était un schéma illustrant le processus de décodage...

BMSVVDDCMCQVNMPASVAVSCVAREI0EEEEEEU0EAARE0L0LA0I
AS1UN1C1SSEU1VSRCULI2UDVS1SE1R1ST1S1E1E0SER2SE0I
2Z1Y1A4Z1TU1Z4R1E4P1G6EE6A1U4T1E7Z71R4E171S4R17

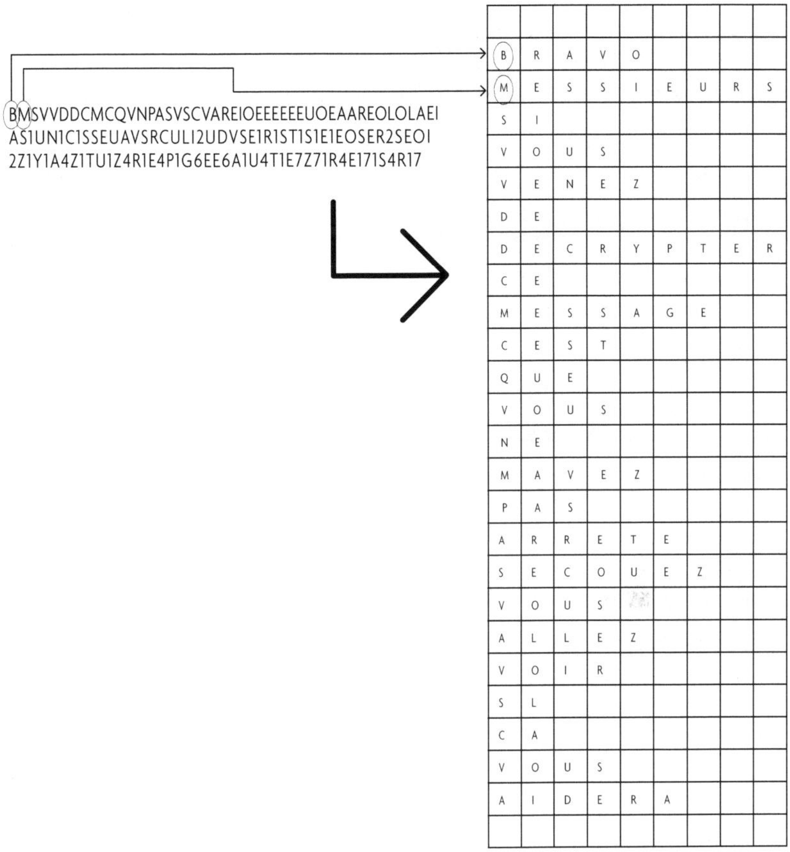

— Je ne comprends rien !!!

— Pas grave. De toute façon, le message déchiffré ne nous avance à rien.

— C'est le texte en clair qu'on voit sur la droite ?

— Oui. Ce n'est qu'une putain de boutade, une putain de provocation !

Jacques lut à voix haute le texte déchiffré.

«Bravo messieurs. Si vous venez de décrypter ce message, c'est que vous ne m'avez pas arrêté. Secouez-vous! Allez voir SL, ça vous aidera.»

— S.L.! Encore, grogna-t-il. Bon! Ça confirme au moins qu'on a affaire au même tueur.

— Oui, mais je suis déçu. Je pensais sincèrement qu'on aurait plus d'éléments.

— Il est narcissique, mais pas fou. Pour ma part, je ne me faisais pas trop d'illusions. Je compte beaucoup plus sur les indices qu'il a laissés lors de son premier passage à l'acte. Il était sans doute moins vigilant à l'époque. Et puis, il nous a quand même donné une piste: 'S.L.'. C'est une des clés de cette histoire. À nous de trouver...

Allez voir SL. Ça vous aidera...

— Mouais. J'ai entendu dire en arrivant que vous aviez retrouvé le modèle du couteau!

— Exact. Étienne est parti pour rencontrer un des armuriers qui en ont importé quelques-uns. J'ai un bon pressentiment...

— Et pour Camille... T'as des nouvelles?

— Non, soupira Jacques. Je suis passé voir sa mère, hier soir. C'est elle qui s'occupe de Nicolas en ce moment. Elle était effondrée. C'était très dur de la voir pleurer comme ça dans mes bras. Tu vois... c'est bizarre...

— Quoi?!

— Ce que j'ai ressenti! Il y a longtemps que ça ne m'était pas arrivé. Tu sais... J'ai la trouille.

— C'est normal, Jacques. T'es comme tout le monde. Dans notre job, on est obligés de se forger une carapace pour se protéger même si les autres n'y voient que de la froideur. Quand on est personnellement affectés, la cuirasse vole en éclats, on se sent à poil.

— Tu as raison. Et puis, je m'attendais tellement à ce qu'il prenne contact… Mais rien. Je ne sais même pas ce qu'il veut. Il l'a peut-être déjà tuée. Je flippe vraiment.

— S'il l'a enlevée, c'est qu'il a une idée derrière la tête. Il ne va pas la supprimer comme ça… Ça n'aurait aucun sens. Il doit préparer quelque chose.

— Je suis de ton avis, mais attendre me rend dingue.

— T'as avancé sur le parcours des victimes ?

— Un peu. Pour l'instant, rien d'anormal. Des filles sans histoire. Deux étaient divorcées, deux célibataires. Des métiers en contact avec le public. Pas de problème financier. Plutôt aisées, même…

— Des passions ou occupations communes ?

— Non, pas vraiment. Pour une c'était la danse, une autre les chevaux, la troisième la musique et la quatrième… Je ne me rappelle plus. Mais aucun lien sur ce plan.

— Hum… Est-ce qu'on a examiné leurs téléphones et les listes d'appels ?

— Oui. Ça fait partie du protocole. Mais que dalle… Pas un seul numéro en commun.

— Et leur correspondance ?

— Tu parles des e-mails ?

— Oui. Entre autres…

— Pour le courrier papier, j'en sais rien. Je vais me renseigner. Par contre, leur boîte de messagerie a été passée au crible. Rien de particulier.

— Elles avaient donc toutes une connexion Internet ?

— Euh… Oui. Mais qui n'en a pas, aujourd'hui ?!

— D'accord. Sauf qu'ici, c'est peut être le moyen de contact utilisé par notre lascar.

— Comment savoir, s'il ne leur a pas envoyé d'e-mail ?

— Ça, c'est mon rayon. Y a qu'à analyser les traces laissées sur les ordinateurs.

— Les traces ?

— Qu'est-ce que tu crois ? Dès que tu ouvres une page Internet, des informations sont stockées directement sur ta machine.

— Ah bon ! Je ne savais pas.

— Tu es pisté en permanence. Qui a mené les investigations numériques ?

— Euh... Attends. C'est dans le dossier. Quitte pas.

Quelques secondes plus tard, Jacques reprit.

« C'est Charles Verbalon. C'est... C'est bizarre. Je trouve que ses rapports ne sont pas très épais... »

— Ça ne m'étonne pas. Il n'y connaît rien.

Écoute, si tu le permets, je vais analyser l'ordinateur d'Évelyne Rozard moi-même afin d'en avoir le cœur net. Au moins, si je ne trouve rien, on pourra éliminer cette hypothèse.

— T'as raison. Faut rien négliger. Moi, je m'occupe des courriers papier.

52.

Étienne arriva à Bourg-en-Bresse en début d'après-midi. *La boutique des mille et un couteaux* était une véritable caverne d'Ali Baba.

Quand il passa la porte, il déclencha un tintamarre avec la quincaillerie suspendue au plafond. Cinq secondes plus tard, un homme étrange jaillit de la remise.

— Bonjour !, entama le jeune flic, en fixant le propriétaire de l'établissement.

— Bonjour p'tit. Tu cherches kek' chose ?, répondit l'homme qui approchait, vêtu d'un treillis de chasse.

— C'est moi qui vous ai appelé. C'est à propos du M4.

— Sacrée arme, hein ?

— Il paraît... Mais je ne l'ai vu qu'en photo.

— Pas étonnant. Comme j'te l'ai dit, c'est un couteau rare. Pas grand monde peut s'vanter de l'avoir tenu dans les mains... et encore moins utilisé lors d'une partie de chasse.

— Il vous en reste ?

— Ouais... M'en reste un. Tu veux l'voir ?

— Si c'est possible, je veux bien.

L'homme s'absenta quelques secondes puis revint, portant une boîte volumineuse.

— L'est là-dedans. C'est un coffret *collector* à ce qu'y disent. Y a eu que mille exemplaires de fabriqués. Mais j'ai eu d'la chance. Trois exemplaires...

— Trois! Vous m'aviez parlé de deux, au téléphone.

— Non. J'en ai vendu deux. C'est tout ce que j't'ai dit... Il m'en reste un si t'es preneur.

L'armurier ouvrit le carton et sortit l'épais couteau de son écrin. La lame capta instantanément la lumière du jour.

— Alors?, fit l'homme, l'exhibant comme un trophée. Il repositionna sa casquette vert camouflage.

— Le moins qu'on puisse dire, c'est qu'il est monumental! Jamais vu une arme pareille...

— Ouais... C'modèle est maint'nant interdit à la vente. Faut montrer patte blanche pour l'avoir.

Sans compter l'enregistrement à la préfecture.

— À la préfecture?

— Oui. Ce genre d'armes est référencé. Et tu comprends pourquoi... T'as vu la courbure ? On dirait l'avant d'un bateau. C'est encore plus beau qu'une paire de loches...

— Hum... Oui, fit Étienne, mal à l'aise. L'homme ressemblait à la plupart des chasseurs qu'il méprisait.

— Tu l'prends?

— Je vais devoir le saisir. Mais, rassurez-vous, on vous le rendra. Un de ces couteaux a été utilisé dans le cadre d'un meurtre il y a quelques mois. Nous devons faire des analyses et j'aimerais aussi avoir les noms des personnes qui l'ont acheté.

— Eh... Doucement, mon garçon. J'aime pas prêter mes armes, comme ça. Et encore moins aux flics.

— Vous n'avez pas le choix. C'est ça ou je reviens avec une commission rogatoire. Avec ce qui traîne dans votre local, on finira bien par trouver quelque chose d'illégal. C'est ça que vous voulez ?

— Des menaces ? Tu penses me faire peur ?

Étienne regarda l'homme qui s'était violemment empourpré et se dit qu'il pouvait être sacrément dangereux.

— Ce ne sont pas des menaces. J'attends seulement votre collaboration.

— Bon j'préfère. J'te laisse le couteau, mais t'as intérêt à ce qu'il revienne en parfait état. T'as compris ?

— Et les noms ?

— Chier... T'as vraiment de la chance que je sois bien luné, continua l'armurier en sortant un vieux classeur.

« Duperet pour le premier... Saunière, le deuxième ! »

— Des gens du coin ?

— Comment veux-tu qu'je l'sache ?, mentit l'homme. Si tu veux l'savoir, va à la préfecture. J't'ai dit qu'ils sont enregistrés.

— Merci. Et un conseil... Changez de ton. Un jour, vous tomberez sur un flic moins compréhensif.

Étienne regarda l'homme droit dans les yeux puis sortit en claquant la porte volontairement.

Il savait pertinemment qu'il ne lui avait pas tout dit. Qu'importe.

La préfecture était juste à côté.

53.

Les trois hommes avaient arpenté plus de cinq cents mètres de dénivelé et approchaient du fort.

Comme le leur avait dit le brigadier, la partie en amont était plus praticable que le bas des bois, et les arbres plus espacés laissaient même filtrer le soleil éblouissant de la journée.

Pendant tout le trajet, Richard avait suivi Norbert du coin de l'œil, le dévisageant dès qu'il avait le dos tourné.

Et si c'était lui...

Lui et ses maudits porcs...

Arrête, Richard, tu deviens parano. C'est qu'un pauvre type.

Et s'il simulait...

Richard, arrête, nom de Dieu !

— On va bientôt arriver, monsieur Granjon, fit le flic, interrompant ses pensées. Vous allez voir dans quel état notre chère municipalité laisse pourrir ses vestiges.

— On est déjà arrivés ?!

— Presque. Il ne reste plus que quelques centaines de mètres. Comme je m'y attendais, on n'a rien trouvé.

— J'espère que les autres auront eu plus de chance!

— Ouais. Y a plus qu'à espérer mais je crains vraiment le pire...

Quelques minutes plus tard, les pierres séculaires émergèrent de la verdure des conifères.

Le bâtiment était effectivement en piteux état et menaçait de s'écrouler à tout moment.

La charpente n'existait plus, les murs étaient à moitié dévorés par le temps. Du lierre courait nonchalamment sur le côté est.

— Vous avez vu? Une ruine... Qu'est-ce que je vous disais?

— Il date de quel siècle?

— Je crois qu'il est du treizième.

— Hé! Ça fait un bail.

Sans répondre, le brigadier s'approcha davantage et observa le sol avec minutie.

— L'herbe n'a pas été foulée. J'ai bien peur qu'on ne trouve ri...

Un grésillement les fit sursauter.

C'était le talkie-walkie.

— Ouais? Ici Chillon, beugla le flic, portant immédiatement l'appareil à sa bouche. Vous avez quelque chose?

— Grrrriiizzzzzz... Chef... On a trouvé son chemisier... Grrrriiizzzzzz...

— Vous en êtes sûrs?

— Pas de doute... Grrrriiizzzzzz... Il est vert et rouge... C'est celui de la superette... Grrrriiizzzzzz...

— Merde! On arrive.

Le brigadier jeta un œil rapide autour du fortin, histoire de vérifier qu'il n'avait rien omis, puis reprit :

— Messieurs. On va devoir redescendre. J'ai bien peur que ce ne soit plus nécessaire de nous presser.

Il fit quelques signes de la main à l'attention de Norbert mais visiblement, le gaillard avait déjà compris.

Et s'il simulait...

54.

Étienne sortit de la préfecture avec toutes les informations qu'il recherchait.

Jean-Jacques Duperet s'était procuré l'arme il y a un peu plus d'un an. D'après la fonctionnaire du service d'enregistrement, c'était un homme du pays, bourru mais gentil. Fermier dans la vie et chasseur à ses heures.

— Il habite près de Viriat.

— Mais que peut-il faire avec toutes ces armes ?, lui avait-il demandé, impressionné par la longueur de l'inventaire figurant sous son nom.

La quinquagénaire l'avait regardé avec des yeux ronds comme des billes, comme si elle venait de voir un extraterrestre.

— Ben... C'est comme tous les hommes d'ici : de véritables collectionneurs. Y en a pas un qui n'a pas son permis de chasse et la ribambelle d'armes qui va avec. Ici, dans la campagne, c'est un peu leur raison de vivre.

Étienne n'avait pas relevé et s'était dit qu'il irait rendre visite à l'agriculteur dans la journée, histoire de se faire une idée. Campagne ou pas, l'homme avait acheté un couteau identique à celui du crime. Il ne fallait rien négliger.

Max Saunière, lui, habitait Lyon. Ou en tout cas, avait donné une adresse à Lyon. Et ça, c'était plus étrange.

Pourquoi un Lyonnais était-il venu jusqu'ici pour acheter un couteau ?

Il était sans doute à Bourg, quand il l'a vu dans la vitrine... C'est tout !

Oui... Possible...

Mais c'est quand même bizarre...

De toute façon, il exploiterait les deux pistes.

La journée allait être longue.

Il sortit le papier que lui avait remis la fille de la préfecture pour vérifier l'adresse et prit la direction de Viriat.

*
* *

Camille avait eu le temps de percevoir distinctement deux voix masculines. Ça venait d'au-dessus... Elle était donc en sous-sol. Puis les voix avaient soudainement disparu, englouties par le silence du cachot.

Finalement, à bout de nerfs, elle avait fini par abdiquer et s'était écroulée sur le sol en pleurant, laissant Nicolas emplir ses pensées.

Son petit ange...

55.

Marc avait passé plus de deux heures à éplucher les cookies et autres traceurs présents dans le disque dur du PC de la dernière victime.

Il en était bourré et le flic avait plusieurs pistes.

Mais pour valider ses hypothèses, il fallait qu'il compare les informations arrachées à la machine avec celles que contenaient les autres ordinateurs.

Parmi les sites qui avaient retenu son attention, pas moins de quatre étaient dédiés aux rencontres virtuelles.

C'étaient les plus connus.

La jeune femme était de toute évidence à la recherche de l'âme sœur ou, du moins, d'un peu de compagnie.

Il y avait également les traces de plusieurs pages d'informations générales et de quelques jeux en lignes.

En analysant le contenu, il s'intéressa particulièrement à un détail, dont il avait récemment entendu parler même s'il ne l'avait pas encore utilisé. C'était la nouvelle déferlante d'Internet : Second Life.

Le jeu révolutionnaire où chacun peut se construire une nouvelle vie.

Impatient de savoir ce qu'il y avait derrière, il récupéra les paramètres de connexion dans les traceurs et lança l'application.

*
* *

Jacques avait également fouiné de son côté et quand il prit le combiné pour appeler Marc, il était particulièrement satisfait.

Il avait finalement trouvé ce qui reliait les jeunes femmes.

Leurs comptes bancaires avaient parlé.

Ce qui les caractérisait chacune, c'était leur aisance financière, et elle était loin d'être banale.

Beaucoup d'argent... Des dépôts en espèces... Et réguliers.

Bon sang... Cet argent n'est pas là par hasard !

— Marc. Je tiens quelque chose, entama-t-il dès que son collègue décrocha.

— Salut Jacques. J'allais t'appeler aussi. Tu as trouvé une piste ?

— Je pense avoir identifié le lien. Je pense que les jeunes femmes se prostituaient, j'en mettrais ma main à couper. J'ai découvert beaucoup de mouvements financiers pour le moins étranges. Et toi ?

— Certainement la façon dont elles prenaient contact avec leurs clients...

— Vas-y, raconte !

— Évelyne Rozard fréquentait un grand nombre de sites de rencontres, et je pense même que ça a commencé par là. Mais ce n'est pas le plus intéressant. Dernièrement, elle s'est mise à autre chose, un truc que je n'avais pas imaginé. Une sorte de jeu malsain...

Je me suis connecté en utilisant son pseudo. C'est édifiant.

La jeune femme que tout le monde semble décrire comme au-dessus de tout soupçon est la pire des garces dans Second Life.

— Second Life ?

— C'est un des mondes virtuels les plus connus de la toile.

Dans sa seconde vie immatérielle, elle s'appelait Rita, une experte en tortures sadomasochistes. Elle en avait fait sa réputation.

— Sadomasochisme ?

— Oui. Et je peux t'assurer que les messages que j'ai trouvés dans la boîte aux lettres associée à son compte n'ont rien de virtuel. Elle fréquentait un ramassis de tordus en tous genres par ce biais.

— Merde, alors ! Tu crois qu'elle les rencontrait aussi dans la réalité ?

— C'est possible, mais je vais devoir fouiller de fond en comble pour en avoir la confirmation. Ce serait génial d'avoir accès aux ordinateurs des autres victimes. Tu penses que c'est jouable ?

— Je n'en sais rien. Pour les deux premières, ça fait un bail ! Peu de chance qu'on puisse mettre la main dessus. En revanche, pour l'avant-dernière, il est peut-être encore dans les scellés. Je vais me renseigner immédiatement.

— Jacques ! Tu te rappelles ce qu'il avait écrit sur les murs ?

— Oui. SL, pourquoi ?

— Je crois qu'il parlait de Second Life...

56.

Quand Étienne arriva à proximité de la ferme de Viriat, il sentit immédiatement que ça allait mal tourner.

L'homme qu'il venait rencontrer était devant sa clôture, un fusil braqué dans sa direction.

Quel comité d'accueil !

Il gara son cross-over à l'entrée de la propriété puis sortit lentement du véhicule. L'homme n'était qu'à quelques dizaines de mètres...

— Monsieur Duperet ?

— Qu'est-ce tu veux, morveux ?

Charmants dans ce pays...

— Je suis venu pour vous parler. Je peux entrer quelques instants ?

— Pas que ça à foutre de parler à des inconnus. Tu veux quoi ?

— Je suis passé voir monsieur Rapière. Il m'a dit que vous aviez acheté un couteau M4 l'année passée...

— Et alors... Qu'est-ce ça peut te foutre ?! J'aime pas les curieux...

— Écoutez... Je ne suis pas un curieux. Je suis inspecteur de police. Laissez-moi entrer. C'est juste pour parler.

— Va te faire voir.

Étienne insista et s'approcha avec précaution.

— Ne faites pas l'idiot. Vous n'avez pas envie d'avoir des problèmes, n'est-ce pas ?

— N'avance pas, j'te dis.

— Ça suffit maintenant. Vous all...

Sa voix fut stoppée net. Le coup de feu l'avait atteint en pleine poitrine.

Sa main, qui s'était refermée machinalement sur la crosse de son Browning, venait de se relâcher.

Il tituba sur quelques mètres et s'écroula de tout son long sur le sol.

57.

Jacques appela le service des scellés sitôt après avoir raccroché. La discussion qu'il venait d'avoir avec Marc lui avait redonné du baume au cœur. Ils tenaient enfin quelque chose de sérieux.

Sur les trois ordinateurs, il n'en restait plus qu'un de consigné. Les deux autres avaient été rendus aux familles puis vendus.

Mais il en restait un ! C'était déjà ça.

Marc pourrait chercher les points communs.

Malgré l'heure, il se servit une bonne dose de bourbon et regarda le bureau vide en face de lui avec nostalgie.

Il n'avait toujours aucune nouvelle de Camille.

Bien qu'il n'en eût pas la confirmation, il était persuadé qu'elle était entre ses mains…

Pourquoi est-ce qu'il t'a enlevée ?

Il se sentait coupable. La jeune femme qu'il avait prise sous son aile payait les pots cassés à sa place. C'est lui qui aurait dû se trouver à la morgue ce soir-là…

Quoique...

En y réfléchissant, tout n'était pas aussi limpide. Tout ce qui s'était planifié lors de cette journée était peut-être destiné à l'éloigner de l'institut légal ?

Et si c'était elle qu'il voulait, après tout...

Attends!

Et si toi aussi, tu cachais ton jeu...

Merde...

Il se leva en un éclair. Une idée venait de lui traverser l'esprit comme la foudre.

Il fallait qu'il vérifie immédiatement.

58.

Le brigadier Chillon, Richard et Norbert arrivèrent enfin à destination, deux bonnes heures après la nouvelle assénée via le talkie-walkie.

L'après-midi était à son apogée.

— J'espère que vous n'avez rien touché, entama le flic, en arrivant à proximité des vêtements disséminés sur le sol.

— Ben non. Bien sûr qu'on n'a pas touché ! On sait très bien que le tueur a pu laisser des traces, fit un des hommes du petit groupe.

— Bien. Alors, qu'est-ce que vous avez retrouvé ?

— Ses fringues. Y a toutes ses fringues, ici... Son manteau, son tee-shirt, sa jupe, ses bas. On a également retrouvé ses sous-vêtements, quelques minutes seulement après vous avoir contacté. Ils sont là-bas derrière, dans un fourré.

— C'est mauvais... Très mauvais..., ronchonna le flic en se grattant le menton. Et les alentours, vous avez tout fouillé ?

— De fond en comble, chef. On vient de se taper plus de dix hectares en rang serré. Tout ce qu'on a trouvé est devant vous. Et y a aussi ces traces, là !

Chillon se baissa et examina avec attention les quelques centimètres de terre retournée et éraflée.

— On dirait des traces de lutte... Elle s'est débattue.

— Pauvre petite !, reprit un des hommes penchés sur le brigadier.

— Je vais faire des prélèvements. On verra bien, reprit Chillon en sortant le nécessaire de son sac à dos.

Richard, qui était resté en retrait, en profitait pour observer une nouvelle fois l'éleveur de porcs.

Son attitude était étrange... Volontairement isolé... Il n'avait même pas jeté un coup d'œil aux indices laissés sur place.

Savait-il, tout comme lui, que ce qu'ils avaient devant eux n'était qu'une mise en scène ?

Tout bien réfléchi, ce type lui faisait peur...

— Dites-moi brigadier, il se fait tard, s'exclama-t-il en venant dans sa direction. Je ne pense plus être d'une grande utilité. Serait-il possible que vous me déposiez ?

— Bien sûr, monsieur Granjon. Fallait me le dire. La voiture n'est qu'à dix minutes de marche.

Sans attendre, il se retourna pour faire face au groupe.

« Messieurs, je dois raccompagner ce monsieur. J'en ai pour quelques minutes, mais on reste en contact. Je vous rejoins dès que possible. »

— Vous allez continuer ?, fit Richard, ennuyé. Je ne voulais pas interrompre les recherches

— Je crois qu'on va y passer la nuit. Demain, j'irai voir le procureur pour qu'il ouvre une information judiciaire. Comme ça, on aura des moyens supplémentaires.

— Écoutez... Je ne veux pas déranger. Je vais rentrer à pied. Vous n'avez qu'à m'indiquer la direction à suivre !

— Pour que vous vous perdiez ?! Vous rigolez ! De toute façon, il est trop tard pour cette jeune femme. Elle est morte. La découverte de son corps prendra sans doute du temps avec tous les trous d'eau présents dans le coin.

Richard baissa les yeux puis les releva lentement.

— Je crois que vous avez raison, malheureusement.

Le flic le regarda et haussa les épaules de dépit.

— Bon allez. On y va.

59.

Jacques rejoignit Marc vers dix-huit heures. Il avait les bras chargés de deux ordinateurs portables.

— Salut Marc, entonna-t-il en entrant dans le bureau du spécialiste en sécurité informatique. J'ai de quoi nous occuper pendant un bon moment.

— La pêche a été bonne, visiblement !

— Pas vraiment... Un seul des ordinateurs appartient aux victimes. L'autre est celui de Camille.

— Camille ! Pourquoi ?

— J'ai réfléchi à tout ce qui s'est passé le jour de son enlèvement. J'ai l'impression que quelqu'un s'est arrangé pour que je ne puisse pas me rendre à l'autopsie. À mon avis, elle était bel et bien la cible de notre tueur.

— Tu penses qu'elle a quelque chose à voir avec les autres ? Une double vie dans le monde virtuel ?

— Exact.

— La théorie est intéressante... Et comme t'as son PC, on va pouvoir la vérifier immédiatement. Donne !

Marc s'empara de l'ordinateur et s'affaira quelques secondes afin de déverrouiller l'accès. Peu après, il avait exploré les cookies présents sur le disque dur, mais n'avait rien trouvé relevant de Second Life.

Il craqua les différentes sécurités puis analysa les e-mails reçus par la jeune brigadière.

Un message attira son attention.

Il provenait de Linden Lab. Il avait été posté avant-hier soir.

— Tiens... Tiens... Tiens.

— Quoi ? Qu'est-ce que t'as trouvé ?, fit Jacques, impatient.

— Linden Lab est la société qui a créé Second Life, fit-il en cliquant sur le message pour en visualiser le contenu. Il le parcourut rapidement. Regarde !

Jacques se pencha sur son épaule et posa son regard sur le texte.

« Mademoiselle Evalisa,

Nous avons le plaisir de vous informer que vous avez été parrainée aujourd'hui.

Votre avatar a été initialisé. Vous pouvez vous connecter dès maintenant pour le personnaliser.

Vos identifiants sont les suivants :

Login : evalisa

Mot de passe : 1st_try

Vous pouvez, pour cela, cliquer sur l'URL :

www.secondlife.com/avatar/personnalisation.html?applet:Perso&evalisa&parainnage&00443sddsffgz3

`Nous sommes heureux de vous compter parmi les citoyens de Second Life.`

`Bon amusement.`
`Votre dévoué,`
`Linden Lab»`

– Parrainée ! C'est quoi ce délire ?!, rugit Depierre, surpris par le contenu de l'e-mail.

– J'ai entendu dire que certains joueurs expérimentés avaient la possibilité de parrainer quelqu'un.

– Tu ne trouves pas ça bizarre qu'elle se fasse parrainer le jour même de son enlèvement ?

– Si, effectivement. Je pense même qu'il y a de fortes chances pour que ce soit lié à son enlèvement. Si c'est le cas, on aura ses coordonnées. Linden Lab se fera un plaisir de nous donner l'information.

– Il nous faut une commission rogatoire ?

– Oui, indispensable. Ça fait partie de la protection de la vie privée ! Les Américains ne plaisantent pas avec ça.

– Les Français non plus, je te rappelle. Je vais contacter Interpol.

– OK. Moi, je continue à chercher de mon côté. Je jetterai un coup d'œil au contenu de l'autre PC. On fait un point plus tard.

60.

La nuit commençait à descendre, laissant ses longs cheveux draper avec lenteur les végétaux squelettiques de la forêt.

Richard était arrivé.

Pendant tout le trajet du retour, il avait tenté de parler à Chillon mais n'y était pas parvenu, comme si quelque chose le bloquait.

Il était tout de même arrivé à lui faire part de ses inquiétudes concernant l'éleveur de porcs et son attitude suspecte.

Chillon avait souri puis, voyant qu'il était sérieux, avait évacué la question en lui confirmant qu'il passerait à la ferme des deux frères en fin de journée.

Pendant deux heures, il avait travaillé sur son manuscrit et abordait la soixantième page, quand il reçut un nouvel e-mail.

L'adresse d'expédition était toujours la sienne...

Il s'empressa de l'ouvrir.

«Mon cher Richard,

Ce qui est en train de se passer me déplaît fortement. Tu perds du temps.

Regarde...

Toute cette journée foutue en l'air. Pourquoi ? Tu peux me le dire ?

Tu n'as pas fait ce que je t'ai demandé !

Tu devais t'occuper du flic. Il est toujours en vie. Et maintenant, c'est trop tard... Plein de gens sont au courant.

Richard... Richard... Richard...

Je vais devoir te montrer encore une fois de quoi je suis capable. En plus, tu m'obliges à courir deux lièvres à la fois !

J'aime pas ça !!!

J'organise ma petite surprise et te contacte très prochainement.

Ton ami dévoué.»

J'en peux plus !, souffla l'homme accablé.

Il ne s'en sortirait pas...

Il ferma le traitement de texte, rageant intérieurement, puis se connecta sur le forum de cryptographie. Avec toute l'agitation de cette fin de journée, il avait complètement oublié le professeur Xorg !

Quelques messages avaient été postés, mais rien sur son fil.

Déçu, il arrêta l'ordinateur. Il fallait qu'il prenne du recul et qu'il réfléchisse pour se sortir de ce bourbier.

Vers vingt heures, il reçut la visite inattendue du brigadier Chillon. Quand le flic arriva, il était très nerveux.

— Puis-je entrer quelques instants ?

— Bien sûr. Ça n'a pas l'air d'aller. Vous l'avez retrouvée ?

— Oui. Vous aviez raison !

— Pardon ?!

— Le corps était chez les deux frères... dans l'abattoir.

— Ben merde, alors !

— Je ne vous le fais pas dire. Quand je pense que Norbert était avec nous toute la journée. Ce salopard s'est bien foutu de notre gueule.

— Je... Je ne sais pas quoi vous dire, bredouilla Richard.

C'était peut-être le moment de cracher le morceau... de lui montrer les e-mails... de lui parler du jeu de piste en pleine nuit, de son implication involontaire...

— Y a rien à dire, monsieur Granjon. Je voulais juste vous tenir au courant et vous remercier pour votre jugement. Grâce à vous, ils sont derrière les barreaux à l'heure qu'il est...

— Ils sont déjà en prison ?

— Oui. Après leur arrestation, je les ai conduits directement à Lyon.

— Mais il n'est que vingt heures.

— Eh alors ?

— À quelle heure les avez-vous embarqués ?

— À dix-sept heures. Pourquoi cette question ?

Dix-sept heures.

Ce n'est pas possible...

L'e-mail que j'ai reçu a été rédigé à dix-huit heures...

— Pour rien... Vous êtes certain que ce sont les coupables ?

— Vos questions m'intriguent, Monsieur Granjon. C'est vous-même qui m'avez mis sur la voie et maintenant, vous en doutez!

— Je ne sais plus...

— Écoutez. Tout ce que j'ai trouvé ne laisse aucun doute sur leur culpabilité. La Police technique et scientifique doit passer demain en début de matinée pour relever d'autres indices. Vous verrez, ils confirmeront tout ça.

En attendant, ces deux saligauds vont croupir à la maison d'arrêt.

61.

— Alors, ça donne quoi?, fit Jacques en entrant dans le bureau.

— Renversant... Véritablement renversant! Et toi? Tu as appelé Interpol?

— Oui, c'est bon. Ils transfèrent notre requête. On devrait avoir la réponse dans les prochaines vingt-quatre heures.

— Génial!

— Alors, qu'as-tu trouvé?

— C'est dingue ce qu'on peut inventer de nos jours. Je suis scotché! Second Life possède une véritable économie souterraine. On y retrouve tout ce qui existe dans la réalité: les grandes marques, les politicards, le jeu, les drogues et, bien entendu, le sexe.

Je peux même te dire que la prostitution est devenue aussi banale que dans la vraie vie : escort girls, lap-dance, strip-tease, maisons closes, tout y passe.

Second Life permet de réaliser le moindre fantasme en quelques clics. sadomasochisme et zoophilie compris.

— Mais j'm'en tape, moi, de Second Life ! Qu'est-ce que t'as trouvé, bordel de Dieu ?!, hurla Jacques, excédé.

— Calme-toi ! C'est important, laisse-moi t'expliquer ce que j'ai découvert.

— OK. OK... Excuse-moi.

— Bon... Ce qui est encore plus fou, c'est que l'argent virtuel a un taux de change tout à fait réel. Les gens qui se prostituent gagnent véritablement du fric avec ça !

— Ça confirme donc nos présomptions...

— Oui. Les deux victimes étaient bien des putes dans le jeu. Et elles gagnaient beaucoup. Véronique avait sur son compte en banque virtuel plus de neuf millions de dollars Linden, soit près de vingt-cinq mille euros !

— Dingue !... T'as trouvé d'autres points communs ?

— J'en sais rien encore mais ce que je peux t'affirmer, c'est que Véronique était soft. Prostitution traditionnelle. En revanche, Évelyne donnait dans l'extrême. Toutes les perversions y passaient. Elle avait installé la majorité des modules optionnels sur son profil.

— Des modules ?

— Ouais... Dans Second Life, il est possible d'acheter des sets complémentaires pour faire évoluer ton avatar. Un grand nombre sont à tendance sexuelle. Il suffit de disposer de la première extension, celle concernant les organes génitaux.

— Les organes génitaux ?

— Au départ, les avatars sont asexués. Si tu veux le personnaliser, tu dois acheter un set sexuel. Comme ça, tu peux t'en servir.

— Je rêve...

— Non. Je t'assure que non.

— Donc, si j'ai bien compris, on a affaire à deux nanas qui se faisaient un max de blé en vendant leur cul à des tarés et tout ça en virtuel !

— Oui. Exactement. Mais ces filles n'étaient pas n'importe lesquelles.

— C'est-à-dire ?

— Toutes les deux faisaient partie du Top 50 de De Groot.

— C'est quoi encore ?

— T'imagines pas ce que j'ai pu apprendre en l'espace de quelques minutes... Jeroen De Groot est un étudiant hollandais qui a créé un site recensant la quasi-intégralité des prostituées virtuelles en les catégorisant par spécialités. Il a mis au point un système de notation comme sur eBay. Chaque utilisateur donne une appréciation et l'ensemble des commentaires est accessible aux clients potentiels.

Nos deux victimes étaient parmi les cinquante meilleures racoleuses de Second Life.

— Ça, c'est une piste !

— Oui. Mais il va falloir la remonter. Et je t'assure que c'est un travail de titan.

— Et Camille, alors ?

— Rassure-toi. Elle n'a rien à voir avec les deux autres. Dans le monde virtuel, elle campe un flic.

— Un flic ?, reprit Jacques, médusé.

— Oui. En fait, elle joue son propre rôle. Elle est chargée de mener l'enquête sur la disparition de plusieurs prostituées.

— Je croyais qu'elle ne s'était jamais connectée.

— C'est bien le cas. Quelqu'un s'est chargé de personnaliser son avatar à sa place. Certainement la personne qui l'a inscrite sur Second Life.

— Je n'y comprends rien !

— Moi, je crois avoir deviné où il veut en venir.

— Explique !

— Je pense qu'il souhaite que nous menions l'enquête via le monde virtuel. D'après ce que je comprends dans ses messages, c'est par les indices qu'il a volontairement laissés dans Second Life que nous avancerons dans la réalité.

— On navigue en pleine quatrième dimension !

— C'est délirant, oui. Pour lui, les deux mondes sont liés et il s'en amuse.

— Il est fou !

— Non. C'est un être diaboliquement intelligent et manipulateur.

— Bon. Et comment on fait ?

— On va jouer le jeu. Je ne vois pas d'autre solution.

62.

Jonas se connecta malgré l'heure tardive.

Sa dernière visite dans le monde virtuel avait été un fiasco et il n'avait pas réussi à retrouver les traces des trois filles qu'il recherchait.

Pourtant, il s'était bien renseigné. Elles fréquentaient, elles aussi, le Donjon.

Il passa devant le trente-deux Main Street. L'appartement était désert. Pas de lumière.

Les flics n'avaient donc pas encore trouvé la piste qu'il leur avait laissée.

Mais ça viendrait, tôt ou tard. Il devait se montrer patient...

Il se téléporta vers Hell Chapel puis emprunta la petite ruelle sombre où se trouvait la porte du Donjon.

En attendant le chargement de la page, Jonas serra l'anneau qu'il tenait dans sa poche.

Ce soir, il aurait de la chance. Il le sentait...

L'intérieur était bondé.

À part le barman et les deux vigiles de l'établissement, les autres personnes connectées étaient de sexe féminin.

Il laissa les deux premières tables, où plusieurs couples de lesbiennes étaient en train de s'embrasser voracement, et s'approcha de l'escalier qui menait au backroom.

Il descendit la volée de marches et pénétra dans la lumière rouge tamisée.

Une dizaine de jeunes femmes à peine habillées étaient attablées ou prenaient des poses suggestives contre des barres métalliques.

Jonas fit un tour rapide puis fixa ses yeux sur l'une d'elles, assise sur un grand canapé.

C'est elle.

Enfin, il venait d'en retrouver une. Une des filles de Lyon.

Il manœuvra son avatar pour la rejoindre puis entama le *chat*.

— Bonsoir.

— Bonsoir.

— J'ai entendu parler de vous en bien.

— Ah oui ?

— Il paraît que vous donnez dans le bizarre ?

— C'est possible.

— Combien pour une heure ?

— Vingt-cinq mille dollars.

— Eh ! T'es folle. Tu ne t'emmerdes pas !

— Ça les vaut.

— Faut voir. C'est quoi le programme ?

— Je ne dévoile jamais ce que je fais. Tu payes et tu verras.

— On va où ?

— J'ai ma taule en bas, au sous-sol.

— OK. J'te suis.

Laura était effectivement une pro du sexe. Peut-être même la meilleure de Second Life. Elle disposait de tous les modules optionnels et avait personnalisé son avatar au maximum : bondage, piercings et tatouages, kamasutra...

Mais tout cela ne menait à rien, Jonas le savait bien. Ce n'était pas cette débauche virtuelle qui l'intéressait. La suite était bien plus savoureuse.

– C'était sympa. Maintenant, j'aimerais te rencontrer en réel.

– Ah oui ? Ben ça, c'est impossible. Je ne rencontre jamais.

– Même pour mille euros ?

– Hors de question.

Jonas trépigna.

– Deux mille ?

– C'est pas un problème d'argent. C'est hors de question, point final.

Jonas, contrarié, lança un IPsearch[1] sur l'avatar de la jeune femme. Trois secondes plus tard, il avait le précieux sésame permettant de la localiser dans le monde réel.

– T'en es sûre ?

– Tu me fatigues maintenant. Dégage !!!

– Très bien. À la prochaine alors.

– C'est ça !

Il se déconnecta puis lança les recherches.

C'est Norris, le tueur à gages virtuel, qui lui avait donné les accès sans vraiment le vouloir car on ne partage pas ce genre de chose aussi facilement. Il l'avait piégé avec une facilité déconcertante.

---

1. Procédé informatique permettant de découvrir l'adresse IP de l'ordinateur d'une autre personne. L'adresse IP étant unique, elle permet l'identification à coup sûr.

L'homme était peut-être un véritable crack pour tout ce qui touchait à la sécurité informatique mais pour la subtilité, Jonas le dépassait de loin.

Sa mise au défi avait parfaitement fonctionné: quelques compliments admiratifs et l'affaire était dans le sac! L'autre en avait rajouté, lui livrant tout ce qu'il souhaitait savoir sur un plateau.

Il pénétra dans le fichier clients de Numericable.

Laure Villemin, alias Laura, n'était qu'à une petite trentaine de kilomètres de sa position.

Il regarda sa montre.

Il avait largement le temps de lui rendre une petite visite...

63.

— Que s'est-il passé ?

— On ne sait pas trop. Le type a tiré sans crier gare. Il est actuellement en garde à vue au poste de Bourg-en-Bresse.

— Et le brigadier de Charolle ?

— Mal en point, d'après les médecins. La balle s'est logée dans le poumon gauche. Il est en soins intensifs. Il devrait être transféré à Lyon dès que son état sera stabilisé.

— OK. Tenez-moi au courant et faites-moi amener le salopard qui a tiré.

— Très bien, Lieutenant. On vous l'envoie dès que possible.

Jacques raccrocha et regarda Marc avec stupeur.

— Je ne comprends plus rien à ce foutu monde ! Étienne est entre la vie et la mort. Le type qu'il allait voir pour le couteau l'a tiré comme un lapin.

— C'est notre homme ?

— On verra, mais je ne pense pas. Il s'est laissé appréhender trop facilement. Si c'était lui, on ne l'aurait pas eu comme ça.

Marc haussa les épaules en signe d'impuissance, puis reprit.

— Ils vont le transférer à Lyon. Il sera là dans quelques heures. Je m'en occuperai dès son arrivée.

— Tu veux qu'on continue à creuser la piste de Second Life en attendant ?

— Oui. Il nous a ouvert la porte... donc on le suit.

Marc hocha la tête, lança le programme puis introduisit les identifiants de connexion de Camille, trouvés sur l'e-mail.

Quelques secondes plus tard, le monde virtuel s'étalait devant leurs yeux écarquillés.

L'illusion était parfaite. L'appartement où ils venaient d'être propulsés fourmillait de détails : des meubles... des tableaux... des bibelots... tout un tas d'objets et d'ustensiles parfaitement réalistes.

— Marc ! C'est incroyable...

— Quoi ?

— C'est une réplique exacte de l'appartement de Camille. Comment est-ce possible ?

— Tout est possible sur Second Life !

— Non, je veux dire... comment a-t-il su pour son intérieur ?

— En se rendant sur place. Certainement après l'avoir enlevée. Il aura tout bêtement pris des photos et reproduit ce qu'il avait sous les yeux.

— Merde alors, fit Jacques, éberlué. Dis-moi, tu connaissais le jeu avant aujourd'hui ?

— Oui. J'en avais entendu parler.

— Non, je te demande si tu t'étais déjà connecté.

— Euh... Non, pourquoi ?

— Parce que tu manipules les commandes comme si t'avais fait ça toute ta vie.

— Tu trouves ? En fait, l'interface est très intuitive. Ça me rappelle les jeux vidéo sur lesquels je m'éclatais quand j'étais ado. Regarde, c'est simplissime! Et puis, le moteur graphique est un standard du genre. Il est basé sur celui d'Unreal Tournament.

— Unreal quoi ?

— Laisse tomber... C'est un jeu vidéo. J'y ai passé des heures après le boulot. Pas toi ?

— Oh tu sais, moi et l'informatique...

Les deux flics fouillèrent le logement virtuel de la brigadière, retournant les objets dans tous les sens.

Et au bout d'une demi-heure, ils trouvèrent enfin ce qu'ils cherchaient: le premier indice laissé par le tueur.

Dans la chambre à coucher, au fin fond d'un placard, sous une pile de vêtements, ils extirpèrent un dossier modélisé en trois dimensions.

Il arborait un titre aux caractères disproportionnés.

Le Donjon.

64.

Camille avait froid.

Cela faisait plusieurs jours qu'elle était enfermée et n'avait pas reçu la moindre nourriture.

La pipette d'eau qui avait été accrochée à la commissure de ses lèvres lui permettait juste de boire et d'assurer sa survie.

Malgré l'air glacé, elle se sentait fiévreuse et son estomac la torturait de façon cyclique, réclamant son dû.

Elle regarda l'homme étendu par terre, qui naviguait dans un semi-coma. Il était dans un état déplorable.

Pensive, elle jeta un nouveau coup d'œil à la pièce sombre.

Pourquoi étaient-ils encore en vie ?

À quoi rimait tout cela ?

*
*   *

Jonas arriva au pied du petit immeuble de la rue Dunoir. Malgré l'heure tardive, les lumières d'un des appartements du deuxième étage étaient encore allumées.

Encore branchée, ma chérie ! En train de ramasser ton sale fric !

Quelques minutes plus tôt, il s'était rendu au domicile de la flic et y avait laissé un message pour ses collègues. Cela faisait partie de son jeu.

Il regarda sa montre. Il était près d'une heure du matin et il devait trouver une solution pour rentrer chez la fille.

Deux portes le séparaient de sa proie, deux petites portes de rien du tout…

C'était la première fois qu'il allait agir sans avoir préparé son coup. Avec tout ce qu'il devait gérer, il n'avait plus assez de temps pour parfaire son offensive. Et ce soir, ça semblait compromis… Il ne pourrait pas mettre en œuvre un des stratagèmes déjà utilisés.

Au bout de dix minutes, alors qu'il allait renoncer et reporter l'exécution, la chance lui sourit. Un couple de jeunes sortit de l'immeuble et il en profita pour se faufiler.

Une fois à l'intérieur, son instinct de chasseur reprit le dessus. D'un coup d'œil aux boîtes aux lettres, il localisa l'appartement de Laure Villemin et se glissa dans l'ombre des escaliers. C'était bien, comme il le pensait, au deuxième étage.

Maintenant, il n'avait plus qu'à trouver une idée pour qu'elle ouvre sa porte.

*
* *

Parfaitement déterminés, Jacques et Marc se rendirent chez Camille.

Il fallait absolument qu'ils valident leur intuition.

Ce qu'ils avaient trouvé dans Second Life n'avait pas été laissé là par hasard…

Ils se dirigèrent directement vers la chambre à coucher. L'armoire qu'ils avaient ouverte quelques minutes plus tôt dans le monde virtuel était là, droite comme un I.

Comme ils s'y attendaient, après une fouille rapide, Jacques tenait dans ses mains une pochette bien réelle.

Il marqua une légère hésitation.

— Vas-y, ouvre !, fit Marc, impatient.

Les rabats en carton dévoilèrent un contenu sobre : une lettre et deux photos. Sur l'une d'elles, ils reconnurent Camille. Assise, ligotée à une chaise et la bouche entravée, elle semblait dormir.

— Quel salopard !!! Il joue avec nos nerfs !, éructa l'officier, ivre de rage.

— Calme-toi, Jacques... Ça ne sert à rien de t'énerver.

— Je sais... J'y arrive pas... C'est de Camille qu'il s'agit.

— Écoute, c'est plutôt une bonne nouvelle. Maintenant, on sait qu'il ne l'a pas tuée et qu'il veut jouer avec nous. Je préfère ça à son silence.

La deuxième photo était celle d'un personnage virtuel, certainement modélisé dans Second Life.

D'après ses vêtements, il devait s'agir d'une prostituée.

— Qu'en penses-tu ? Sa nouvelle proie ?

— Ça semble évident. Fais voir le texte ?

Jacques prit la feuille de papier de ses mains gantées et lut à haute voix.

« Bravo messieurs,

Je me réjouis de constater que vous avez enfin trouvé ce que je vous ai laissé. On va pouvoir s'amuser ensemble un petit moment.

Prochaine étape : trouver la jeune femme.

Elle s'appelle Laura.

Une sacrée pouffiasse.

P.S. : Comme vous le voyez sur la photo, votre jolie collègue va bien. Mais il va falloir vous dépêcher si vous voulez la revoir vivante.

Votre dévoué »

— Votre dévoué ! Putain, mais c'est pas vrai ?!!! C'est quoi, ce type ?

— Un déjanté de première. Mais on avait vu juste. Pour lui, la vie réelle et le jeu sont étroitement liés. On va devoir reprendre là où on a laissé la partie.

— Et chercher Laura ?

— Oui. C'est une évidence.

— Comment ?

— T'en fais pas... J'ai ma petite idée là-dessus.

65.

Jonas était finalement parvenu à entrer chez Laure Villemin.

Quand il avait frappé à la porte en se faisant passer pour un voisin, la jeune femme avait ouvert sans se méfier.

— Ouais... ?

— Bonjour, c'est votre voisin. Chez vous aussi, la télédistribution est en panne ?

Ça avait marché...

Quand elle avait entrouvert, il l'avait balancée d'un solide coup d'épaule, arrachant sans effort la ridicule chaînette de sécurité clouée dans le chambranle. Incrédule, elle l'avait vu fondre sur elle.

En deux secondes, il l'avait maîtrisée.

La suite avait été menée de façon automatique. Sa procédure était parfaitement huilée.

Il l'avait déshabillée, arrachant violemment ses vêtements, puis l'avait ficelée et bâillonnée sur le lit.

Puis au lieu de s'en occuper immédiatement, comme il le faisait d'habitude, il s'était tout d'abord intéressé à son ordinateur. Il avait des choses à y faire.

Il avait regardé l'écran. Il se rappelait encore très bien la scène.

Un couple virtuel se trouvait dans la chambre où elle l'avait attiré, lui et son avatar, quelques heures plus tôt.

L'homme qu'il avait distingué au milieu de l'écran s'impatientait, envoyant des messages de relance sur le *chat*.

— Alors, qu'est que tu fous ? J'ai pas payé pour rien ! Ramène-toi, connasse !!!

Jonas, enfilant un gant pour ne pas laisser d'empreinte digitale, prit le clavier en main et le congédia sans ménagement.

L'accès aux fichiers clients des différents FAI[1] était vraiment d'une grande utilité… et sa dernière réplique, « Tu veux que je prévienne ta femme, Hervé Petitpierre ? », avait eu raison de la résistance du cybernaute.

Une fois l'autre demeuré parti, Jonas avait procédé à la modification et à la mise à mort du personnage.

Il avait choisi le thème Tatouage : la piste qu'il laisserait aux flics serait sur le corps de l'avatar féminin.

L'indice en place, il avait refermé l'ordinateur puis s'était occupé de son hôte.

Pour ça, il avait pris tout son temps, comme toujours. Explorant les frontières de la souffrance, s'en délectant… Augmentant de façon progressive la puissance de ses coups et les outrages qu'il lui faisait subir.

1. FAI est l'acronyme de Fournisseurs d'Accès Internet. Orange, SFR, Numericable et Free en sont quelques exemples.

Il l'avait sentie l'implorer. Cette lueur dans les yeux, il la connaissait parfaitement, maintenant. Et contrairement à ce qu'elle espérait, cela lui faisait l'effet inverse. Cette situation l'excitait. Il se sentait puissant.

Il avait joué avec elle pendant plusieurs heures et procédé au cérémonial. L'utérus... La gorge... L'anneau... Puis il l'avait littéralement massacrée.

Il avait laissé s'exprimer la violence inouïe cachée au plus profond de lui. Elle avait été à la mesure de la jeune femme... À la hauteur de sa débauche.

Ça avait été bon.

Oui... Très bon.

66.

— Alors messieurs, quelles sont vos premières conclusions ?, entama le brigadier-chef Chillon, les mains sur les hanches.

— Le cadavre a été transporté. C'est une certitude...

— Transporté ?

— Oui. La mort n'a pas eu lieu ici. Si ça avait été le cas, on aurait retrouvé des traces d'acide sur le sol. Or, comme vous pouvez le constater, il n'y a rien.

Chillon, les traits tirés, se gratta la barbe naissante qui lui couvrait les joues et le menton.

Il était perplexe.

Si le corps avait réellement été déplacé, comme l'affirmait le flic, il y avait de fortes chances pour qu'on veuille faire porter le chapeau aux deux éleveurs.

— Avez-vous trouvé des éléments qui pourraient impliquer les hommes qui travaillent ici ?

Le technicien de la Police technique et scientifique se releva puis jeta un regard sur le local. Il sentait la mort dans ses moindres recoins. Les crochets énormes destinés à suspendre les carcasses avant le coup de grâce, les grands billots métalliques, les gouttières d'évacuation, les couteaux à découper et le sang séché omniprésent.

— Ça, brigadier, il va falloir attendre les travaux de la médecine légale. Pour nous, une seule certitude : ce n'est pas la scène du crime. Comme c'est leur lieu de travail, on retrouvera à coup sûr l'ADN de ces messieurs mais on ne pourra pas les incriminer pour ça. Trop de potentialités de transfert.

— Bien, fit Chillon en soupirant. Je crois qu'on n'est guère plus avancés.

— Si j'étais vous, je chercherais à savoir pourquoi le corps a voyagé.

— C'est bien ce que je compte faire. Cet élément est capital et pour l'instant, je n'y vois que la volonté d'impliquer les deux fermiers.

Le brigadier se pencha une dernière fois au-dessus du corps gisant sur le carrelage froid de la chambre à saigner. Les légistes allaient bientôt arriver pour l'enlever.

Cette dépouille nue et corrodée n'avait plus rien à voir avec la jeune femme qu'il avait connue.

Son flanc droit laissait apparaître les côtes thoraciques et un reste de poumon à moitié rongé.

Le bas-ventre était béant et déchiqueté. L'os du bassin brillait sous la lumière artificielle.

Il retint une larme et tenta de reprendre un air digne.

Qui que tu sois... J'aurai ta peau. Je te le jure.

67.

Richard se leva vers dix heures, totalement crevé.

Il n'avait aucun souvenir de la soirée de la veille.

Il se rappelait seulement que Chillon était passé le voir sur le coup de vingt heures et qu'il avait écrit encore un peu, puis plus rien… Le trou noir.

Était-ce l'alcool qui lui faisait cet effet ?

Ce matin, la pluie était au rendez-vous et le ciel encombré ne laissait entrevoir aucune amélioration.

Avec appréhension, il alluma l'ordinateur et consulta directement sa boîte aux lettres.

Hormis la dizaine de spams qui polluaient ses correspondances, il ne trouva aucun message du timbré.

Soulagé, il navigua quelques instants puis se connecta sur le forum de cryptographie.

Une petite enveloppe fermée clignotait en regard du fil qu'il avait ouvert quelques jours plus tôt.

Son cœur bondit. C'était certainement la réponse du professeur Xorg.

Il cliqua pour l'ouvrir et lut les premières lignes.

L'homme qui lui répondait vivait visiblement dans un monde différent du sien, totalement hermétique.

« Cher Richard,

La solution est simple, mais elle m'a occupé un bon bout de temps. C'est la fin du message qui m'a mis sur la voie.

Tous ces chiffres… En tout cas, bravo d'avoir trouvé une technique pour coder les blancs, mais ça rend le cryptogramme vulnérable. C'est son point faible.

Pour répondre à votre question et bien que votre requête m'interpelle quelque peu, la phrase cachée est la suivante :

Richard, tu trouveras toutes les réponses à tes questions dans le fort.

Est-ce une façon de me tester ?

En tout cas, si vous avez un autre défi, n'hésitez pas. On adore ça !

Professeur Xorg. »

Richard relut une deuxième fois la phrase décryptée.

Tout se passait donc au fort, le bâtiment qu'il avait vu dans la forêt avec le flic et le sourdingue.

C'était décidé… Il monterait là-haut cet après-midi. Mais il n'irait pas tout seul. Il demanderait au brigadier de l'accompagner.

Et pour ça, il était temps de le mettre au courant.

68.

Ils avaient peu dormi.

Comme les nuits précédentes, Jacques avait rêvé de Florence. Mais son rêve avait été bizarre : tout était mélangé.

La femme qui était apparue dans les projections de son cerveau n'avait pas les traits de son ex-femme mais ceux de Camille. Pourtant, les souvenirs appartenaient bel et bien à son couple brisé.

Ce matin, alors que Marc avait continué à explorer les éléments du monde virtuel, Jacques s'était occupé de l'interrogatoire du forcené de Bourg-en-Bresse.

Comme il le pressentait, la piste ne l'avait pas mené très loin. Ce n'était pas la personne qu'ils recherchaient.

Étienne s'était trouvé au mauvais endroit au mauvais moment.

Le chômage et les tromperies d'une femme volage avaient scellé leurs deux destins. L'arrivée du flic avait été la goutte d'eau qui fait déborder le vase et le fermier avait *grillé un fusible*, comme on dit communément.

— Alors, t'as avancé ?, entama Marc, devinant la grande silhouette de Jacques dans son dos.

— Non ! Ce n'est pas lui. C'est seulement un pauvre type qui a disjoncté.

— Et le M4, il en avait un ?

— Oui. On l'a récupéré et les analyses sont en cours. Mais après l'interrogatoire que je viens de mener, je suis persuadé que ça ne donnera rien.

— OK. Tu es passé voir Étienne ?

— Oui, mais il était encore endormi. Ils vont le maintenir dans un coma artificiel une bonne journée pour qu'il récupère. D'après les médecins, l'opération a très bien réussi. Il est hors de danger.

— Super ! C'est déjà ça...

— Ouais, si on veut... Je te rappelle que notre fumier détient toujours Camille ! Mais je suis content aussi qu'il s'en sorte. J'étais inquiet.

— Bah ! Il a beau être imbuvable, orgueilleux et prétentieux, c'est quand même un des nôtres. Et puis, ce n'est pas un mauvais bougre. Seulement un jeune con.

— T'as raison ! C'est ce genre de drames qui permettent de relativiser les choses... Et toi alors, qu'as-tu trouvé ?

— Je me suis promené dans le monde virtuel à la recherche de la fameuse Laura, mais pour l'instant j'ai fait chou blanc. C'est sacrément vaste, ce truc ! Les personnes à qui j'ai montré la photo ne semblent pas la connaître.

— La photo ?

— Oui. C'est l'idée dont je t'ai parlé hier soir. J'ai scanné l'épreuve qu'on a retrouvée chez Camille. Je n'avais qu'à coller l'image obtenue sur un objet créé avec 3D Studio[1] puis à l'importer dans le jeu.

— Donc, t'as fait une photo virtuelle à partir d'une photo réelle ?

— Exactement.

— Et le site dont tu m'as parlé ?

— Quoi ? SL-Escort ?

— J'sais pas... Celui qui note les prostituées du jeu !

— C'est ce que j'ai regardé en premier, mais elle n'apparaît pas dans les listes. C'est bizarre...

— Encore une piste qui tombe à l'eau ! Et le Donjon ?

— Rien. Pareil que pour la fille : introuvable.

— Merde !

— Remarque, c'est peut-être qu'une histoire de région. Un type m'a dit d'aller faire un tour dans le Red Light District. D'après lui, c'est une des zones les plus chaudes de Second Life. On aura peut-être plus de chances de ce côté-là. J'allais m'y rendre quand tu es arrivé.

— Red Light District... Ce n'est pas le nom du quartier chaud d'Amsterdam ?

— Si. Tout juste. Amsterdam est d'ailleurs reproduit grossièrement dans l'univers virtuel. On y retrouve ses canaux, ses coffee-shops et tout le reste.

— Et comment on y va ?

— Sans savoir, c'est presque impossible de ne pas se perdre et passer un nombre incalculable d'heures à tourner en rond. Mais en farfouillant sur le Net, j'ai trouvé un site référençant toutes les régions de Second Life.

1. 3D Studio est un logiciel de modélisation en trois dimensions permettant entre autres de créer des objets et des scènes virtuelles.

Regarde...

Jacques fixa l'écran.

Une liste était affichée. D'après le compteur, il y avait plus de treize mille régions enregistrées.

L'une d'entre elles se nommait 'Red Light District'. Sans plus attendre, Marc cliqua sur le lien.

Quelques secondes plus tard, la zone était chargée dans l'interface et l'avatar de Camille propulsé en plein Amsterdam, sur les quais de la gare, à quelques mètres à peine du *Quartier Rouge*.

69.

Richard prit son courage à deux mains et appela le brigadier Chillon. Représailles ou pas, il avait décidé de défier l'homme qui le manipulait depuis le début.

Une heure plus tard, l'ancienne Jeep militaire les emmenait vers les hauteurs boisées.

— Alors, de quoi vouliez-vous me parler ?, fit le brigadier, la main gauche sur le volant.

— Je voulais déjà vous en parler hier, mais la présence de ce type m'a bloqué... J'étais presque certain que c'était lui.

— Lui quoi ?

— Que c'était le tueur.

— C'est toujours d'actualité. Mais les derniers événements peuvent remettre en cause notre théorie. D'après la PTS, le corps a été déplacé. Il est donc tout à fait possible que les deux frères n'aient rien à voir avec cette histoire.

— Ils n'y sont pour rien !

— Hein ? Pourquoi dites-vous ça ?

— Parce que j'ai reçu un e-mail alors que vous les aviez déjà arrêtés...

— Qu'est-ce que vous me racontez ?

— Je vous dis que le tueur m'a envoyé un e-mail alors que les éleveurs étaient sous les verrous.

— Un e-mail ! Vous connaissez le tueur ?

— Non. Mais il prend contact avec moi. Depuis mon arrivée ici, il s'est arrangé pour me mettre la pression. Quand je suis monté au village, je voulais vous informer des menaces que j'avais reçues.

Silence.

— Ça a commencé avec le massacre d'un chien dans la grange. D'après lui, c'était une façon de m'inspirer...

— Vous inspirer ?

— Pour mon bouquin... Ça doit être un fan complètement cinglé. Il est arrivé à pirater mon ordinateur pour lire mon manuscrit puis il a enlevé Max.

— Max Saunière ?

— Oui. Il a menacé de le tuer si je prenais contact avec la police.

— C'est pourtant ce que vous avez fait !

— C'est vrai mais à mon retour, j'ai reçu un appel téléphonique de sa part : pour me punir de mon initiative, il avait enlevé la fille du supermarché. Il m'a donné la possibilité de la sauver, mais j'ai échoué.

— Comment ça, échoué ?

— C'était horrible... Il a joué avec moi toute la nuit... Dans les bois... Un vrai jeu de piste. J'ai suivi ses indications et j'ai découvert un cabanon. Elle était là.

— Vivante ?

— Oui. Elle était encore en vie.

— Bordel ! Pourquoi vous ne m'avez rien dit ?

— J'étais terrorisé... J'avais peur pour Max... J'avais peur pour ma propre vie.

— Que s'est-il passé dans le cabanon ?

— Elle était entravée... Ce salopard l'avait cadenassée et reliée à une bombe chimique. Quand je suis arrivé, il ne restait plus que deux minutes pour la libérer... Et je n'ai pas réussi.

— Vous avez assisté à sa mort ?

— Oui... J'ai cru que j'allais devenir fou... C'était monstrueux. L'acide se déversait sur sa peau... s'infiltrait... Putain, je l'ai vue fondre ! Je suis désolé.

— Et après ?

— Je ne sais plus. J'ai perdu la boule. Je me suis retrouvé chez Max, sans aucun souvenir.

— Je ne sais plus quoi penser ! Ce que vous me racontez n'a aucun sens. Je vais devoir enregistrer votre témoignage et vous ferez l'objet d'une enquête...

— Je m'en doute, mais c'est pas grave. Je veux en finir avec tout ça. En attendant, je dois savoir ce qu'il y a dans le fort.

— Le fort ? Pourquoi ?

— C'est la solution à l'énigme qu'il m'a laissée, fit Richard en lui montrant le papier sur lequel il avait griffonné la réponse du professeur Xorg.

Tu trouveras toutes les réponses à tes questions dans le fort.

— OK. On va aller voir. Après, on ira au poste pour y passer un moment ensemble.

La Jeep grimpa encore sur quelques kilomètres dans la montagne puis, à court de chemins praticables, ils continuèrent à pied.

Dans moins d'une heure, ils seraient en face de la partie émergée de la ruine séculaire.

70.

Jacques et Marc manœuvrèrent l'avatar de Camille dans la ville virtuelle. C'était criant de vérité.

À quelques encablures de la gare, ils trouvèrent les prémices de la zone rouge. Les premiers sex-shops et vitrines égrillardes prenaient la place des petits commerces et halls d'entrée qu'ils avaient croisés quelques mètres plus tôt.

Dans une rue adjacente, un grand bâtiment exhibait avec impuVdeur un panneau publicitaire énorme. Il annonçait la couleur.

BDSM Shop.

— Je suis impressionné! Tout ça accessible par n'importe qui. T'imagines les enfants, livrés à eux-mêmes ?

— Oui, hélas. C'est d'ailleurs pour cela que certaines associations de familles sont montées au créneau pour en faire interdire l'accès, mais autant se battre contre des moulins à vent. C'est le problème d'Internet : c'est aux parents d'être vigilants.

— Bon. Maintenant, il va falloir trouver quelqu'un qui puisse nous renseigner...

Marc fit entrer l'avatar de la jeune brigadière dans un des commerces sexuels. Trois personnes étaient à l'intérieur et admiraient les vitrines dans lesquelles s'entassaient une multitude d'objets en tous genres: poupées gonflables, lingeries en latex, martinets, cagoules...

Il entama le *chat*.

— Bonjour. Y a-t-il des Français ?

— Hey dude, you have to speak English! Not many Frenchies there!

— Wir sprechen nicht französisch!

— Non parlo bene francese... Ma! Ho visto un francese nella strada.

Le lieu était particulièrement cosmopolite et essentiellement peuplé d'anglophones.

Après un tour rapide du lieu et quelques messages échangés en anglais, ils n'obtinrent pas satisfaction: personne ne semblait connaître la fille.

Contrariés, ils sortirent puis continuèrent leurs recherches.

Au bout de quelques minutes à tourner dans les rues sombres de la zone rouge, ils tombèrent sur un Français. Il était le propriétaire d'une boutique de modules relatifs au bondage.

— Bonjour. Puis-je vous aider ?, entama l'homme poliment.

— Peut-être, répondit Marc, pianotant à toute vitesse sur le clavier. Nous recherchons une fille. Elle s'appelle Laura.

— Nous ?

— Oui. Nous sommes deux.

— Vous jouez à deux ?

Marc grommela. Ils n'avaient pas de temps à perdre, mais il devait tout de même y mettre les formes s'il voulait obtenir une aide.

— Oui.

— Ah! Vous serez peut-être intéressés par un de mes articles alors ?

— Non. On n'est pas là pour ça.

— Vous en êtes sûr ? J'ai des créations très intéressantes. Des colliers, des chaînes, des gags-balls.

— Je vous répète qu'on n'est pas là pour ça.

— Bon. Donc vous cherchez une fille ?

— Oui, regardez!, fit le flic en manœuvrant l'avatar pour qu'il montre la photo à l'homme.

— Connais pas. C'est certainement une prostituée, mais il y en a tellement dans S.L. que je ne saurais vous dire où chercher.

En tout cas, elle n'est pas venue chez moi. Ce qu'elle porte ne fait pas partie de mes créations.

— Y a d'autres boutiques dans le coin ?

— Je vois que vous êtes nouveaux ! Il suffit de regarder autour de vous. Il commence même à y avoir une sacrée concurrence qui fait baisser les prix. Trop de créateurs d'objets.

— Et le Donjon, vous connaissez ?

— J'en ai entendu parler, mais je ne m'y suis jamais aventuré personnellement. Il paraît que c'est un des bars les plus chauds de SL. Je crois qu'il se trouve sur Hell Chapel. Mais vous ne le trouverez pas comme ça. L'accès est secret. Il faut être coopté pour accéder à cet endroit.

— Pouvez-vous nous aider ? Nous pensons que cette jeune femme fréquente le Donjon.

— Je ne peux rien pour vous, malheureusement. Par contre, vous pouvez aller voir Jack the Ripper de ma part, il réside sur une des îles. L'île Sanguinaire, je crois. Lui connaît tous les endroits secrets de Second Life. Si vous lui plaisez, il vous aidera.

— Très bien. Merci beaucoup pour votre aide. Elle nous sera précieuse.

— De rien. Ça fait plaisir de parler à des Français. Y en a pas des masses dans le coin. Et si vous avez besoin d'un set un de ces quatre, pensez à moi.

— Ouais. Pour ça, on verra... Merci.

Hell Chapel... Un nom d'un sombre présage. Peut-être la clé d'une des énigmes du psychopathe.

Il fallait qu'ils retrouvent au plus vite Jack The Ripper...

L'éventreur et son île sanguinaire...

71.

Jean Dunoir avait été prévenu par le lieutenant Depierre des dernières avancées et notamment du jeu où le tueur les avait entraînés, mêlant réel et virtuel.

Maintenant, il en était sûr : il s'était planté... totalement planté.

Il n'y avait qu'un seul psychopathe.

En fait, l'homme qu'ils traquaient avait de multiples facettes. Il était doté d'incroyables capacités de manipulation et potentiellement capable de se manipuler lui-même.

Il ouvrit la pochette qui était posée sur le bureau et reprit les éléments du dossier.

Les trois jeunes femmes et l'énigme des tableaux... La femme mûre dont la PTS avait enfin terminé la recomposition faciale... Puis la dernière, Évelyne Rozard, qu'il avait littéralement massacrée.

D'après les deux flics, il y avait de fortes chances pour que les victimes soient des prostituées sur Internet. C'était déjà avéré pour deux d'entre elles.

Selon ses conclusions, il semblait également y avoir une gradation dans la violence exprimée.

Mais elle n'était pas liée, comme il le pensait au départ, à une progression de la folie meurtrière du tueur. Non... C'était plutôt la réponse qu'il jugeait adaptée aux agissements de l'avatar de la fille dans le monde virtuel.

Pour Évelyne la pervertie, la punition avait été extrême.

Se prend-il pour un rédempteur, éliminant physiquement celles qui fautent dans l'imaginaire?

C'est fort possible...

Jean regarda à nouveau les photographies avec attention en triturant son petit bouc du bout des doigts. Il butait toujours sur la toilette de la main gauche.

Bon sang... Il doit bien y avoir une raison...

Il passa les visages et scruta les moindres détails des articulations palmaires. Enfin, il compulsa les examens chimiques pratiqués sur la peau de chacune d'entre elles.

Seule la dernière présentait une particularité...

Outre le savon habituellement relevé, des traces de glycérine s'étalaient sur plusieurs phalanges.

De la glycérine... Et pourquoi donc?

Pour faire glisser quelque chose?

Le regard de Jean se figea d'un seul coup et il plongea le nez dans les rapports d'autopsie.

Il avait peut-être trouvé.

Avec frénésie, il chercha les éléments susceptibles de valider l'hypothèse qui venait de germer dans son cerveau.

C'est ça!

La fille qui présentait les traces de lubrifiant faisait un bon cinquante-cinq de tour de doigt. Les trois autres oscillaient entre cinquante-deux et cinquante-trois.

Cet enfoiré simule un mariage. Il leur passe la bague au doigt après les avoir tuées...

72.

Après maintes et maintes recherches, Jacques et Marc avaient finalement trouvé l'île Sanguinaire. Heureusement que les forums Internet existaient car sans leur aide précieuse, ils n'auraient jamais réussi. Même le site référençant la plupart des régions de Second Life ne connaissait pas le lieu.

Quand la page se chargea, ils furent saisis. C'était une espèce de pic rocailleux dénué de toute végétation. Surplombé par un ciel noir criblé de petits nuages sanguinolents, l'endroit semblait inspiré de l'enfer.

Minuscule, plantée au beau milieu d'un océan rouge feu, l'île accueillait un vaste et sinistre manoir. L'entrée de la demeure était rendue inaccessible par un étrange champ de force.

— Eh bien! Voilà autre chose. Comment on va faire pour entrer?, s'exclama Jacques, perplexe, en regardant son collègue.

— C'est dingue! Je ne me doutais pas qu'on puisse protéger l'accès d'un élément du jeu... Sacrément pratique!

— Piratage informatique?

— Certainement, et je ne pense pas qu'on puisse casser la protection. Mais...

Marc fit rapidement le tour de l'îlot à la recherche d'une solution. Hormis la maison qui couvrait plus de la moitié des terres, un seul objet attira son attention.

Un trône... Un trône lévitant à une bonne dizaine de mètres. Surréaliste.

« Je crois qu'on va devoir utiliser ce truc », reprit-il en le désignant du doigt.

— Tu penses que c'est la clé ?

— Y a de fortes chances. On va aller voir.

Marc activa le mode « fly[1] » puis positionna l'avatar de Camille en face du fauteuil qui défiait les lois de la gravité.

Une console de commandes était visible.

— Regarde... C'est sûrement ça !

Il inspecta l'objet sous tous les angles puis fit asseoir le double virtuel de la brigadière. Instantanément, un panneau de commandes assez basique apparut dans le coin gauche de l'écran. Il était composé d'une zone qui permettait visiblement d'échanger des messages avec le propriétaire des lieux et d'un unique bouton de validation.

Un texte était visible.

You're in JTR's lands,
What's up ?

— Qu'est-ce que ça signifie ?, fit Jacques dont l'anglais, d'un niveau tout juste scolaire, n'était plus qu'un lointain souvenir.

— C'est un message d'accueil ! : vous êtes sur les terres de JTR... Quoi de neuf ? »

1. Le mode « fly » permet à l'avatar de voler. Ainsi, il est beaucoup plus pratique de se déplacer dans le monde virtuel.

— Qu'est-ce qu'il veut dire par là ? Qu'attend-il de nous ?

— Simplement qu'on lui dise pourquoi on est là. Eh bien... on va le lui dire !

Le flic rédigea un court message à l'attention du cybernaute, afin de lui expliquer ce qu'ils recherchaient, et précisa également qu'ils avaient été envoyés par Tony Reguanda, le tenancier du BDSM Shop du Red Light District.

Quelques secondes plus tard, le trône vibra comme s'il était pris de soubresauts et un gigantesque éclair rouge se matérialisa.

D'un seul coup, l'avatar de Camille disparut.

Ils avaient été téléportés à l'intérieur.

Le maître des lieux se tenait devant eux.

Mi-homme, mi-diable.

— C'est quoi ce machin ?, fit Jacques en regardant Marc d'un air à la fois amusé et effaré.

— C'est sûrement un ado. Encore un qui se prend pour une incarnation du Mal. Mais n'oublie pas, on a besoin de lui...

L'avatar, qui se déplaçait par d'étranges petits bonds, était la représentation plus ou moins réussie d'un démon. Ecarlate, les muscles surdimensionnés, il arborait une paire de cornes immenses.

Il s'approcha et entama la discussion.

— Que veux-tu ?

— La clé pour aller sur Hell Chapel.

— Hell Chapel ! Ha Ha ! Ce truc pour *Has Been*. Y a bien mieux maintenant. T'es qui, au juste ?

— Peu importe ! Je dois trouver quelqu'un. Elle fréquente le Donjon.

— Hum... Je vois. C'est une habituée ?

— Je ne sais pas. J'ai juste sa photo.

— Fais voir ?

Marc sortit la photo virtuelle de l'inventaire puis l'adressa à l'avatar démoniaque.

— Hum... Non, connais pas. Ça fait longtemps que je ne suis pas allé faire un tour dans le coin, faut dire.

— C'est bien un bar ?

— Ouais. Enfin, c'est plus qu'un bar. C'est plutôt un endroit pour amateurs de sensations fortes. Tu peux trouver de tout, pour autant que tu payes : bondage, strangulation, fistfucking.

— C'est du délire ?!

— Non, c'est même un grand classique. Lorsqu'un nouveau média apparaît, il est envahi dès la première année par le sexe... Ça pousse comme du chiendent.

— C'est pas faux, en effet !

— C'est même certain ! Je t'assure. Alors, c'est ce bon vieux Tony qui t'envoie ? Ça fait longtemps qu'on ne s'est pas parlé. Il a fait fortune ?

— J'en sais rien. Il m'a dit de vous contacter, c'est tout. Entre Français, on se serre les coudes...

— Mouais... C'est vrai qu'on est largement en minorité sur ce monde. Mais les pionniers comme moi et Tony, on a réussi à garder nos positions.

— Quel est votre rôle ici ?

— Ha ! Ha ! T'es un curieux. Si j'étais parano, je serais persuadé que t'es un flic. Mais bon, vu que tu connais Tony je vais t'en dire un peu plus.

En fait, je régule. J'suis chargé de prévenir et de virer les connards qui ne jouent pas le jeu, les apprentis terroristes, les gonzesses qui font trop de fric et qui mettent l'univers en danger... Enfin, tous ces genres de business.

— Sacré job !

— Ouais... Quarante à soixante heures par semaine derrière un PC à traquer les fauteurs de trouble de tout poil. Mais Linden Labs me rémunère très correctement pour le taf.

— Pourquoi Hell Chapel est-elle cachée ?

— Beaucoup de fric à la clé... Ça permet à certains de se faire un max de blé en toute tranquillité.

— Mais comment les clients sont-ils amenés à connaître ces endroits ?

— Bouche à oreille... Forums... Certains endroits de Second Life. Enfin bref... Je vais devoir aller faire mon tour de garde. Tiens, voilà un passe pour HC. Tu peux l'utiliser à partir de n'importe quel téléporteur.

À un de ces quatre.

— Merci.

Le démon bondit et disparut d'un seul coup, laissant tomber le passe électronique sur le sol.

— Je crois qu'on n'est pas au bout de nos surprises ! Ce monde est proprement incroyable..., reprit Marc en ramassant l'objet en forme de clé.

— Oui. Je suis réellement scotché. J'étais à mille lieues de penser qu'un truc pareil puisse exister. Et on n'a pas encore tout vu.

73.

Camille releva la tête avec lenteur. Depuis quelques heures, une violente migraine s'était ancrée au plus profond de son crâne, comme si l'occipital voulait écraser la masse molle de son cerveau.

Le bruit qu'elle avait entendu se renouvela. Cela venait d'au-dessus, comme la dernière fois, mais il se rapprochait...

Elle jeta un coup d'œil rapide sur l'homme allongé, comme pour vérifier s'il l'avait aussi remarqué, mais il n'avait même pas frémi.

Il doit être mort...

Sans eau, il n'avait aucune chance...

Elle tenta d'aspirer une goulée du précieux liquide par le tube toujours fixé à la jointure de ses lèvres, mais seules quelques gouttes vinrent s'écraser sur sa langue asséchée.

Pour elle aussi, le compte à rebours avait commencé.

Elle tira une nouvelle fois sur ses liens, tentant d'accroître le jeu des cordes autour de ses poignets. Il fallait qu'elle s'échappe, qu'elle tente quelque chose. Elle ne pouvait pas rester comme ça à attendre la mort.

Jamais dans sa vie, elle ne s'était résignée. Ce n'était pas aujourd'hui qu'elle allait baisser les bras. Elle trouverait une solution...

Pour son fils Nicolas.

Elle trouverait un moyen. C'était une certitude.

Alors que des larmes envahissaient ses yeux, le bruit revint à la charge. Désormais, les pas semblaient résonner contre les parois.

Quelqu'un descendait...

74.

Tandis que Marc poursuivait ses investigations, Jacques était en communication avec Jean Dunoir. Le profileur avait des nouvelles importantes.

– Je crois avoir trouvé pourquoi il leur nettoie la main gauche, entama le profileur, excité.

– Alors ?! Quelles sont vos déductions ?, fit Jacques en quittant temporairement l'écran des yeux.

– Je pense qu'il simule un mariage avec ses victimes. Il leur passe la bague au doigt. C'est pour cette raison qu'on a retrouvé de la glycérine sur l'annulaire de la dernière victime.

– Pourquoi agit-il ainsi ?, reprit le lieutenant, intrigué par la révélation.

– Comme je le subodorais, il reproduit à l'identique un élément de son passé, un élément qui l'a terriblement marqué. Aviez-vous remarqué qu'aucune d'entre elles n'a eu d'enfant ?

– Non ! Quel rapport ?

– Vous n'avez aucune idée sur le sujet ?

– Euh... C'est plus facile pour lui... Pas d'enfant... pas de mari, non ?

— Je ne pense pas que ce soit pour cette raison.

— Ah bon !

— Aviez-vous constaté que la femme repêchée dans la Saône n'avait pas enfanté non plus ?

— Non, je n'ai pas fait attention à ce détail... Et alors, vous allez cracher le morceau, à la fin ?!

— Calmez-vous, j'y viens. C'est justement ce point qui m'a mis sur la piste. L'ablation de l'utérus et le cérémonial de mariage ne font que confirmer mon hypothèse. Je pense que la femme qui a été retrouvée dans l'eau était son épouse.

— Quoi ?!, lâcha Depierre.

— Oui. Le meurtre... La congélation... Je suis intimement convaincu qu'elle était sa femme. C'est la clé de notre affaire !

— Et qu'est-ce qui vous fait dire ça ?

— Tout ce que je viens de citer. Il faut vous replacer dans le contexte... Il l'a tuée alors qu'il l'aimait passionnément. *A posteriori*, il a amèrement regretté son geste. Alors, il l'a congelée, prolongeant artificiellement sa relation avec elle. D'un autre côté, sa colère ne faiblissait pas. Il continuait à lui en vouloir - certainement parce qu'elle l'avait trompé, par exemple, et qu'il en aura ressenti une profonde trahison. Ce qu'il a fait à nos victimes n'est qu'un écho de la souffrance engendrée par sa propre relation. Il a trouvé un exutoire parfait à travers elles.

— Soit, c'était sa femme. Malheureusement, on ne sait toujours pas de qui il s'agit. L'identification n'a rien donné. La reconstitution faciale, l'étude dentaire. C'est frustrant.

— C'est même fâcheux !

— À votre avis, pourquoi s'en est-il séparé ?

— Bonne question ! Je pense personnellement qu'il a fait son deuil. Qu'il a pris conscience que son amour pour elle ne le menait à rien. Alors, il l'a remplacée, c'est tout, comme un homme prend une maîtresse.

Silence.

— Et vous ? Vous avez pu avancer ?, reprit Jean.

— On a trouvé quelques éléments... Après, dire qu'on a avancé... c'est un bien grand mot. On verra où cela nous mène.

Jacques raccrocha puis regarda Marc.

Le lieutenant manœuvrait l'avatar de Camille au beau milieu d'une rue pavée qui semblait tout droit sortie du dix-neuvième siècle.

— Alors ? T'en es où ?

— Ça y est, on est dans Hell Chapel. C'est fou comme ça ressemble aux anciennes ruelles du vieux Londres...

— Et le Donjon ?

— Rien pour l'instant, mais je ne désespère pas. J'ai trouvé une affichette vantant les mérites de l'établissement sur un poteau électrique. D'après ce que j'ai lu, le Donjon est dans une ruelle à proximité d'un cimetière.

Au bout de plusieurs minutes à tourner en rond, ils tombèrent nez à nez avec un autre joueur. C'était un homme affublé d'une grande cape noire et d'un masque de hockey.

Une longue machette pendait à son bras gauche.

On se serait cru en plein film d'horreur.

Jason...

Vu ton look, mon gaillard, tu dois connaître cet endroit comme ta poche...

— On cherche le Donjon. Vous connaissez ?

— Qu'est-ce que tu fous là ? On ne te connaît pas. On n'aime pas les étrangers. T'es qui ?

Marc hésita...

— Un flic.

— Un flic ! Quoi !!! T'es un putain de flic et tu viens ici ? T'as peur de rien !

— Eh... Tu vas changer de ton !, continua Marc, excédé.

— Sinon quoi ? Tu crois que tu peux faire le malin ? Tu ne connais rien.

Marc regarda ce qui se passait à l'écran. L'avatar venait de prendre de la poudre dans une espèce de bourse qui pendait à son flanc et frottait ses mains à une allure vertigineuse.

Un magicien...

D'un seul coup, un éclair gigantesque se matérialisa et transperça Camille de part en part, dispersant les molécules virtuelles de tous les côtés.

75.

— Quelqu'un est bien entré dans le fort, fit le brigadier-chef Chillon en entamant la descente des marches. Il n'y a aucun doute. Les traces sont fraîches...

Richard, qui n'avait rien dit depuis qu'ils avaient quitté la surface, suivait le flic d'un pas non assuré, à l'affût du moindre bruit suspect.

Les premières pièces de l'endroit étaient comme il les avait imaginées : sombres et poussiéreuses.

Le sous-sol dans lequel ils s'engouffraient était beaucoup plus humide. Les pierres laissaient apparaître entre leurs jointures champignons et moisissures putrides.

— Vous pensez qu'il est encore là ?

— Faut pas s'emballer... Toute cette histoire est un peu tordue. Et pour tout vous dire, j'ai du mal à vous croire.

Richard ne releva pas. Il comprenait parfaitement la réaction du flic. Vu de l'extérieur, tout cela était abracadabrant.

Ils continuèrent la descente sur une bonne vingtaine de mètres, croisant quelques animaux sauvages qui avaient trouvé dans la ruine un abri salutaire, puis arrivèrent enfin à la partie la plus basse des souterrains.

— Bien ! Nous voici tout au fond. Cette partie-là permet de rejoindre les oubliettes.

Richard regarda la salle voûtée. Elle semblait s'étendre sur une surface infinie. Un long couloir filait vers le nord et se noyait rapidement dans les ténèbres.

— Je ne suis pas rassuré, brigadier. S'il voulait nous tendre un piège, ce serait pour lui un jeu d'enfant.

— Ne vous en faites pas. Je suis armé. De plus, comme je viens de vous le dire, je suis persuadé que ce n'est qu'une mauvaise farce.

— Mais les traces ?

— Des ados... qui se sont aventurés.

Chillon braqua sa lampe torche afin d'éclairer la zone devant eux puis continua à progresser dans ce qui ressemblait à un obscure sanctuaire.

— On va prendre par là, fit-il en désignant une galerie qui s'enfonçait en pente douce. S'il y a réellement quelque chose ici, ça sera dans la zone des oubliettes.

— OK... Je vous s... Aïe ! Ma cheville... Hurla Richard, en s'écroulant lourdement sur le sol.

— Est-ce que ça va, monsieur Granjon ?

— Je me suis tordu le pied dans ce trou. Je crois que j'ai la cheville en compote, miaula-t-il en essayant vainement de se relever. Quel imbécile ! Je crains d'avoir besoin de votre aide.

Chillon s'approcha de l'écrivain pour l'aider mais arrêta son geste, figé par la surprise.

— Vous avez entendu ?

— Non...

— Ça venait de là-bas !

— Non, rien entendu...

— Écoutez... Vous allez rester tranquillement ici.

— Vous me laissez tout seul ?

— Ne vous en faites pas. J'en ai pour une petite minute... Voici une lampe torche, attendez-moi là bien sagement.

L'homme grommela. Il n'avait aucune envie de se retrouver dans cet endroit sans la présence du flic. Mais il capitula devant sa détermination.

— Bon, OK. Soyez prudent. Faites vite.

Chillon abandonna Richard dans la pénombre et marcha une bonne centaine de mètres avant d'aboutir dans l'antichambre.

La pièce était à l'époque un poste de garde souterrain.

Il en fit rapidement le tour du regard. Les massives portes en bois masquant la dizaine de cachots croupissants étaient fermées.

76.

Le double virtuel de Camille se trouvait désormais dans un lieu à l'écart de tout. L'endroit ressemblait à une chambre capitonnée d'asile psychiatrique.

— Je ne vois vraiment pas comment on va pouvoir sortir de là. Il n'y a ni téléporteur, ni accès extérieur.

— Marc, il faut absolument trouver une solution... Le temps file et on n'a toujours pas mis la main sur la fille.

— Je sais... Je sais...

D'un coup de doigt, Marc bascula sur le site Internet qui dressait la liste des différentes régions de Second Life puis cliqua sur plusieurs liens référencés afin d'essayer de se téléporter ailleurs. Mais rien à faire... L'avatar était bloqué, irrémédiablement bloqué. L'homme les retenait prisonniers au beau milieu du monde virtuel.

Heureusement, ils n'eurent pas à attendre très longtemps. La pièce prit soudainement une teinte rougeâtre avant de laisser apparaître le démon de l'île Sanguinaire.

— Qu'est-ce que tu fous là ?, clama Jack the Ripper.

— J'ai croisé un type. Je lui ai demandé mon chemin, mais il m'a agressé. Un vrai dingue. Maintenant, je suis bloqué là-dedans, pianota Marc avec nervosité.

— J'ai vu sur mes traceurs qu'il s'était passé quelque chose d'anormal sur Hell Chapel. Une porte a été ouverte et des objets virtuels interdits ont été insérés dans le jeu. Encore un hacker qui a réussi à déjouer le système.

— Un hacker ! Il y a en beaucoup qui sévissent dans cet univers ?

— Oui. Un bon paquet. C'est pour ça que je suis payé par Linden Labs : trouver des solutions en cas d'infractions. Je peux te dire que je n'arrête pas. Bon... Je vais te sortir de là, mais avant j'aimerais savoir comment il était.

— C'était la copie conforme de Jason, le tueur de la série des Vendredi 13. Il avait une grande machette.

— Je vois. Je le connais. C'est un taré de la pire espèce et très puissant. J'ai eu affaire à lui deux ou trois fois mais je ne suis jamais parvenu à le bannir. Il se cache toujours derrière des adresses IP trafiquées. C'est un hacker professionnel. Il a dépouillé plus de cent personnes dans le jeu, en vidant leur compte en banque virtuel.

Marc regarda sa montre... Cela faisait déjà plus d'une demi-heure qu'ils étaient enfermés dans la chambre d'isolement.

— Jack. Pouvez-vous me faire sortir de là rapidement ? Je dois impérativement retrouver cette fille et le temps presse.

— Faudra qu'un jour tu me racontes. Mais là, j'ai pas le temps. Je vais te téléporter dans le cimetière de Hell Chapel. Je ne peux pas t'envoyer directement dans l'établissement car c'est malheureusement impossible. Mais le donjon est à côté. Et fais gaffe à l'autre taré !

— Oui. Merci. Merci beaucoup.

Le démon ouvrit une porte de transfert puis disparut comme il était arrivé.

En passant par l'ouverture irréelle, Camille déboucha au beau milieu des tombes et autres stèles. Pour la plupart, elles étaient ouvertes. Très certainement pillées.

Derrière la barrière qui entourait le lieu truffé de sépultures virtuelles, l'enseigne du Donjon éclairait par intermittence la ruelle d'une couleur violine.

Des chauves-souris virevoltaient dans le ciel noir.

77.

Chillon stoppa net.

Cette fois, il venait d'en avoir la confirmation. Il y avait bien quelqu'un dans les parages...

Il sortit son arme de service lentement, comme pour camoufler son geste, puis tendit l'oreille.

Le bruit se reproduisit quand il passa devant l'une des épaisses portes en bois.

C'était une sorte de grognement.

C'est là ! Granjon avait raison. J'aurais pas dû venir ici tout seul.

Il regarda son portable: aucun signal. Trop tard pour remonter.

Son cœur battant la chamade, il poussa la porte.

La pièce était dans la pénombre. Un rai de lumière filtrait du plafond, par les interstices d'une trappe d'oubliette.

S'accrochant fermement à son Beretta, il fit courir sa lampe torche sur les murs puis sur le sol humide et découvrit deux corps inanimés.

Le premier gisait sur le sol, l'autre était assis sur une étrange et imposante chaise.

Il braqua le faisceau sur les ombres humaines et s'approcha prudemment.

D'après ce qu'il voyait, il s'agissait d'un couple. Des yeux, il refit le tour de la cellule avant de s'avancer davantage vers la forme féminine.

— Est-ce que ça va ?, entama-t-il en la secouant légèrement pour la réveiller.

— Mmppppphhhhh

— Attendez ! Ne bougez pas. Je vais vous enlever ce sale truc.

Dès qu'il ôta le bâillon, la jeune femme se mit à parler à toute vitesse.

— Mon Dieu, merci. J'ai bien cru que j'allais mourir dans ce maudit cachot !

— Du calme... Du calme... Qui êtes-vous mademoiselle ?

— Je m'appelle Evalisa. Je suis brigadière au SRPJ de Lyon. J'ai été enlevée il y a... Euh... Je ne sais plus...

— Ne vous en faites pas. Je m'appelle Chillon. Je suis flic. Chef de poste à Courzieu. Connaissez-vous l'homme qui a fait ça ?

— Oui. Enfin, je crois. Mon ravisseur est impliqué dans une série d'homicides à Lyon.

— Une série d'homicides ?

— Oui. Mais c'est trop long à expliquer. Faites-moi sortir ! Je n'en peux plus d'être là. On en reparlera à l'air libre.

— Et l'autre type ?

— J'en sais rien. Il était déjà là quand je suis arrivée. Je crois qu'il... qu'il est mort.

Le brigadier se dirigea vers la masse sombre étalée sur le sol et s'agenouilla.

Merde...

L'homme qui semblait endormi était effectivement cuit. Plus de respiration, plus de pouls.

Il éclaira le visage du défunt puis resta figé une dizaine de secondes, ahuri.

— Bon sang! Je connais ce type, finit-il par articuler. C'est Max Saunière, un gars du coin. Il habite dans une petite maison en contrebas des collines.

— Je vous en prie, faut qu'on y aille... Je ne suis pas rassurée ici.

— Calmez-vous, mademoiselle. J'ai la situation en main. J'ai exploré toute la partie basse du fort. Il n'y a personne. J'en ai juste pour quelques secondes.

Pendant que Chillon examinait le corps sans vie, Camille laissa son regard dériver vers la porte. Malgré la pénombre, il lui sembla qu'elle venait de s'entrouvrir.

— C'est bon... J'ai fini... On va pouvoir remont...

Le flic ne put terminer sa phrase: une lame s'abattit froidement dans son dos. Elle transperça d'un seul coup tous les organes situés sur son passage.

— Tu croyais quoi, vermine de flic? Que tu pouvais venir comme ça fourrer ton nez partout !?, éructa l'ombre qui venait de surgir.

Chillon vacilla et se retourna. Il sentait le froid l'envahir. Il sut à ce moment précis qu'il était mortellement atteint. Malgré sa vue qui devenait floue, il fit face à son agresseur...

— Pourqu...

Ses yeux s'écarquillèrent puis il s'écroula, terrassé.

— Alors... T'avais envie de m'abandonner? De te tailler comme une lâcheuse?, reprit l'homme, un petit sourire aux lèvres.

— Qui êtes-vous, nom de Dieu ? Qu'attendez-vous de moi ?

— Tu es juste mon catalyseur à flics. Grâce à toi, ils font exactement ce que j'attends d'eux... C'est le pied !

— Et lui, pourquoi l'avoir laissé mourir ?

— Max ne me servait plus à rien. Aucun intérêt. Mais ne t'en fais pas, ce sera bientôt ton tour. Quelques jours à attendre.

— Vous êtes une ordure !

— Non, tu as tort ! Toutes les femmes qui ont eu l'honneur de me connaître vraiment n'ont jamais dit ça. Elles ont toujours été empreintes d'un respect total, même dans leur silence... Tu verras. Quand j'en aurai fini avec toi, tu me respecteras, toi aussi.

Camille regarda l'homme qui se tenait devant elle. Son esprit avait irrémédiablement basculé.

Les photos des scènes de crime... celles de ses victimes... s'entrechoquaient dans son esprit. Toute cette horreur...

— Quelles sont vos motivations ?, reprit la jeune femme, déterminée à savoir. Je ne comprends toujours pas le sens de tous ces massacres.

— Ha ! Tu n'as toujours pas compris ?

— Non...

— Ces femmes n'étaient que des salopes. Elles ne se servaient de leur corps que pour le vice... pour le fric... Elles avaient ce qu'il y a de plus beau et elles l'ont bafoué.

— Ces jeunes femmes étaient des filles bien. Ce n'étaient pas des prostituées, si c'est ça que vous pensez.

— Tu parles sans savoir... C'étaient les pires de toutes.

Mais tu m'excuseras, je n'ai pas le temps de bavasser avec toi. J'aime bien ta compagnie, mais je dois aller donner du boulot à tes collègues et puis nettoyer tout ce bordel.

L'homme changea d'abord la bombonne d'eau puis replaça le bâillon sur la bouche de la brigadière. Enfin, il tira le flic en dehors de la cellule.

Avant de regagner les profondeurs humides, il lui adressa un large sourire.

— À bientôt... Je m'occuperai de toi prochainement. Tiens le coup. Je n'en ai que pour quelques heures et j'aimerais te retrouver en vie.

78.

Ils entrèrent enfin dans le Donjon.

Comme le leur avait expliqué le régulateur, l'endroit était pour le moins haut en couleurs.

Des filles à moitié nues dansaient lascivement sur le bar ainsi que sur deux plates-formes en verre. Une horde de mâles en rut jouaient des coudes juste en dessous et tentaient d'entrevoir l'entrejambe pixélisé des entraîneuses.

Marc se fondit dans la foule et sonda la salle pour trouver quelqu'un susceptible de les aider à retrouver Laura.

Ils devaient se montrer particulièrement vigilants afin de ne pas renouveler la mauvaise expérience qu'ils avaient vécue tout à l'heure.

Les deux flics firent un tour rapide du premier étage.

Repérer les lieux avant de tenter quoi que ce soit. Même dans la vie virtuelle, ce principe était de mise.

Parmi les quelques îlots sur lesquels dansaient les créatures électroniques et les deux bars où le whisky coulait à flots, un escalier en forme de chauve-souris attira leur attention. Il devait certainement mener au backroom. C'était là qu'ils avaient le plus de chances de trouver la jeune femme.

Lugubre, malsaine et torride, l'ambiance tranchait radicalement avec l'atmosphère festive de l'étage.

Les avatars qui peuplaient la pièce à l'allure gothique étaient pour la plupart extrêmement lookés.

Fringues déjantées, tatouages, accessoires sadiques dignes des pires perversions et pratiques BDSM... Un éden de perdition et de débauche absolue.

Marc s'approcha d'une des filles installées autour de l'îlot central qui servait de bar.

Sa noirceur n'avait pas d'égal.

— Bonsoir. Je suis à la recherche d'une amie. Vous pouvez m'aider ?, entama le flic.

— Pourquoi pas...

— Elle s'appelle Laura. Voici sa photo, continua-t-il en lui tendant l'image virtuelle.

La fille s'en saisit afin de la placer dans son inventaire puis répondit, quelques secondes plus tard.

— Ouais. C'est une habituée. Elle fréquente le rade depuis deux mois. C'est une sadomaso.

— Vous savez où je peux la trouver ?

— Pourquoi, mignonne ? T'as besoin de sensations fortes ? Si c'est le cas, je peux t'en donner.

— Non. C'est pas ça, répliqua Marc en tentant de freiner les ardeurs de la prostituée. C'est une amie, c'est tout. Je dois absolument la voir.

— T'es bizarre toi ! T'as qu'à lui écrire si tu la connais.

— C'est un peu plus compliqué que ça. Alors, où est-elle ?

— J'l'ai pas vue de la journée. Pas de bol. En général, elle bosse dans sa turne, en bas.

— En bas ?

— Ouais. Dans les cachots. Les tordus qui viennent ici adorent les ambiances glauques. Ici, ils sont servis.

— Comment on y accède ?

— Par les toilettes. Y a une fausse chiotte. T'as qu'à appuyer sur la chasse.

— Merci.

— Pas de quoi ! Et si ça te dit, reviens me voir. Je te ferai un prix. J'ai installé des modules terribles...

— J'y penserai.

Jacques regarda Marc sans rien dire.

Grâce aux informations glanées, ils découvrirent rapidement le mécanisme placé dans les toilettes et descendirent à l'étage inférieur. Là, ce n'était plus un malaise qu'on ressentait, mais l'effroi et la souffrance. C'était l'antre de la folie, une représentation virtuelle de l'enfer.

Il devait y avoir une trentaine de cachots. Ouverts, ils laissaient entrevoir les pires instruments de torture. Certainement les plus démentiels que l'homme ait pu inventer.

Des croix de suspension... des tables d'écartèlement... des cages... des harnais et des crochets... Il y avait même une table dont les deux volets hérissés de pointes d'acier pouvaient se replier sur la personne qu'on avait étendue.

— J'en reviens pas !, fit Jacques. On se croirait dans une réplique de la vieille usine désaffectée d'Hostel...

— Hostel ?

— Oui. C'est un film gore assez récent... gerbant. Ça transpire la douleur et la mort.

Les deux flics continuèrent à avancer, laissant au double virtuel de Camille le soin d'examiner les accessoires qu'ils trouvèrent.

Après avoir investigué un petit quart d'heure dans les différentes prisons désertes, ils arrivèrent enfin devant une porte cloutée.

Une plaque arborait un nom et sa spécialité.

Lady L, dressage et torture.

— Je crois que c'est ici, firent-ils simultanément.

Ils ouvrirent la porte puis entrèrent.

Le spectacle qu'ils découvrirent était quasi réel tant la douleur affichée sur le visage électronique semblait palpable.

La jeune femme qu'ils recherchaient était ici...

Empalée sur un pieu gigantesque.

— Nom de Dieu !!! Comment a-t-il fait ?

— Alors ça, j'en sais foutrement rien...

— Elle est morte ?

— Oui mais pourtant, c'est théoriquement impossible.

— Un hacker ?

— C'est certain. Pour réaliser ce coup, il faut pirater le système.

Ils firent le tour du cadavre irréel. La jeune femme était plantée sur une large pique en bois dont la pointe acérée ressortait par sa bouche.

Ils fixèrent leur regard sur le tatouage en forme de message qui couvrait l'intégralité du corps...

Laure Villemin n'était qu'une salope.
Je l'ai absoute de ses pêchés.

— Bordel ! C'est bien ce qu'on pensait... Cet enculé se prend pour un rédempteur et il est en train de faire le ménage. Toutes les prostituées de Second Life sont en danger.

— Non ! Pas toutes... À mon avis, seules les Lyonnaises l'intéressent !

Marc secoua la tête. La remarque de son collègue était parfaitement pertinente.

— Ouais... Je crois que t'as raison ! Si Laure Villemin habite à Lyon, comme on le pense tous les deux, il est urgent de revenir à la vie réelle et de retrouver la malheureuse avant qu'il ne soit trop tard.

79.

Étienne se réveilla enfin.

Il venait de passer plus de deux jours à l'hôpital dans un coma artificiel.

— Comment vous sentez-vous, monsieur de Charole ?, fit la jeune infirmière qui avait accouru, alertée par le bip de la machine de contrôle.

— Euh... Hum... Ça va..., répondit-il péniblement. Enfin, je crois.

— L'opération s'est parfaitement déroulée. Vous êtes tiré d'affaire.

— Euh... Dites-moi... Mes collègues sont-ils passés ?

— Oui. Je crois bien.

— Vous avez un téléphone ?

— Bien sûr ! Là, sur votre table. Les branchements sont faits depuis votre entrée. Mais si je peux me permettre, ne vous activez pas trop : vos points sont encore fragiles.

— Ça va... Je me sens bien et je vous promets de faire attention. Merci.

Il décrocha le combiné et bascula sur le standard.

Une fille à l'accent étranger l'accueillit poliment.

— Pouvez-vous me mettre en relation avec le SRPJ de Lyon, s'il vous plaît ?

— Le quoi ?, reprit l'hôtesse d'accueil.

— Le service régional de la police judiciaire.

— Quittez pas.

Une bonne minute plus tard, la connexion fut établie. Après avoir été transféré de service en service, il tomba enfin sur le répondeur du lieutenant Depierre.

— Jacques, c'est Étienne de Charole. Je viens de me réveiller. Merci de me rappeler rapidement. J'ai des éléments à vous soumettre.

Il allait raccrocher, mais se ravisa et recala le combiné contre son oreille.

« Au fait, j'espère que vous avez pu arrêter le fils de pute qui m'a tiré dessus. Je ne sais pas s'il est impliqué dans l'affaire, mais il a acheté un des M4 de Bourg-en-Bresse ».

En reposant le téléphone, il repensa à ce qui s'était passé. Comment, impuissant, il avait vu la balle fondre sur lui... la douleur du choc... le moment d'errance cérébrale... le voile sombre et la lumière écarlate. Puis le film de sa vie.

Selon certains spécialistes, cette impression est liée au déchargement électrique instantané du cerveau, comme si toute l'énergie emmagasinée à l'intérieur sortait de façon anarchique, actionnant simultanément tous les sens du corps.

À l'aide de la télécommande, il baissa la têtière du matelas puis regarda le plafond, les yeux vides.

Cette expérience avait été traumatisante. Il avait revu sa mère, son enfance, les mensonges de son père, l'accident...

Les images du passé, remontées avec une force qu'il ne soupçonnait pas, avaient balayé ses certitudes, ses convictions... sa foi.

Le bpère qu'il vénérait n'était en fin de compte qu'un parfait salopard.

80.

Richard tenta de se relever en s'appuyant contre la paroi, mais sa cheville meurtrie en décida autrement, envoyant un éclair de douleur qui lui arracha un geignement.

Tout à l'heure, il avait cru entendre un bruit sourd, une sorte de cri puis plus rien...

Cela faisait désormais plus d'un quart d'heure que l'homme qui l'accompagnait avait disparu, le laissant seul, assis sur la pierre froide.

Il avait un mauvais pressentiment.

— Monsieur Chillon ?, héla-t-il d'une voix faible. Tout va bien ?

Mais son appel resta sans réponse et il commença à imaginer le pire. Il y avait eu un problème... un gros problème...

Avec attention, il regarda autour de lui, cherchant à savoir ce qu'il pouvait faire.

Rien. T'es baisé, un point c'est tout.

Non. Tu vas te bouger le cul.

Aller de l'avant ou remonter à la surface ?

Ce qui était sûr, c'est qu'il ne devait pas rester plus longtemps sur place. C'était trop dangereux.

Tu trouveras toutes les réponses à tes questions dans le fort...

Qu'est-ce que t'entends par là, salopard ?

Alors que la phrase du message codé envahissait son esprit et accélérait son pouls, dont les vagues sanguines venaient se briser contre ses tempes, il prit sa décision.

Quoi qu'il lui en coûte, il fallait qu'il sache !

Déterminé, il balaya les murs alentours avec la lampe torche et malgré son appréhension, commença à ramper en direction du poste de garde.

81.

Jacques Depierre avait croisé les différents fichiers mis à sa disposition pour retrouver la jeune femme.

Cartes grises, impôts, compagnies énergétiques, opérateurs téléphoniques...

Il y avait trois Laure Villemin dans la région lyonnaise, mais il ne mit pas longtemps à identifier celle qu'il recherchait.

La jeune femme habitait en plein centre de la métropole rhodanienne, à proximité du centre commercial de la Part-Dieu.

Jacques, arrivé depuis près d'une heure dans l'appartement de la victime, fit face aux deux flics et au profileur qui l'accompagnaient. Il entama sur un ton grave :

— Alors, qu'en pensez-vous ?

— Tout ça confirme mes dernières impressions. D'après les informations que vous m'avez transmises, les deux dernières victimes étaient des adeptes de l'extrême dans Second Life.

Vu la sauvagerie des crimes, je peux avancer sans me tromper que la nature des meurtres et le degré de souffrance infligé sont proportionnels aux actes de ces filles dans le monde virtuel.

Qui vit par l'épée périra par l'épée.

Il respecte parfaitement cette devise.

Jacques se retourna et regarda une nouvelle fois le spectacle terrifiant. Le spécialiste du profilage avait parfaitement raison. C'était indémontable.

— Ouais... Comme pour la jeune Évelyne, il n'y est pas allé de main morte, reprit-il, épuisé nerveusement par les nuits sans sommeil.

— C'est même une véritable boucherie.

— On retrouve toujours les mêmes éléments. L'utérus prélevé par le vagin pour ne pas abîmer le corps, la main lavée, la mise en scène.

Tout cela n'est-il pas contradictoire ?

— Non. Je m'étais trompé la première fois, admit Jean, baissant les yeux. Maintenant, je suis convaincu que les éléments que vous décrivez font partie de sa signature. Ce sont des actes non réfléchis, mécaniques, reproduits et immaîtrisables. Ils font partie de lui. Ils sont liés à son passé, à son premier passage à l'acte.

Jacques regarda la pièce devant lui. Il éprouvait une furieuse envie de vomir.

La jeune femme avait également été découpée.

Le tronc, parfaitement démembré, était placé au beau milieu du lit et la tête, libérée de son support, était posée sur la table de nuit.

Les bras et les jambes pendaient d'une tringle à rideaux, tels d'effrayants mobiles.

— D'après vos éléments, on n'était pas censés retrouver des indices liés à Second Life ?, reprit Jean.

— Si effectivement. Je dois avouer que je suis assez désorienté. J'étais persuadé qu'on trouverait un message, quelque chose... un début de piste. Mais ça fait plus d'une heure qu'on est là à chercher, et on n'a toujours rien.

Le lieutenant avait la mine des mauvais jours. Ses traits tirés lui donnaient dix ans de plus. Il jeta un coup d'œil aux légistes qui venaient d'investir les lieux afin de s'occuper du cadavre.

— Tout ça ne colle pas, reprit Jean, songeur. Il a forcément laissé un indice. On ne doit pas chercher là où il faut.

— Bah... On a regardé partout. Il ne reste plus que le corps.

Dépité, il fixa son regard sur la housse mortuaire posée au sol. Elle était grande ouverte, prête à avaler la dépouille. Il remonta vers le lit. Deux médecins de la légale étaient occupés à soulever le tronc dénudé.

C'est au moment où ils firent pivoter le tronc, dévoilant la masse dorsale d'une blancheur immaculée, qu'il se produisit un événement inattendu.

— Eh ! C'est quoi, ça !?, hurla le troisième légiste qui avait saisi la tête de Laure Villemin pour l'envelopper. Il regardait le sol avec stupeur.

— Quoi ?

— L'œil a été tranché... Il vient de tomber. Je ne l'avais pas remarqué.

— L'œil ?

— Oui. Venez voir ! Y a quelque chose à l'intérieur du crâne...

Jacques, suivi comme son ombre par Marc et Jean, se précipita vers le médecin qui venait d'extirper un objet de l'orbite.

— Qu'est-ce que c'est que ce truc ?, s'enquit Jacques en examinant le petit bout de plastique noir d'un centimètre carré à peine.

— C'est une carte mémoire. Une micro-SD, répondit Marc, reconnaissant immédiatement le support magnétique. Eh bien voilà ! Je crois qu'on tient notre indice, messieurs.

82.

— Alors cette journée?, entama le docteur Legueur qui venait de prendre place à la table d'un de ses confrères, le docteur Breton.

— Toujours la même routine. Deux hommes, trois femmes et une gosse. On n'en finira jamais...

— Je me suis fait la même réflexion y a pas très longtemps. Je me suis même demandé si je n'allais pas raccrocher et passer à autre chose. Tu sais que je n'éprouve plus aucune émotion quand je les décortique?

— Je sais... Nos métiers sont tellement éprouvants psychologiquement qu'on se blinde au maximum. Notre carapace est sacrément épaisse...

— Un peu trop!

— C'est vrai. Ça fait d'ailleurs un petit temps que Marielle m'en parle. Elle en a ras-le-bol de vivre avec un type comme moi...

— Ah! Les bonnes femmes! Je ne suis pas mécontent que la mienne ne soit plus de ce monde. Au moins, j'ai la paix.

— T'es con ! Mais tu vois, ce matin, je me suis dit que tout ça était barge. J'avais entre les mains une gamine de dix ans à peine et je suis resté de marbre. J'ai réalisé la sternotomie sans broncher, et j'ai mis mes mains à l'intérieur pour fouiller dans ses organes sans la moindre émotion. Ça me fout les boules !

— C'est le métier. Qu'est-ce que tu veux y faire ? Faut vivre avec ça.

— Ouais..., continua Breton, songeur.

— Eh ben... Qu'est-ce qui t'arrive ? Une petite dépression ?

— J'en sais rien... Surmenage... Et puis depuis l'incident, c'est plus pareil.

— J'ai entendu parler de l'événement. Que s'est-il passé exactement ?

— Un truc complètement dingue. J'étais en train de me préparer pour réaliser l'autopsie d'une fille qu'on m'avait amenée quelques heures plus tôt quand j'ai senti une piqûre dans le cou.

En me retournant, j'ai vu le type, enfin sa silhouette. Ce salopard était masqué. Il tenait une grande seringue hypodermique et venait de m'injecter du curare.

— C'est du délire ! Ça a un rapport avec les vols de cadavres ?

— Non. D'après la police, c'est le tueur qu'ils recherchent qui m'a agressé.

— Le tueur ? Quel tueur ?

— T'es pas au courant ?

— Non !

— Pourtant, il en est déjà à sa cinquième victime... Des femmes.

— Mais pourquoi t'avoir empoisonné, toi ?

— Pour avoir place nette, je suppose, il a enlevé la brigadière qui devait assister à l'autopsie.

— Quelle histoire ! Ça n'a pas filtré jusqu'à nos oreilles.

— Ça ne m'étonne pas: tout le monde doit être très discret sur le sujet. C'est une consigne des flics. Ça ferait mauvais genre si la presse apprenait qu'il leur fait des hystérectomies.

— Qu'est-ce que t'as dit ?!

— Le tueur... Il leur arrache l'utérus.

— Attends! C'est du délire !!! Je viens justement de pratiquer l'autopsie d'une nana. Elle a été bouffée par de l'acide formique... Mais tiens-toi bien, quand je l'ai ouverte, le vagin était découpé et l'utérus avait disparu.

— Quoi ?! Je pourrais jeter un coup d'œil au macchabée ?

— Oui, bien sûr. Elle est encore dans son tiroir. Le transfert n'est prévu que demain matin.

— Les flics sont au courant ?

— Evidemment... Et d'après ce que j'ai entendu, les meurtriers ont été arrêtés.

— Ce que tu me racontes est parfaitement incroyable...

— Toujours partant pour la contre-autopsie ?

— Plus que jamais...

83

En repartant du 25 rue Dunoir, ils se répartirent les tâches.

Jacques passerait à l'hôpital afin de s'entretenir avec le jeune brigadier et de savoir ce qu'il avait découvert à Bourg-en-Bresse. Marc mènerait les premières explorations de la carte mémoire.

Quand il arriva à Édouard Herriot, Étienne était alité et se restaurait d'un maigre plateau-repas.

— Bonjour Étienne. Alors, comment te sens-tu ?

— Ça va... J'ai un peu mal quand je bouge, mais les médecins m'ont dit que c'était normal. C'est la cicatrisation...

— Ça va te brûler pendant quelques jours. Bientôt, tu n'y penseras plus et tu redeviendras aussi chiant qu'avant !

— Ouais, j'essaierai, répondit-il avec un petit sourire coincé. Vous l'avez chopé ?

— Tu parles du type qui t'a tiré dessus ?

— Heu... Oui... Pourquoi ? Ce n'est pas le tueur ?

— Non ! Mais rassure-toi, ton agresseur est derrière les barreaux pour un bon moment. Il a pété les plombs : problèmes familiaux, dettes... Un cocktail explosif.

— Merde alors! Quand je l'ai vu sortir son arme, je me suis dit que c'était lui...

— Notre tueur est plus habile que ça, il n'aurait pas agi de cette façon. Mais dis-moi, qu'ont donné tes recherches chez l'armurier?

— C'était un vrai dingue, lui aussi. J'ai bien cru qu'il allait me mettre son poing dans la gueule. Mais j'ai récupéré deux noms et un M4.

— Pour le couteau, on l'a passé aux analyses... Ce n'est pas l'arme du crime. Tu as dit deux noms?

— Oui... Hum... Attendez, c'est dans mes notes.

Le jeune homme se pencha en grimaçant pour sortir un petit calepin en cuir de la poche de son imper et le compulsa nerveusement.

« Voilà... La deuxième personne s'appelle Max Saunière. Il habite à proximité de Lyon. D'après le registre du commerce, il tient un bar dans le coin. »

— T'as fait du bon boulot, Étienne. On tient une nouvelle piste.

— Y a pas de mal...

— Repose-toi. Dès que t'es sur pied, tu réintègres l'enquête.

— Et vous, vous avez pu progresser?

— Je ne sais pas... Il nous balade. Il sème des indices aux quatre vents. Je ne sais pas vraiment où il veut nous emmener.

— Bon! J'espère que les éléments que j'ai glanés vous permettront d'avancer.

— Je te tiens au courant si on a du nouveau. À plus tard.

Quand il sortit sur le perron de l'hôpital, Jacques se sentait ressourcé. Un nouvel espoir venait de naître.

L'entretien avec le brigadier Charole permettait de voir les choses sous une nouvelle perspective...

84.

— Marc. Je sors à l'instant de l'hôpital. Je tiens peut-être une piste intéressante...

— Alors, qu'est-ce qu'il t'a raconté ?

— Il a récupéré le nom d'un autre type qui a acheté un M4 chez l'armurier de Bourg-en-Bresse. Il tient un bar dans la banlieue lyonnaise. Je vais aller y faire un tour. Et toi, t'en es où avec la carte mémoire ?

— Pfff... Rien encore. Un fichier texte, deux vidéos et une dizaine de photos sur la faune et la flore d'Amazonie.

— Quoi ?

— Ouais. Encore un de ses foutus jeux : des photos de plantes tropicales, un film sur la vie des termites et un autre sur les arachnides. Ça ne peut être qu'un camouflage.

— Et merde ! J'en ai marre... Marre qu'il nous balade comme des clébards.

— Calme-toi. Je vais faire parler les fichiers. Je pense avoir trouvé l'astuce... On utilise ça depuis un bon paquet d'années dans le département Sécurité. Déjà entendu parler de la stéganographie ?

— Non.

— C'est une technique qui permet de cacher des éléments dans une photo ou un film. Très difficile à déceler pour les profanes. Sur ce coup, je pense qu'il nous a pris pour des bleus. On va pouvoir gagner du temps...

— Comment peut-on cacher des trucs sans que ça se voie ?

— En fait, les programmes s'appuient sur les données inutiles des fichiers. Dans une photo, par exemple, chaque point est codé à partir de nombreuses valeurs. Le fait d'en utiliser une ou deux pour y stocker autre chose ne change rien à la perception que tu peux en avoir.

Informatiquement, l'image est dégradée mais pour l'œil humain, il n'y a aucune différence avec l'originale.

— Bon. Si tu le dis. Toute cette science m'échappe un peu. Tu penses réellement qu'on a des chances de trouver de quoi il s'agit ?

— Certain. Ces procédés ne sont pas faits pour résister... Rien à voir avec la cryptographie. Le tout est de déterminer s'il y a réellement quelque chose de dissimulé derrière et d'appliquer le bon algorithme.

— Parfait. Je te laisse t'occuper de ça. Moi, je vais voir notre type. À plus tard.

— Sois prudent !

— T'en fais pas. Je vais y aller avec Théodore. Je viens de l'appeler.

85.

Les deux légistes descendirent au sous-sol un peu plus tard dans la soirée.

Ce qu'ils allaient réaliser était formellement interdit par le code déontologique, mais le docteur Breton voulait en avoir le cœur net.

Ils passèrent par la morgue afin de récupérer le corps déposé sous le scellé HB3445-2007.

— Tout ceci doit rester secret, entama Legueur à l'attention de son collègue. Je ne tiens pas à m'attirer des problèmes avec la direction. Tu sais qu'on doit être mandatés par la préfecture...

— Oui. T'en fais pas. Par contre, si on trouve quelque chose de probant, on devra prévenir les flics.

Les quatre blocs d'autopsie étaient déserts. Vu l'heure, ils ne courraient pas trop de risques.

Ils choisirent le bloc C, plus vaste et surtout plus à l'écart que les trois autres. En cas de visite impromptue, ils auraient tout le temps d'escamoter le corps.

— Alors, comment tu la trouves ?

— Beau boulot... On voit à peine les coutures. J'ai des scrupules à foutre en l'air tout ton travail... Mais bon... Allez, on y va.

Breton prit un des scalpels posés sur la desserte et entama la découpe. Il enfonça l'outil tranchant puis pratiqua une ouverture de la fourchette sternale jusqu'à l'appendice xiphoïde[1] en suivant les traces laissées par la première autopsie.

Il récupéra les écarteurs et mit en tension la cage thoracique qui s'ouvrit comme une huître, révélant ses trésors morbides.

L'intérieur était un véritable champ de bataille. Les organes prélevés pour être pesés avaient été sommairement remis en place par le praticien.

Breton fouilla dans le cadavre, mettant de côté les parties molles inutiles, puis fixa son attention sur l'appareil génital... enfin, ce qu'il en restait.

— Tu vois ?, interrogea Legueur.

— Oui. C'est très net. Le vagin a été découpé à son sommet afin de pouvoir détacher l'utérus. Vu les traces laissées sur les muqueuses, il l'a ensuite extirpé avec une sorte de crochet, entraînant dans le même temps les trompes de Fallope et les ovaires. Hum... Gérard, je crois qu'on a bien affaire à la même personne.

— On fait quoi, alors ?

— Je vais prévenir l'équipe du lieutenant Depierre. C'est le flic chargé de l'enquête.

Je leur ferai passer ton rapport, c'est suffisant. Pas la peine de parler de notre petite expérience de ce soir.

— OK.

— En tout cas, j'en connais qui vont être contents...

---

1. L'appendice xiphoïde est la partie inférieure libre de l'os situé à l'avant du thorax et sur lequel les côtes viennent s'articuler par l'intermédiaire des cartilages costo-sternaux (sternum).

86.

Jacques Depierre et le brigadier Théodore se présentèrent au 27 rue Dehayes, à Sainte-Foy-lès-Lyon.

Malgré l'heure encore très raisonnable, l'établissement était fermé.

— Personne. Bizarre..., fit Jacques, essayant de jeter un œil à travers les carreaux.

— Peut-être en vacances ?

— Possible. Il n'y a rien d'indiqué, reprit Jacques en scrutant attentivement la devanture du café. D'habitude, les commerçants préviennent leur clientèle.

— Hé... Y a un problème ?

L'homme qui venait d'interrompre les deux flics traversa la rue afin de venir à leur rencontre.

— Qui êtes-vous ?

— Un habitué des lieux. Max n'a pas rouvert son bar depuis plus d'une semaine. Lui serait-il arrivé quelque chose ?

— C'est plutôt à vous de nous le dire !

— Vous n'êtes pas des fl... euh... des policiers ?

— Si et alors ?

— Ben... Rien... Je pensais que vous sauriez... En tout cas, c'est bizarre... Max a disparu... C'est pas dans ses habitudes de laisser les choses en plan comme ça.. Il habite au-dessus ?

— Tout juste. Le gardien doit avoir les clés de son appart si vous voulez jeter un coup d'œil.

— On va aller voir. Merci.

— Alors, qu'est-ce qu'il a fait ?

Jacques dévisagea l'homme aux traits bouffis par l'alcool. Un habitué... C'était l'évidence même.

— Rien, monsieur... Allez, circulez ! Ça ne vous regarde pas.

— Mais...

— Y a pas de mais qui tienne, reprit Théodore en s'interposant vigoureusement. C'est une enquête de police ! Nous vous remercions pour votre aide, mais maintenant, vous dégagez. C'est compris ?

L'homme, déçu, se gratta le menton et traversa la rue.

Il resta immobile quelques secondes, les observant depuis le trottoir d'en face, puis rebroussa chemin.

Cinq minutes plus tard, accompagnés du gardien de l'immeuble, qu'ils avaient réveillé pour l'occasion, ils entrèrent enfin dans l'appartement.

L'endroit sentait le renfermé.

Le hall d'entrée, orné de grands masques africains appliqués sur les lambris bruts des murs, communiquait avec quatre petites pièces à la décoration passablement chargée.

— Ça fait combien de temps que vous n'avez pas vu monsieur Saunière ?, entama Jacques en fixant l'homme à la fine moustache.

— Oh ! De ma loge, je ne le vois pas très souvent. La plupart du temps, il emprunte l'escalier intérieur pour aller et venir...

Et puis, on n'est guère intimes tous les deux. On a même eu des mots il y a quelques semaines.

— C'est louche, fit Jacques en regardant une des plantes vertes posées sur la commode du salon.

La terre était complètement desséchée...

« Et il ne vous a pas informé de son départ ? »

— Non.

— Vous connaissez quelqu'un à qui il aurait pu laisser un trousseau ?

— Pensez donc. C'est un sauvage. À part son bar et les ivrognes qui vont avec, il n'a aucun ami. Moi, j'ai uniquement les clés parce que c'est imposé par le règlement de la copropriété.

— Vous n'avez pas franchement l'air de l'apprécier !

— C'est pas ça, mais c'est un homme renfermé. Un homme assez secret, voilà tout. Mais pour être honnête, c'est vrai que j'ai un peu de mal avec lui.

Jacques fit le tour du salon et regarda par-dessus la rampe de l'escalier en colimaçon. Les marches s'enfonçaient dans les entrailles obscures du débit de boisson situé juste en dessous.

— C'est l'escalier intérieur dont vous nous parliez ?

— Oui. Vous avez vu ? C'est pratique.

— Bien. Nous allons continuer notre enquête. Merci pour votre aide, monsieur Fernando.

— Pas de quoi ! Si vous avez besoin de quoi que ce soit, je suis en bas.

Le gardien disparut et claqua la porte, laissant les deux flics seuls dans l'appartement.

— Toute cette histoire ne me dit rien qui vaille. D'après ce que j'ai relevé, j'ai l'impression que son départ n'était pas prémédité. Vous partiriez en vacances sans avoir arrosé les plantes et payé les factures ?

Vers minuit trente, après une bonne heure de recherches, Jacques Depierre et le brigadier Théodore sortirent de l'immeuble. Ils avaient passé tout l'appartement au peigne fin.

De toute évidence, l'homme avait fui subitement ou n'était jamais rentré chez lui.

Sur l'ensemble des éléments qu'ils avaient collectés, un seul indice était exploitable.

Un petit mot gribouillé sur les premières pages d'un roman laissé en évidence dans la salle à manger.

Une sorte de dédicace, datant d'une semaine exactement :

Merci pour la maison...
J'espère qu'elle m'inspirera...
Ton ami.
Richard.

L'auteur, Richard Granjon, était-il la dernière personne à avoir vu le barman ?

Peut-être...

En tout cas, c'était une nouvelle piste.

Pour l'heure, ils avaient rendez-vous sur les hauteurs des monts du Lyonnais, dans la maison secondaire de Max Saunière.

Mais avant toute chose, ils devaient se reposer quelques heures.

87.

Le procédé utilisé était bien lié à la stéganographie. Les images et les films n'étaient que le support. Le contenu adressé par le tueur était masqué, comme il l'avait pressenti.

Marc regarda la série de photos qu'il avait imprimées.

Que voulait-il prouver avec ça ? Pourquoi transmettre des instantanés des victimes avant leur mise à mort ?

Était-ce une façon de démontrer sa puissance et son absence totale de crainte ?

Il posa un regard ému sur un cliché où il reconnut aisément l'une des dernières victimes. Évelyne était couchée sur le dos, et les traits déformés de son visage hurlaient toute l'horreur qu'elle devait endurer.

Elle le supplie... Elle le supplie pour qu'il arrête.

Mais il continue... Encore et encore...

Pauvre fille...

Mais pourquoi nous envoyer ça ?

Le bip strident de l'ordinateur stoppa net les pensées de Marc. Le programme de *reverse engineering*[1] qu'il avait appliqué à l'un des films venait enfin d'extirper les images cachées, après plus d'une heure de traitement.

Une nouvelle vidéo, d'une taille plus modeste, était désormais accessible.

Voyons ce qu'il nous a encore réservé…

Sans attendre, il enclencha la lecture.

Le film, scindé en cinq séquences de quelques minutes, était un concentré des pires atrocités qu'il ait pu voir dans toute sa carrière.

À l'exception de la femme plus âgée qu'ils avaient retrouvée dans la Saône, toutes y figuraient.

Il les avait filmées dans leurs derniers instants.

À la fin de chaque scène, il capturait pour la postérité les résultats de son œuvre. Un gros plan sur le vagin éclaté et l'utérus sanguinolent balancé négligemment sur le bas ventre, les marques des flagellations infligées, un zoom sur la gorge tailladée d'un coup de couteau fatal.

Et, Jean avait raison sur ce point, l'anneau passé autour de leur annulaire. Un simulacre de mariage morbide.

Tout y était.

Ces films sont ses trophées. Ce salopard conserve ses barbaries. Il doit se les repasser en boucle…

Marc regarda une nouvelle fois l'écran figé du lecteur multimédia. C'était la dernière image de la vidéo. Elle ne laissait aucun doute sur les intentions de l'homme qu'ils traquaient…

1. Procédé permettant de récupérer l'état initial avant le traitement de codification.

« To be continued »

À suivre
Espèce d'enfoiré!

Vers une heure du matin, il reçut l'appel du lieutenant Depierre. D'après ce qu'il avait trouvé, la piste de Saunière semblait prometteuse.

Le couteau... La disparition soudaine du type... L'appel de Breton, le légiste, qui lui avait parlé du cadavre des Verchères... à quelques kilomètres à peine de sa maison de campagne.

Un bon paquet d'éléments convergeaient.

Quand il raccrocha, le traitement du deuxième film stocké sur la carte mémoire était toujours en cours. Il nécessitait encore une bonne poignée d'heures d'analyse.

Cela lui laissait un peu de temps pour dormir.

Demain serait une journée décisive.

88.

Camille n'avait rien pu faire. Le flic venu pour la sauver l'avait payé de sa vie.

L'espoir immense avait été suivi d'une amère désillusion.

À bout de nerfs, elle avait pleuré longuement, repensant avec nostalgie à sa vie avant l'enlèvement, au petit Nicolas... ce petit bout d'innocence qui lui avait permis de tenir le coup.

Après un long passage à vide, elle avait fini par reprendre le dessus, laissant son cerveau redémarrer.

Son cas n'était peut-être pas aussi désespéré qu'elle le pensait.

Si quelqu'un était arrivé jusqu'à elle, sa geôle n'était pas inaccessible. De plus, la disparition de l'homme qui venait de mourir sous ses yeux pouvait faire avancer les choses. On allait le rechercher, lui aussi...

Quelques heures plus tard, comme prévu, l'homme qui la tenait prisonnière revint. Il était excité et avait les bras chargés de matériel électronique.

— Ça va, ma chérie ? Je n'ai pas été trop long ?

La jeune brigadière le fusilla du regard sans répondre.

« Je viens d'avoir une excellente idée. Tu vas voir, on va bien s'amuser », continua-t-il en lui arrachant le bâillon.

Il fit plusieurs allers-retours afin d'apporter le nécessaire puis commença à installer le dispositif.

— Qu'est-ce que vous faites ?

— T'es bien curieuse, dis-moi, ricana l'homme.

C'est un petit jeu pour tes copains les flics. Mais cette fois, tu vas aussi y participer.

Elle regarda l'homme connecter les câbles électriques à l'étrange machine qu'il venait d'assembler.

— Qu'est-ce que c'est ?

— C'est pour te brancher...

— Me brancher ?

— Oui... Sur Internet... Je vais t'expliquer. J'en ai pour quelques secondes.

Il se leva et sortit de la pièce afin d'accéder au petit renfoncement d'à côté. Dans la pénombre, un vieux groupe électrogène était prêt à être mis en route.

Il connecta la rallonge puis lança le générateur. La vieille machine toussa, couina, puis la bobine lâcha une violente étincelle bleue.

Tout était prêt.

Désormais, il avait l'électricité nécessaire.

89.

Richard se réveilla avec une migraine épouvantable mais, à son grand étonnement, il avait retrouvé le confort douillet de la chambre de Max.

Les événements de la nuit dernière n'étaient-ils qu'un cauchemar hyperréaliste ?

C'était impensable. Pourtant, il était là, sain et sauf, avec une cheville en parfait état.

Il ne pouvait en être autrement.

Tu deviens dingue, mon pauvre. À force de vivre intensément ce que tu écris, tu commences à confondre le réel et l'imaginaire.

En tout cas, chapeau ! Quelle imagination !

Il regarda machinalement son portable.

Pas d'appel. Les cristaux de l'écran rétroéclairé affichaient déjà près de huit heures du matin.

Aujourd'hui, il passerait la journée à écrire si le flic ne venait pas le déranger. Il fallait qu'il avance. Son roman stagnait et malgré la relative qualité des premières pages, il était loin de l'objectif qu'il s'était fixé.

Mais avant toute chose, une bonne douche, pensa-t-il en s'étirant nonchalamment.

Il monta à l'étage, s'emparant au passage d'une barre chocolatée qui traînait dans la cuisine, et déboucha sur le grand couloir plongé dans la pénombre. L'unique fenêtre ne parvenait pas à dissoudre ce voile oppressant, malgré l'ardeur qu'elle semblait y mettre.

Instinctivement, il alluma la vieille applique suspendue au plafond. Le flot de lumière crue perça les ténèbres comme par magie et irradia les murs et le plancher, dévoilant l'intégralité des lieux. En face de lui, une série de portes menaient aux chambres. La dernière, à l'autre bout, était entrouverte.

Il aurait pourtant juré l'avoir fermée la veille.

Tout contrôler... C'était l'une de ses sales habitudes, un de ses foutus tocs[1] qu'il avait appris à combattre.

Même si aujourd'hui la maladie avait grandement diminué, il lui arrivait encore d'avoir quelques rechutes.

Et pour la porte, il s'en souvenait très bien car il l'avait contrôlée au moins cinq fois. Elle était close.

C'est le jeu... le jeu de la serrure. C'est tout. Qu'est-ce que tu vas encore imaginer?

Mais il ne rêvait pas. Ce n'était pas la gâche qui avait lâché. Quelqu'un était bel et bien entré dans la pièce.

Quand il pénétra dans la salle de bains, la première chose que ses sens lui révélèrent fut l'odeur entêtante. Un savant mélange de métal et de pourriture. Un relent de sang et de mort.

Il ne mit pas longtemps à détecter l'origine de l'effluve nauséabonde. Elle émanait de la baignoire. Elle était pleine

1. Troubles obsessionnels compulsifs.

– presque à ras bord – d'un liquide rouge et poisseux.

Bordel de Dieu, que s'est-il passé ici ?, s'écria-t-il, terrifié, en s'approchant de la grande cuvette émaillée qui dégueulait littéralement de jus sanglant.

Il distingua plusieurs morceaux de tissus qui flottaient.

Il les reconnut sans peine. C'étaient les affaires qu'il portait la veille.

Comment tout ce sang avait-il pu se retrouver sur ses vêtements ? Que s'était-il réellement passé la nuit dernière et pourquoi ne se souvenait-il de rien ?

Était-il encore en train de rêver ?

Il se pinça avec force mais l'horreur qui s'étalait devant lui était la réalité. Il était éveillé.

Alors, était-ce la petite surprise que l'autre taré lui avait promise ?

Il en frissonna et tomba à genoux, vidé de toute force.

Puis il se mit à réfléchir. Il devait en finir une bonne fois pour toutes. Arrêter toute cette folie.

Déterminé, il se releva. Ce qu'il venait de découvrir avait annihilé ses bonnes résolutions. Il reporterait l'écriture à demain.

Aujourd'hui, il se rendrait au fort, comme le lui avait indiqué le message codé.

90.

Marc dormit peu malgré la fatigue accumulée. Tenaillé par l'excitation, il n'avait pas réussi à retrouver le sommeil et avait hâte de découvrir ce que le deuxième film révélait.

Il se leva vers six heures du matin, le visage bouffi et l'œil hagard.

Il alluma le moniteur.

L'ordinateur tournait encore à plein régime mais il vit avec satisfaction qu'il ne restait plus qu'une vingtaine de minutes de traitement.

Il se doucha et quand il revint, propre et habillé, le film était prêt.

Sans plus attendre, il enclencha la lecture.

Dès les premières images, il bascula dans l'horreur.

Ce qu'il craignait venait de prendre corps.

Pendant vingt-deux minutes exactement, il assista à une synthèse chronologique de la séquestration de Camille.

Bâillonnée... entravée... implorante... passant de la colère à la supplication, la jeune femme n'avait plus grand-chose à voir avec celle qu'il connaissait.

La vidéo n'était, en définitive, qu'un montage. Une multitude de petites séquences se succédaient, illustrant parfaitement la déchéance progressive de leur protégée.

Les dernières minutes furent insupportables.

On la sentait sombrer… à bout… prête à partir… prête à accepter sa mort.

Comme pour le premier film qu'il avait visionné la veille, l'image finale qui resta figée sur le lecteur multimédia révélait un message.

Demonium/6/6/6/

Un nouveau jeu codé ?

Marc se tortura l'esprit pendant un bon moment. La signification symbolique était facile à établir. Six cent soixante-six : c'était la représentation du nombre de la Bête, mentionné par saint Jean dans l'Apocalypse.

Demonium renvoyait à Lucifer, prince des ténèbres.

Était-ce une signature ou un indice véritable ?

Il pencha pour la deuxième solution.

Si cela avait été sa signature, il l'aurait retrouvée sur le premier film.

Ce code était donc délibéré et il y avait forcément quelque chose à en tirer.

S'il suivait la logique du tueur et respectait le cycle entamé, il devait trouver un indice dans Second Life.

Demonium était-elle une nouvelle zone ?

Il y avait de grandes chances…

Il se connecta au métavers et se téléporta immédiatement sur l'île sanglante. Jack The Ripper aurait certainement la réponse à ses interrogations.

L'île apparut sur l'écran, telle qu'il l'avait laissée la dernière fois. Seuls les flots qui entouraient le bout de rocaille avaient changé. Aujourd'hui, ils étaient déchaînés.

Il ne prit pas le temps de s'extasier devant le spectacle offert par les grandes vagues qui venaient se désagréger en myriades de gouttes sanguinolentes, mais s'installa directement sur le trône.

Quelques secondes plus tard, il était à l'intérieur de la demeure.

L'avatar écarlate était là.

— Tiens, tiens, tiens... Voilà quelqu'un que je connais. Matinal, dis-moi.

— Bonjour, fit Marc en jetant un coup d'œil à la petite horloge située sur la barre de tâches du système informatique. Vous aussi visiblement !

— Moi ? Non. Je ne me suis pas encore couché. D'ailleurs, j'y allais. J'étais en train de me brosser les dents quand je t'ai vu arriver sur l'île.

Se brosser les dents...

Un geste tout ce qu'il y a de plus concret et rassurant. À force de naviguer dans le cyberspace, c'est dingue comme on finit par perdre ses repères et oublier la part d'humanité qui se cache derrière tout personnage virtuel.

— J'ai encore besoin de vous, reprit Marc.

— OK. Fais vite, alors. Je commence à être sérieusement crevé.

— Connaissez-vous un lieu nommé Démonium ?

— Ça ne me dit rien, mais ça ne veut pas dire que ça n'existe pas.

— Et Demonium/6/6/6/ ?

— Ah ! Là, c'est plus clair.

Marc sentit son sang bouillonner.

— Et ?

— C'est une SLURL.

— Une quoi ?

— Une URL de Second Life. C'est exactement le même concept que celui d'Internet. Sur la toile, une URL correspond à l'adresse du site sur lequel tu veux aller. Quand tu tapes l'URL www.yahoo.fr, par exemple, tu accèdes à la page de Yahoo.

— Oui. Ça, je sais.

— Eh bien, une SLURL c'est exactement la même chose. C'est une adresse dans Second Life. Quand tu tapes le lien, t'es téléporté directement dans la zone.

— Mais comment on utilise ça ?

— Directement à partir de ton navigateur Internet. Tu dois passer par le site slurl.com. Je t'envoie un mail qui explique tout ça. Moi je vais me pieuter. Je ne tiens plus debout.

— OK. Merci pour votre aide.

— Pas de quoi ! Tiens, au fait. J'ai réussi à localiser le salopard qui t'a emmerdé la dernière fois. Je vais envoyer ses coordonnées à Linden Labs pour qu'ils prennent des sanctions.

— Ses coordonnées ! Qu'entendez-vous par coordonnées ?

— Ben... Son nom et son adresse.

— Comment avez-vous réussi à avoir ces informations ?, fit Marc, stupéfait.

— L'informatique, les réseaux, le piratage... De nos jours, tout est possible.

— Même pour les adresses physiques ?!

— Ouaip. Allez, je te laisse. À la prochaine.

— Attendez !!!

— Quoi ?

— Vous pouvez me les donner ?

— Te donner quoi ?

— Son nom et son adresse ?

— Pour quoi faire ?

— Euh... J'aimerais savoir qui est ce type, mentit Marc. S'il lui disait qu'il était flic, il ne l'aiderait plus.

— Désolé, mais c'est non. Je ne vois pas quel intérêt tu y trouverais et puis c'est confidentiel.

Marc se déconnecta puis quelques instants plus tard, releva sa boîte aux lettres. Jack avait tenu sa promesse et il accéda rapidement au lien qu'il venait de lui envoyer.

L'utilisation des SLURL était, en définitive, d'une simplicité enfantine. Le site slurl.com jouait le rôle de passerelle entre Internet et le métavers. En utilisant les informations introduites par l'utilisateur, le prestataire de services se débrouillait pour positionner l'avatar dans la zone correspondante.

Avec une certaine appréhension, il tapa la ligne de commande...

http://slurl.com/secondlife/Demonium/6/6/6/

... puis enfonça la touche Entrée.

91.

Jacques arriva tôt dans la matinée au petit village de Courzieu.

Suite à l'appel de Breton et à l'incroyable nouvelle qu'il lui avait révélée, ils s'étaient réparti les tâches avec Théodore.

Le brigadier irait à Saint-Joseph pour s'occuper des deux éleveurs de porcs, tandis qu'il investiguerait sur le terrain.

Tous les éléments concordaient et le renvoyaient dans un petit triangle de quelques kilomètres carrés.

Courzieu... Les Verchères... Saint-Bonnet-le-Froid.

Aux dires du rapport qu'il avait compulsé en urgence ce matin, Courzieu était l'endroit où la jeune femme de la superette avait été enlevée.

Le lieu de découverte du corps et la maison de campagne de l'homme qu'il recherchait formaient les deux autres sommets du triangle.

Il n'y avait aucun doute... Il brûlait.

Quand il pénétra dans le petit commissariat, il était plein d'espoirs. L'homme qui avait mené l'enquête avait certainement des éléments à lui apporter.

— Bonjour madame, entama-t-il simplement.

— Bonjour.

— Je suis le lieutenant Depierre du SRPJ de Lyon. Je souhaiterais m'entretenir avec le brigadier Chillon. C'est à propos de l'affaire.

La femme le coupa net.

— Lieutenant, j'ai bien peur que ce soit impossible. Je ne l'ai pas vu depuis hier après-midi. J'étais persuadée qu'il passerait ce matin, mais il ne s'est pas encore manifesté. En général, il me prévient...

— Vous avez essayé de le joindre sur son portable ?

— Vous rigolez ?

— Pourquoi ?

— Ce n'est pas le genre de type à avoir un téléphone cellulaire.

— Et la radio de la voiture ?

— Il ne répond pas.

— C'est bien ma veine, fit-il, contrarié. Écoutez... Je vais passer ma journée dans le coin. J'ai quelques visites à faire. Pourriez-vous lui dire de me rappeler de toute urgence ?

— Bien sûr, lieutenant.

— En attendant, je vais récupérer le dossier détaillé. Vous avez une copie ?

— Oui, bien entendu, il est sur mon PC. Je vous l'imprime immédiatement.

Quelques minutes plus tard, Jacques quitta l'animation du centre du village et emprunta la petite route qui menait à Saint-Bonnet-le-Froid.

Il serpenta entre les nombreux feuillus peuplant les quelques kilomètres qui le séparaient de la maison de Max Saunière.

Il arriva devant une grande bâtisse, un ancien corps de ferme entièrement restauré. Les bois alentours s'étendaient à perte de vue, étouffants.

Il gara sa Renault Scénic sur le bas-côté boueux puis se dirigea vers l'imposante grille métallique de la propriété.

92.

Marc n'en crut pas ses yeux...

Demonium 666 était une abomination, un lieu de perdition tapis au plus profond de l'univers de Second Life.

Le temple où il venait de se téléporter comportait une bonne vingtaine d'écrans de grande taille. Allumés, ils affichaient en boucle le film des meurtres enregistrés sur la carte mémoire.

Il fit un tour rapide, mais l'endroit était désert.

Pourtant, cela ne faisait aucun doute : ce lieu était destiné à être fréquenté par d'autres passants virtuels.

Du genre « triés sur le volet »...

Il parcourut la salle principale et découvrit un petit escalier qui s'enfonçait dans les entrailles du bâtiment.

Un petit panneau pixélisé était planté à l'amorce des premières marches. Son message était déroutant.

Do it yourself...[1]

---

1. Fais-le toi-même.

Intrigué, Marc manœuvra la doublure électronique de Camille pour l'amener en bas. Quelques secondes plus tard, il découvrit le backroom. Les textures et l'architecture étaient particulièrement recherchées. Elles dégageaient d'emblée une impression très désagréable.

De toute évidence, le graphiste avait cherché à déstabiliser les visiteurs. Des canettes... des tessons de bouteilles... des papiers gras... des mégots de cigarettes... le sol était jonché d'ordures ménagères. Des impacts de balles... des traces de sang... des auréoles jaunâtres couvraient la plupart des murs. L'ambiance sonore n'était pas en reste, la violente musique de Heavy Metal lançait ses décibels comme des coups de poignards. L'espace virtuel dans lequel il venait de pénétrer n'était, somme toute, qu'un mélange parfaitement réussi de gothique et d'Urban Trash.

Il inspecta un instant le sous-sol à la recherche d'un indice puis emprunta le petit couloir sombre. Il était ponctué de cabines individuelles semblables à celles des sex-shops.

Marc entra dans l'une d'entre elles et, poussé par la curiosité, actionna le panneau de commandes.

Son ordinateur chargea immédiatement une nouvelle interface. Composée de divers boutons et d'un écran central, elle semblait relativement simple d'emploi.

Do it yourself... Le petit message du rez-de-chaussée résonnait comme un écho dans sa tête.

OK... Voyons de quoi il s'agit.

Il appuya sur le bouton censé lancer l'action.

L'image se matérialisa immédiatement.

Une jeune femme se trouvait en plein centre. Accrochée, telle une marionnette, à un mécanisme étrange, elle avait la bouche paralysée par un bâillon en tissu et son corps était hérissé d'électrodes fixées à même la peau.

Il n'eut pas le temps de comprendre car un message apparut soudainement :

Be ready!
Game starts...[1]

Marc regarda le moniteur, paniqué...

En se connectant au dispositif, il venait involontairement de déclencher la machine infernale.

Un vrombissement terrible résonna dans les enceintes de l'ordinateur et les mécanismes distants se mirent en action, crachant des arcs électriques bleutés, tendant des courroies, actionnant plaques et vérins.

Nom de Dieu... Mais qu'est-ce que j'ai fait...?, fit-il tout en reconnaissant en la victime sa jeune collègue du SRPJ.

Il comprit immédiatement à quoi il avait affaire.

Il était face à la représentation désaxée d'un jeu vidéo. Camille, filmée à l'aide d'une webcam, endossait le rôle du personnage principal et lui, celui du joueur.

Mais à la différence d'un divertissement, il n'avait pas le droit à l'erreur...

Il observa puis assimila rapidement les fonctionnalités des boutons de commande. Utilisés à bon escient, ils lui permettaient de déplacer les différentes parties du mécanisme auquel elle était enchaînée. Par ses actions, il pouvait ainsi déjouer les nombreux pièges lancés par l'engin. Électricité, lames acérées, scie circulaire, plaques chauffées à blanc... Un véritable arsenal.

1. Tiens-toi prêt, le jeu commence.

S'il voulait qu'elle en réchappe, il devait impérativement gagner.

Il avait sa vie entre les mains.

La partie dura un bon quart d'heure.

Heureusement pour la jeune femme, il ne commit qu'une seule erreur de manipulation. Elle se solda par une décharge électrique relativement minime.

Épuisé nerveusement et ruisselant de sueur, il fixa l'écran afin de lire le texte qui venait d'apparaître en surimpression :

Game over
Next level today at 6 p.m
Be there... Or you'll lose ![1]

Il était piégé.

En se connectant, il avait lancé le jeu... Désormais, il était obligé de suivre le rythme imposé par le psychopathe.

1. Fin du jeu. Prochain niveau aujourd'hui à 18 heures. Sois là... ou tu perdras !

93.

Jacques poussa la lourde grille métallique de la propriété. Elle n'était pas fermée. Il y avait donc quelque chance pour que l'homme soit là.

Il sortit son Sig Sauer, vérifia machinalement le chargeur et s'approcha discrètement de la porte d'entrée.

Il valait mieux se montrer prudent car Saunière semblait bien être le tueur qu'il recherchait.

Il n'avait aucune intention de subir la même mésaventure qu'Étienne.

Après avoir vérifié l'ouverture principale, il jeta un coup d'œil attentif à travers les vitres crasseuses du rez-de-chaussée, mais ne distingua aucun mouvement à l'intérieur.

Il n'est peut-être pas là, se dit-il en appuyant finalement sur la sonnette.

Du haut de l'étage, Richard n'avait pas quitté du regard l'homme qui était descendu de la voiture bleu nuit. Avec sa démarche de loup et sa carrure imposante, il avait tout d'un flic d'intervention.

Il l'avait vu s'approcher avec prudence, tenter de discerner l'intérieur puis sonner à la porte.

La pourriture qui le manipulait depuis le début cherchait à le piéger.

C'était lui qui avait averti le flic. Il n'y avait aucun doute...

Paniqué, il décida de ne pas répondre.

Avec tout le sang qu'il y avait là-haut, il aurait vite fait de le prendre pour un meurtrier.

C'était sa parole contre les preuves irréfutables qui maculaient encore la salle de bains.

Jacques resta planté derrière la porte et insista une bonne minute avant de rebrousser chemin.

Ça attendrait. Il repasserait plus tard. Peut-être avec le brigadier Chillon, si ce dernier daignait se montrer.

Pour l'heure, il avait à faire du côté de l'abattoir.

Quand il monta dans la voiture, son téléphone sonna.

94.

— Jacques, c'est Marc, fit l'homme au bout du fil, surexcité. Je ne sais pas comment te l'annoncer, mais...

— Mais quoi ?

— Je viens de voir Camille...

— Camille ! Où ça ?

— Sur Second Life ! Une sorte de webcam interactive... Il s'amuse avec elle comme dans un jeu vidéo !

— Qu'est-ce que tu racontes ? J'y comprends rien...

— J'ai remonté la piste qu'il a laissée sur un des films de la carte mémoire et j'ai découvert un endroit secret dans le métavers. Jacques... notre tueur expose son œuvre ! Il rend ses atrocités publiques. C'est là que j'ai trouvé Camille.

— Mais... De quoi parles-tu ?

— Il l'a attachée à une machine reliée à une caméra et manipulable par Internet. Avec la souris ou à l'aide des touches du clavier, on peut interagir avec le mécanisme comme pour un jeu vidéo. Elle est entourée d'une chiée d'engins programmés pour la blesser. À la moindre erreur... elle morfle.

— Putain, mais comment c'est possible ?

— En théorie, c'est tout à fait faisable, un peu comme les opérations chirurgicales à distance... mais ça demande une sacrée ingéniosité et une connaissance parfaite de l'électronique. En tout cas, il l'a fait. Sa machine interprète parfaitement les flux informatiques.

— Et... Et... Comment va-t-elle ?, fit Jacques, focalisant ses pensées sur la jeune femme.

— Pas terrible. Elle semble à bout. Pour l'instant, j'ai réussi à gagner du temps en remportant la première partie. Mais je suis obligé de jouer une deuxième manche aujourd'hui en fin de journée, sinon... il la tuera.

— Je vais devenir dingue...! Et moi qui n'avance toujours pas...

— Avant de t'appeler, j'ai contacté une association de joueurs sur Internet. Ils sont prêts à nous aider. C'est eux qui prendront ma place et c'est vachement préférable : je ne suis pas un pro de ces trucs-là.

De plus, en me connectant, j'ai capturé la provenance du signal. On l'a déjà plus ou moins localisé. Ça vient bien de l'endroit où tu te trouves. J'attends des résultats plus précis d'un instant à l'autre.

— Bon. Qu'est-ce qu'on fait, alors, en attendant ?

— Rien de plus. Il faut retrouver Camille coûte que coûte. On n'a plus beaucoup de temps... D'après ce que j'ai compris, il va augmenter le niveau du jeu à chaque fois. Tu vas rester sur place et explorer tous azimuts. Moi, j'essaye d'avoir les infos au plus vite.

— OK. Je ne bouge pas de là. Je vais aller faire un tour du côté de l'abattoir des deux frères. Je ne sais pas si ça donnera quelque chose, mais c'est là qu'ils ont retrouvé la fille. Appelle-moi dès que tu as du nouveau.

— Je n'y manquerai pas.

95.

Jonas, surpris, avait vu le flic. Il ne s'attendait pas à ce qu'ils le retrouvent aussi rapidement.

Leur avait-il trop mâché le travail ?

Quel indice les avait mis sur sa piste ?

En tout cas, ça contrariait ses plans et il ne pourrait pas s'occuper de Vanessa, comme il l'avait prévu.

La nouvelle démonstration de force qu'il avait réservée à l'écrivain attendrait...

Étudiant les différentes possibilités qui s'offraient à lui, il sentit la colère l'envahir...

La manipulation parfaitement huilée finement préparée pendant des jours était en train de déraper.

Il perdait le contrôle.

Avec les erreurs qu'il venait de commettre, il devait frapper vite et fort, réparer ce qui était encore réparable.

Virant à l'écarlate, il frappa de toutes ses forces sur la table pour tenter de se calmer, portant des coups à se briser les os, mais son bouillonnement intérieur ne faiblissait pas... Bien au contraire. Il avait envie de hurler, de libérer sa rage, de se déchaîner sur une proie... Mais il s'arrêta brutalement.

Ce n'était pas comme cela qu'il s'en sortirait!

Agir immédiatement était la seule solution.

En un éclair, il sut quoi faire.

Il regarda sa main meurtrie. La force des coups... la peau entaillée... les hématomes qui commençaient à se diffuser sous l'épiderme.

Ouais... C'est exactement ce que je dois faire...

Après avoir bandé rapidement sa blessure, il prit une barre chocolatée qui traînait sur une desserte puis sortit en trombe.

La Jeep du flic qu'il avait tué la dernière fois n'était pas loin, cachée dans les branchages. Il suivrait l'homme dans sa Renault Scénic.

D'après ses prévisions, il devrait se rendre à l'abattoir. C'était logique, puisqu'il suivait la piste des deux demeurés de fermiers.

Il n'aurait pas dû mettre le corps de la gamine là-bas.

C'était à cause de ça qu'ils étaient remontés jusqu'à lui.

Quoi qu'il en soit, c'était l'endroit rêvé pour lui tendre un piège.

*
* *

Alors que Jacques fondait sur les Verchères, Marc l'appela. Au ton de sa voix, le lieutenant comprit immédiatement que son collègue avait des informations capitales.

—Jacques, on a trouvé! La source du signal est en plein Courzieu. Ça provient d'un immeuble dans le centre-ville. Tiens-toi bien. La connexion d'où proviennent les images est au nom du flic qui a enquêté sur le meurtre de la fille de la superette : le brigadier-chef Bernard Chillon, 35 rue du Bourg.

— Merde... C'est pas possible ?!

— Si, je t'assure.

— Je n'arrive pas à le croire ! Quand je pense que j'ai failli me retrouver seul avec lui.

— C'est vrai que j'ai aussi eu du mal à le croire mais après réflexion, ça se tient. C'est un homme du pays, un chasseur habitué aux armes et notamment aux couteaux. Je pense également qu'il connaît parfaitement Saunière.

— Oui, c'est vrai. De plus, c'est lui qui a retrouvé la fille et c'est grâce à cette découverte que les deux éleveurs ont été coffrés. Il avait toutes les facilités du monde pour les compromettre.

— Exactement...

— Bon, j'allais arriver aux Verchères. Je fais demi-tour et je fonce chez lui.

— N'y va pas tout seul, c'est dangereux. Une patrouille est en route. Attends-les. Moi, j'arrive dès que possible.

— OK. Donne-moi leur identifiant. Je vais me mettre en contact.

— R4-BABA.

— OK. À tout à l'heure.

Quand Jacques raccrocha, son cœur battait à tout rompre.

L'enquête avait enfin pris du rythme, un rythme qu'il aimait particulièrement. Ça sentait le dénouement à plein nez et il pria pour que ce dernier soit heureux.

En faisant un demi-tour serré qui mordit rageusement l'herbe, il pensa à Camille et se jura de la retrouver en vie. Quand tout serait terminé, il accepterait son invitation. D'ailleurs, il aurait dû le faire quand elle le lui avait proposé.

Elle était peut-être la fille qu'il attendait... après Florence...

Oui...

Plus il y pensait, plus cette évidence fleurissait.

Il appela le central afin de se mettre en relation avec R4-BABA. Les flics arrivaient déjà à Vaugneray. Ils en avaient pour un petit quart d'heure. Lui serait sur place dans quelques minutes.

Il allait devoir patienter...

96.

Camille tenta de se mouvoir, mais son bras droit lui rappela le martyre qu'elle venait d'endurer. La décharge électrique lui avait laissé des stigmates particulièrement douloureux. La horde d'électrons qui l'avaient traversée n'avaient pas quitté son corps et s'amusaient encore à la torturer.

Pour l'heure, elle n'était plus reliée à la machine. Il l'avait libérée pour la flanquer dans une cage métallique tel un animal de cirque.

Exhibée au moment du spectacle, emprisonnée le reste du temps.

Il se contentait de la garder à sa merci. Du ruban adhésif avait remplacé le bâillon en tissu et ses mains étaient maintenues solidement dans son dos à l'aide d'un chatterton toilé.

Elle posa son regard sur le sol et frissonna.

L'homme qui avait été son compagnon d'infortune était toujours étendu à même la roche humide, à quelques centimètres à peine des premiers barreaux de sa prison.

Sa peau bougeait. Ça grouillait déjà. C'était écœurant.

Elle tourna la tête afin de ne plus voir ce spectacle macabre et prit une large goulée d'air pour tenter de se calmer.

Mais l'air était suffocant et l'odeur, devenue lourde, n'arrangeait rien.

Combien de temps jusqu'au dénouement?

Et quel dénouement, d'ailleurs?

Elle était, comme il le lui avait dit, le catalyseur à flics dont il avait besoin. C'était une façon d'exprimer sa puissance, de démontrer sa supériorité. Et la machine n'était qu'un moyen supplémentaire pour leur faire comprendre qui était le maître.

Camille ferma les yeux, exténuée. Elle déposait les armes. L'espoir qu'elle avait placé dans l'obstination de ses collègues s'amenuisait. Elle pensait à son fils Nicolas.

Une des larmes qui coulaient le long de ses joues vint buter contre ses lèvres, réactivant ses sens.

Tu dois être forte, Camille. Tout n'est pas encore perdu. En attendant, tu dois tenir...

Tenir...

Tenir...

Elle se martela le cerveau jusqu'à s'en convaincre.

97.

Jonas croisa le lieutenant Depierre à un kilomètre des Verchères. L'homme rebroussait chemin à vive allure.

Comme il l'avait entendu sur le réseau GSM qu'il venait de scanner, le flic filait vers Courzieu, en direction de l'appartement de l'autre débile de flic.

Ils avaient enfin découvert la source.

C'est pas trop tôt !

J'ai bien cru que j'allais devoir en finir avec toi dans l'abattoir.

Ç'aurait été dommage...

Il hésita à le suivre mais en réfléchissant, il se dit que ce n'était pas la meilleure idée.

Il avait mieux à faire.

Leur découverte lui laissait le temps nécessaire pour préparer sa petite surprise.

Le flic viendrait tôt ou tard à l'abattoir. Il l'attirerait...

Pour cela, il fallait qu'il retourne à Saint-Bonnet-le-Froid, récupérer la petite conne qu'il avait enlevée et qu'il réservait à Richard.

L'idée de l'utiliser dans cette situation était particulièrement séduisante.

Alors qu'il abordait la grande courbe filant vers les Verchères, il fit demi-tour d'un grand coup de frein à main.

Même si les événements lui avaient rendu quelques précieuses minutes, il devait encore les mettre à profit.

98.

Jacques arriva à Courzieu une poignée de minutes plus tard. Il trouva rapidement l'immeuble du flic, niché entre la mairie et l'église.

Comme il l'avait prévu, il était le premier sur les lieux. La patrouille n'arriverait que dans une dizaine de minutes.

Il regarda l'interphone et localisa celui qui venait d'endosser l'habit de suspect numéro un de cette sordide histoire. Troisième étage.

Il patienta un moment puis commença à tourner en rond...

C'était idiot. Il n'avait pas de temps à perdre: la vie de Camille pouvait se jouer en l'espace de quelques minutes.

Conscient du risque qu'il prenait, il décida de monter.

L'immeuble ne disposait pas d'ascenseur. Vétuste, à la limite de l'insalubrité, le hall d'entrée sommeillait dans une pénombre feutrée. La petite loupiotte suspendue au plafond projetait de timides photons sur les grosses poubelles débordantes.

Leur gueule ouverte exhalait une haleine putride.

Tant bien que mal, il se faufila entre les conteneurs et entama la montée des escaliers. Raides, glissants, ils n'inspiraient aucune confiance.

C'est bizarre... Je ne vois pas comment il aurait pu amener quelqu'un ici.

En arrivant au troisième palier, il sentit la pression monter d'un cran et posa machinalement la main sur la crosse de son arme de service, prêt à la dégainer.

L'étage donnait accès à quatre appartements. Celui du flic se trouvait dans le renfoncement de l'aile gauche. D'après les étiquettes arrachées au-dessus des autres sonnettes, il était visiblement le seul résidant sur le plateau.

Une petite plaque dorée était fixée sur sa porte.

B. Chillon.

Il allait sonner quand il remarqua que la porte était légèrement entrouverte. Ça sentait le traquenard à plein nez.

Il regarda sa montre. Dans moins de cinq minutes, les renforts allaient arriver. Il était plus prudent de les attendre, mais un bruit à l'intérieur fit basculer son jugement et il agit instantanément.

99.

Jonas stoppa la Jeep dans le bosquet juste en retrait de la maison de Max Saunière. Ce n'était pas la peine de tenter le diable.

De plus, l'accès à la cave était de ce côté. Il pourrait ainsi se mettre à couvert pour transporter la jeune femme.

Il regarda rapidement autour de lui, vérifia que le passage était dégagé, puis se glissa entre les pans du rideau végétal.

Il ouvrit la porte arrière et s'infiltra en silence dans la demeure. Le cachot voûté n'était plus très loin. Une trappe y donnait accès, dans le hall d'entrée.

Il souleva l'épaisse planche en chêne et descendit les escaliers d'un pas lourd.

Son cœur balançait...

D'un côté, c'était dommage.

Il aurait voulu donner à Richard une nouvelle occasion d'appréhender la souffrance.

Mais d'un autre, le scénario était jouissif.

Si tout se passait comme il l'espérait, ce dont il ne doutait pas une seconde, il ferait d'une pierre deux coups.

Son plaisir serait particulièrement satisfait et il saperait le moral de ces pourritures de flics.

La petite pièce aveugle située en contrebas était dévorée par les ténèbres. Il alluma l'ampoule suspendue, qui crépita comme si elle allait rendre l'âme.

Vanessa était là.

Enchaînée et bâillonnée, elle était étendue sur la paillasse crasseuse, attendant son heure.

Ça avait été trop simple...

Une simulation de panne... Le pouce tendu... Et la jeune femme du Gard s'était arrêtée pour lui venir en aide.

Pourtant, c'est bien connu:

On ne s'arrête pas en pleine forêt.

On ne prend pas un auto-stoppeur quand on est une femme.

Et encore moins quand on est toute seule dans sa voiture.

Mais elle l'avait fait. Pour son plus grand bonheur.

Il la regarda d'un air sadique, mais elle ne bougea pas. Son visage, grimaçant, laissait transparaître son affolement.

Quel âge avait-elle?

Vingt ans à peine...

C'était vraiment dommage.

Tout en laissant errer ses yeux sur le corps dévêtu de la jeune femme, il entama sur un ton d'une froideur implacable:

— On va aller faire un tour, ma chérie. Y a un petit changement de programme. On va devoir faire les choses plus vite que je ne pensais.

Au son de sa voix, la jeune femme eut un mouvement de recul instinctif et ses yeux cherchèrent à se remettre en marche, essayant de dissiper les éclairs blancs qui flottaient devant elle.

Mais elle était restée longtemps dans l'obscurité et la lumière, malgré sa faible intensité, l'empêcha de distinguer ce qui se passait.

« On va sortir ! Tu vas être bien sage dehors. Tu es d'accord ? », reprit-il en ouvrant un petit récipient.

Il imbiba le coton qu'il avait dans la main puis s'approcha d'elle et lui caressa les cheveux.

Je m'occuperai bien de toi, ma jolie, tu sais...

Mais il n'avait plus de temps pour cela... plus de temps à perdre.

Il se ressaisit, chassant ses pensées lubriques, et appliqua avec fermeté le chloroforme. Des spasmes violents la parcoururent pendant quelques secondes.

Finalement, elle se détendit, endormie.

Il n'avait plus qu'à la placer sur le plateau arrière de la Jeep et à la conduire à l'abattoir. Enveloppée d'une bâche, elle passerait inaperçue.

100.

Jean-Paul Ayache poussa la porte, fou de rage. Sa voiture flambant neuve, le dernier modèle de chez Audi, avait été vandalisée.

Vitre cassée, autoradio arraché, peinture écaillée sur toute la longueur de l'aile gauche, sièges en cuir lacérés... Ces salopards n'y étaient pas allés de main morte

L'accueil du commissariat de Lyon Part-Dieu était bondé. Une vingtaine de personnes se trouvaient dans la grande pièce, digne d'un hall de gare. Certaines faisaient la queue directement devant le comptoir, d'autres prenaient leur mal en patience, confortablement installées dans les nouveaux fauteuils et canapés du coin attente.

Il arracha un ticket au distributeur et décida de s'asseoir.

La petite pièce à l'écart était dotée d'une machine à café et d'un automate délivrant des douceurs variées, elle avait attiré un petit groupe.

Sur les murs alentour, plusieurs affiches vantaient les mérites de la police et faisaient appel aux candidatures.

On manque de flics dans ce pays?

Tu parles...

Y'en a un sacré paquet, mais faut voir à quoi on les cantonne..., pensa-t-il en s'approchant.

Un panneau vitré avait attiré son attention.

C'étaient les avis de recherche.

Un cliché semblait perdu entre une demi-douzaine de criminels au faciès patibulaire et quelques personnes disparues.

C'était la photo d'une morte.

Un appel à identification.

Il resta planté quelques secondes sans bouger ni même oser respirer.

La fille de la photo... Il la connaissait.

C'était certain. Il la connaissait même... intimement. Ça devait faire une bonne année qu'il ne l'avait pas revue.

Merde alors...

Si je m'attendais à ça!

Il observa l'image avec attention. Bien que certains traits ne fussent pas tout à fait ressemblants, il n'y avait aucun doute.

Il décida de se manifester. Sa déposition attendrait. Il se présenta de lui-même au planton.

Quelques minutes plus tard, il était reçu par un des lieutenants du poste.

— Alors, monsieur Ayache, vous êtes certain de connaître cette personne? Car vous savez, la plupart du temps, le visage d'une personne décédée n'a pas la même expression.

— Oui. Persuadé!

— Bon. Alors on va prendre votre déposition.

— Très bien...

L'entretien dura un bon quart d'heure et quand il ressortit, il avait un sentiment étrange.

Alors qu'il était venu pour un stupide acte de malveillance, voilà qu'il ressortait comme témoin principal dans une histoire de meurtre.

Bien que le flic ne lui eût pas appris grand-chose sur l'affaire, il avait senti dans sa voix qu'elle était tout sauf banale.

101.

L'intérieur de l'appartement était opaque et dans un premier temps, il ne distingua que quelques ombres menaçantes.

Si un homme armé s'était trouvé devant lui à cet instant, il serait mort.

Il venait de commettre une grossière erreur, une erreur de débutant.

Les événements de la journée et le stress lié à l'enlèvement de Camille l'avaient fait réagir sans réfléchir.

Putain Jacques... Qu'est-ce que tu fous, nom de Dieu?!

Heureusement, la voie était libre et sa main trouva rapidement l'interrupteur.

La lumière inonda un espace parfaitement vide et les ombres qu'il avait cru voir n'étaient qu'une projection de son imagination.

Le hall d'entrée, austère jusqu'à la peinture grisâtre des murs, donnait sur trois ouvertures. Cette configuration l'obligeait à prendre un risque.

S'il voulait entrer dans la première pièce, il ne pouvait pas couvrir ses arrières...

Fais gaffe Jacques...

Son Sig Sauer solidement scellé dans la main gauche, il tâtonna quelques instants à la recherche de la commande électrique et alluma.

C'était la cuisine. Elle était déserte.

Avec le désordre sur les plans de travail et l'immense pile de vaisselle encombrant le lavabo, il était évident que l'occupant des lieux était en froid avec le ménage et la propreté.

Un véritable dépotoir.

Ravalant son stress, il fit un pas en arrière pour revenir dans le petit hall d'entrée. Il ne lui restait que deux possibilités.

Les portes devant lui étaient entrouvertes. Vu la proximité de la cuisine, celle de gauche devait déboucher sur le salon et celle de droite vers la chambre à coucher.

Il décida en un éclair.

Quand la lumière rompit la pénombre, il vit exactement ce qu'il s'attendait à trouver.

La chambre.

Il fit le tour du petit lit défait puis inspecta les autres meubles décrépits.

Un vieux bureau, encombré de véritables montagnes de papiers, menaçait de céder. Une table de nuit arborant fièrement un antique plateau en formica portait une lampe en peau dévorée par le temps.

C'était somme toute un mobilier en parfaite adéquation avec la maigre solde d'un flic de campagne.

Alors qu'il allait rejoindre le hall, un bruit diffus creva le silence de tombeau. Cela venait du mur de droite.

De toute évidence, il n'était pas seul.

Son pouls s'accéléra, trahissant une montée d'adrénaline, puis, son arme pointée vers l'avant, il s'approcha et scruta attentivement le papier peint.

Quand il était passé à côté, à peine trente secondes plus tôt, il ne l'avait pas remarqué. L'illusion était parfaite. Une porte secrète était dissimulée dans la cloison.

Avec prudence, il ouvrit le panneau en prenant soin de se positionner hors du champ de tir.

...

Rien...

...

À l'instar des autres pièces, le petit réduit caché était désert.

Divers équipements informatiques étaient entassés sur la table en bois qui occupait une partie de l'espace. Il y discerna un ordinateur, un moniteur et une caméra imposante connectée à une boîte d'où dépassaient une multitude de fils électriques.

L'écran était allumé et les petites enceintes posées de part et d'autre grésillaient, signe de leur fonctionnement.

Les bruits qu'il avait entendus venaient de là!

Il décala la caméra placée en regard du moniteur puis posa les yeux sur les images qui défilaient.

C'était un film. Et très certainement le film dont Marc lui avait parlé. Il y voyait Camille, bâillonnée et solidement ficelée à une chaise..

Tout le mécanisme avait pour seul objectif de capter et de renvoyer sur Internet les images en provenance de l'ordinateur de Chillon.

Ainsi, le tueur avait brouillé les pistes.

En pensant que le signal provenait de cet appartement miteux, ils s'étaient fait piéger une fois de plus.

102.

Jonas roulait à vive allure sur la route des Verchères.

La fille à l'arrière n'avait pas bougé. Avec la quantité de drogue qu'il avait utilisée, cela n'avait rien d'étonnant.

Il avait peut-être même exagéré la dose, mais ce n'était pas très grave pour la suite.

En arrivant à proximité de la ferme, il ralentit à vitesse d'homme et vérifia d'un coup d'œil que personne ne traînait dans les parages.

Il savait qu'ils trouveraient la cache de son arsenal électronique, exploreraient le disque dur, regarderaient les images et tenteraient d'en localiser la provenance.

Alors il allait promener les limiers en laisse et les convier à une expérience unique.

Une mort en direct.

Et pas n'importe laquelle !

Il entra dans la vaste cour de l'exploitation et regarda les porcs qui vagabondaient en semi-liberté. Eux au moins n'avaient pas conscience de leur funeste destin. Enfin, quoique...

D'après les scientifiques, c'était l'espèce animale la plus proche de l'homme en termes d'intelligence. Ils étaient peut-être lucides, après tout, imaginant parfaitement l'horreur tapie derrière ces murs.

Il se gara devant l'entrée du grand bâtiment lugubre et pénétra dans le sanctuaire.

L'endroit était désert et empestait la charogne. C'était l'endroit idéal pour son petit jeu.

Il passa le long des cages à porcs tout en portant la jeune femme par-dessus son épaule puis regarda la chaîne d'abattage avec un sourire malsain.

Elle allait faire un petit tour avec les porcins et il filmerait la boucherie dans son intégralité. Ce serait d'abord le Restrainer, machine étrange chargée de soutenir les bêtes par les flancs pour permettre l'électronarcose. Mais ça, il ne l'activerait pas. Il ne fallait pas qu'elle meure dès le début. Il voulait que ces connards de flics en profitent au maximum.

Puis les automates à saignée, armés de leur douloureux trocart[1]... L'échaudage... L'épileuse et la flambeuse... Le convoyeur de dépouille et enfin l'éviscéreuse.

Tout un programme. Ils apprécieraient.

En regardant la jeune femme qui gisait au sol et en imaginant ce qu'elle allait endurer, il frissonna de joie.

---

1. Poinçon coulissant à l'intérieur d'une canule dont on se sert pour effectuer des ponctions.

103.

— Police!!! S'il y a quelqu'un à l'intérieur, mettez les mains sur la tête et approchez-vous de la porte d'entrée!, hurla un des flics de l'escadron d'intervention encore sur le perron de l'appartement.

— C'est bon... Tout est OK!

— Lieutenant Depierre?

— Oui...

— Je croyais que vous deviez nous attendre?

Jacques, qui venait de sortir de la chambre à coucher, fixa son regard sur le petit flic trapu. C'était de toute évidence le chef du groupe. Il était accompagné de trois gardiens de la paix, armés de pistolets automatiques.

— C'est exact. Mais j'ai dû intervenir: j'ai entendu un bruit venant de l'intérieur. Désolé, messieurs.

— Pas de problème... Vous avez encore besoin de nos services?

— Non. Je ne pense pas. Laissez juste un de vos hommes en bas de l'immeuble. On ne sait jamais... Il pourrait revenir et je ne tiens pas à me faire piéger quand je serai à quatre pattes à la recherche d'indices.

— Bien sûr, lieutenant. Je vais demander à Fernandez de se poster devant l'entrée.

— Merci.

Quelques minutes plus tard, Marc arriva en trombe, passablement essoufflé. Il avait dû avaler les marches raides quatre à quatre.

— Alors, qu'est-ce qu'on a ?, demanda-t-il tout en terminant d'enfiler ses gants en latex.

— Il n'est pas là. Peut-être en fuite mais il a laissé son matériel. Il y a tout un tas d'appareils électroniques dans la chambre.

— C'est parfait ! On va pouvoir saisir tout ça...

— Ne te réjouis pas trop vite. J'ai bien peur que l'ordinateur de Chillon ne soit pas la source qu'on recherchait... Tu me confirmeras mon intuition.

Marc, intrigué, suivit Jacques jusqu'à la petite alcôve habilement camouflée dans le mur et inspecta attentivement le matériel.

— Tu vois..., fit-il en désignant l'enchevêtrement de fils électriques, la caméra était placée devant l'écran. Je l'ai écartée pour regarder les images qui défilaient.

— Ouais... Ce fils de pute est un gros malin...

Le PC du flic n'était, en définitive, qu'un simple relais, un de ces serveurs fantômes qui alimentaient le métavers. La vraie source était extérieure.

Marc regarda le film qui passait en boucle sur l'écran. Il n'y avait aucun doute : c'était bien l'une des vidéos qu'il avait visionnées sur la carte mémoire. Pour l'heure, elle devait passer sur Second Life.

Il s'installa derrière le clavier et pianota quelques lignes.

Il fallait remonter la piste. Trouver la nouvelle adresse IP qui se cachait derrière le site affiché par le moniteur.

C'était peut-être encore un renvoi… Mais au moins, il progresserait.

— Bon… Voilà, j'ai l'IP. Mais c'était le plus facile. Maintenant, ça va prendre un petit moment. Je vais demander au SEFTI[1] de s'en occuper.

Et toi, tu as trouvé autre chose dans l'appartement ?

— Non. Rien… C'est un appartement tout ce qu'il y a de plus banal. Mais les spécialistes de la PTS ne vont pas tarder. Je les ai appelés avant que tu n'arrives. Espérons qu'ils parviendront à faire parler l'invisible…

— Vu le temps qu'on a devant nous, je te propose de rester ici avec toi. On ira manger un bout et je t'accompagnerai cet après-midi chez Saunière.

— Excellente idée. On va même y aller tout de suite si tu n'y vois pas d'inconvénient. Je meurs de faim.

— Par contre, comme je reste là, j'aurai besoin d'avoir accès au PC.

— Je sais…, soupira Jacques en repensant à Camille. C'est à quelle heure, au juste ?

— Dix-huit heures et il est déjà midi trente.

1. Service d'Enquête sur les Fraudes aux Technologies de l'Information.

104.

Jonas vérifia le montage qu'il venait d'effectuer et actionna les caméras.

Tout semblait parfait.

Avec les angles de vue qu'il avait choisis et les relais vidéo qui se déclencheraient dans un synchronisme précis, ils pourraient suivre l'avancement du corps dans la chaîne d'abattage.

Il étudia une nouvelle fois le trajet sur le moniteur de contrôle et chronométra les étapes.

Trois minutes... Trois petites minutes exactement, du moment où le Restrainer entamait son cheminement implacable jusqu'à l'éviscération finale.

C'était rapide... Beaucoup trop rapide !

Ça ne leur laisserait ni le temps de réfléchir ni d'envisager une action pour la sauver.

Or, il fallait qu'ils se sentent impliqués, qu'ils essayent... et qu'ils échouent !

C'est cela qui le ferait triper.

La seule façon de ralentir le processus était d'intercaler des porcs avant la jeune femme. Ainsi, quand il basculerait les images sur Internet, les flics disposeraient de quelques minutes avant le démarrage.

Ça ne va pas...

Jonas se prit la tête... S'il ne fallait pas aller trop vite, il ne fallait pas non plus laisser le temps nécessaire aux flics pour la sauver.

Il ne pouvait pas l'épargner, c'était signer son arrestation.

Elle l'avait vu. Elle pouvait le reconnaître.

Et si ça merdait ?

Avec trois porcs, il laissait neuf minutes aux flics. C'était à la fois peu et beaucoup pour faire les quelques petits kilomètres qui séparaient Courzieu des Verchères.

Par contre, six minutes, c'était injouable.

Il réfléchit tout en pestant à haute voix. Cette situation le contrariait au plus haut point. C'est vrai qu'il n'avait pas pensé à cette problématique.

L'important, c'est qu'elle ne puisse pas te reconnaître, non ?

Chier...

Oui. J'en sais rien...

Et comment elle peut te reconnaître ?

Ses yeux s'éclairèrent instantanément. Son esprit vif venait de trouver la solution.

Si la merdeuse en réchappait, il fallait au moins qu'il la rende incapable d'exploiter ses souvenirs.

Il regarda sa montre.

Midi trente-cinq.

Il ne lui restait qu'une poignée de minutes pour tout finaliser.

105.

Jacques et Marc avaient pris place dans un des cafés situés en contrebas de l'appartement du brigadier. Ils avaient laissé aux experts de la police technique et scientifique le soin de s'occuper des premiers indices et traces exploitables.

Les deux lieutenants avaient la mine déconfite.

Le temps s'égrenait inexorablement et le service d'enquête sur les fraudes aux technologies de l'information ne donnerait son verdict qu'en milieu d'après-midi.

C'était serré. Presque injouable.

— Alors... Qu'est-ce que t'en penses ?, fit Marc, rompant le silence oppressant qui s'était établi.

— Je ne sais plus vraiment... Je crois qu'on est encore en train de se faire balader.

— C'est ce que je crains aussi.

— Merde.......... MERDE ! MERDE ! MERDE !, hurla Jacques, hors de lui.

« J'en peux plus. Ce fils de pute va finir par avoir ma peau ! »

Marc regarda son collègue avec compassion. Déjà affligé

par l'enlèvement de Camille, voilà qu'il était en train de péter les plombs.

— Écoute Jacques... Calme-toi. On va procéder par ordre. Ça ne sert à rien de se lamenter sur notre sort. C'est la meilleure façon pour perdre nos moyens et en plus... c'est exactement ce qu'il veut.

Je te propose de suivre la piste de Saunière. C'est la plus crédible. Ensuite, il y a le SEFTI. Ils finiront bien par nous débusquer l'adresse du serveur.

— Oui. Tu as raison. Depuis que Camille a disparu, je ne suis plus moi-même. Je n'arrive pas à réfléchir et à dépasser ce sentiment de culpabilité.

— Arrête avec ça. Tu n'y es pour rien. Et puis, on va réussir...

— Tu sais très bien que c'est foutu.

— Non. Je t'assure que non ! Reprends-toi, bordel. Il faut tirer parti du temps qu'il nous reste.

Jacques releva la tête qu'il avait plongée dans son assiette, à la recherche d'un soutien visuel.

« Au fait, qu'a donné l'enquête sur le romancier ? »

— Granjon ? Heu... Rien. Je n'ai pas vraiment eu le temps de m'en occuper, reprit Jacques en fixant l'homme en face de lui. Il savait qu'il aurait dû lancer la piste et que Théodore aurait pu s'en charger.

— C'est une pis...

Bip... Bip... Bip... Bip...

La sonnerie d'un portable venait de les interrompre. Jacques décrocha instantanément. Il y avait certainement du nouveau...

— Depierre, fit-il d'un ton déterminé.

— Lieutenant... vous devriez venir voir. Il se passe des trucs bizarres ici.

— Qu'est-ce qu'il y a ?, s'exclama-t-il, reconnaissant la voix du responsable de l'équipe spécialisée de la PTS.

— Des images... Une sorte d'exécution... Difficile à expliquer. Il faut que vous veniez immédiatement.

— On est juste en bas... On arrive !

Il raccrocha, et regarda Marc qui avait les yeux ronds comme des billes.

« La piste de Saunière attendra un peu. Je crois que j'avais raison quand je te disais que c'était foutu... »

Les deux hommes sortirent en trombe du restaurant, traversèrent la route et grimpèrent les escaliers de l'immeuble vétuste en courant.

106.

Vanessa hurlait de douleur dans le noir.

Pourtant, la seule perception que son cerveau en avait était la contraction des muscles de sa gorge.

Elle n'entendait plus rien.

Avant de partir, il lui avait ôté tout repère avec le monde réel.

Lui perforant les tympans.

Lui arrachant les yeux.

Tout ce qu'elle avait été avait disparu en une fraction de seconde et seul l'enfer de ses dernières visions restait gravé dans sa mémoire, comme une persistance rétinienne. Indélébile...

Son sourire hideux...

Ses yeux de braise...

Son excitation bestiale.

La folie était en train de la gagner. Elle se sentait abandonnée... frigorifiée... livrée à ses derniers souvenirs.

Elle essaya de bouger, mais sans succès. Elle était suspendue, accrochée à une machine. Ses membres étaient solidement maintenus par des cerclages métalliques qui lui entaillaient la peau.

Pourquoi s'était-elle arrêtée ?

Pourquoi, nom de Dieu ?

Lorsqu'elle s'était réveillée au beau milieu de l'abattoir, elle avait immédiatement deviné le destin qui l'attendait.

Elle qui avait tant de projets... tant de joie à partager... Quand elle l'avait chargé dans sa voiture, elle était heureuse. Une excellente nouvelle venait de la chavirer.

C'était certainement pour cela qu'elle s'était arrêtée.

La confiance... un excès de confiance... induit par son bonheur fugace et l'envie de le partager.

C'était trop con.

C'était fini pour elle... Comme il le lui avait dit.

Cinq minutes plus tard, le mécanisme se mit en route, entraînant avec lui les cris stridents des porcins qui allaient subir le même sort.

Les seules choses qu'elle perçut du démarrage de la tuerie furent les vibrations puis l'odeur abominable qui envahit la salle.

Âcre... À vomir.

107.

Les images qu'ils virent en débarquant dans le réduit de la chambre à coucher étaient surréalistes et de mauvaise qualité.

C'était un plan large d'une chaîne d'abattoir.

À l'extrême droite, une femme hurlait. Nue et les cheveux à moitié rouges, elle était suspendue la tête en bas, et maintenue dans cette position à l'aide d'une solide armature en métal parcourue de sangles.

À sa gauche, deux porcs attendaient leur tour. Un troisième avait déjà entamé sa course vers la mort.

— Mon Dieu... C'est quoi cette merde, Marc ?

— J'en sais fichtre rien...

— Tu crois que c'est Camille ?

— Je n'sais pas... On n'voit rien... J'en suis pas sûr...

Les deux flics regardèrent l'écran avec angoisse, essayant de deviner les traits de la jeune femme.

Au premier plan, un porc venait d'arriver devant la machine.

— Je crois savoir où ça se passe, reprit Jacques, ne décollant pas les yeux du moniteur, horrifié par le sort de la fille.

— L'abattoir des deux frères ?

— À l'évidence. Quand je pense que j'y allais quand tu m'as appelé... Je fonce ! Je vais tout faire pour la sauver.

— Je viens avec toi !

— Non... Toi tu restes là. J'ai besoin de savoir ce qu'il se passe.

— Jacques, c'est dangereux... C'est peut-être encore un de ses foutus pièges. Hors de question de te laisser aller là-bas tout seul ! On ne sera pas trop de deux... Nos collègues de la PTS nous tiendront informés.

— Bon. OK, mais on file. On n'a plus le temps de discuter.

Deux minutes plus tard, ils étaient en route pour les Verchères. Jacques était au volant et Marc, à l'écoute des informations transmises en temps réel par les spécialistes.

— Où en est-on ?, fit Marc, anxieux.

— Le premier porc va bientôt sortir de la chaîne d'abattage. Il vient d'arriver à la dernière machine..., répondit un des hommes visiblement bouleversé par le spectacle. Oh mon Dieu ! C'est immonde... On voit ses tripes, le sang gicle de partout. C'est dégueulasse !

— Jacques ! Bordel, accélère ! On ne va jamais réussir à cette vitesse !

— Je ne fais que ça, je suis à fond !, hurla le lieutenant, enclenchant la troisième afin d'aborder le virage serré qui se présentait devant eux.

Il retarda au maximum son freinage et ils arrivèrent à vive allure dans la courbe.

Très vite...

Trop vite...

Il donna un brusque coup de volant sur la gauche.

La voiture fit une embardée, patina, dérapa et vint mordre le bas-côté.

L'espace d'un instant, le temps se figea.

Ils allaient s'écraser.

La cime des grands arbres semblaient fondre sur eux...

Alors que Marc voyait sa dernière heure arriver, Jacques réussit in extremis à rétablir la situation d'un habile contre-braquage.

— Putain, c'était moins une!, fit l'homme en s'épongeant le front du revers de sa manche et en expirant avec bruit.

— Oui... désolé... La route est meilleure après. On en a encore pour un kilomètre de virages avant de retrouver la grande ligne droite qui mène aux Verchères.

— Tu sais où est l'abattoir ?

— Pas vraiment. Tout ce que je sais, c'est qu'il se trouve dans l'exploitation. Ça doit ressembler à un grand hangar. On le localisera rapidement.

— J'espère... Bon... Où en est-on, les gars ? Je ne vous entends plus.

— Le porc est mort... éventré... nettoyé... Le deuxième vient de passer devant le brûleur.

— Merde... Merde... Merde! Jacques, il nous reste combien de bornes ?

— Cinq, je crois.

Ils surfèrent sur le fil à chaque virage et quand ils abordèrent enfin la grande ligne droite, la situation était critique.

— C'est au tour du troisième porc, commenta la voix au téléphone. La jeune femme est la prochaine. Elle essaye de se débattre... Où en êtes-vous ?

— Il doit nous rester trois ou quatre kilomètres. On arrivera là-bas dans trois minutes maximum.

— ... Ça va être juste, les gars...

Les grandes étendues boisées des Verchères approchaient. Dans quelques instants, ils seraient sur place.

— Magnez-vous ! Le dernier porc est en train de se faire éventrer. Y en a plus pour très longtemps.

Ils engloutirent les quelques virages boisés à plus de 100 km/h et débouchèrent enfin sur la propriété des éleveurs de porcs.

En plein milieu des champs et des bois, une grande bâtisse trônait. Un hangar énorme était visible à quelques mètres.

— Lieutenant... Ça y est ! La chaîne d'abattage est en train de l'entraîner...

— On arrive... Plus que trente secondes.

— Vite... Vite... Elle s'approche de la première machine.

Jacques accéléra une dernière fois pour couvrir les deux cents derniers mètres en un temps record et stoppa la voiture au frein à main, la mettant quasiment en travers de la porte d'entrée du hangar.

— Vite...

Quand ils ouvrirent la porte non verrouillée, ils eurent la confirmation que l'enfer existait et qu'il se trouvait devant eux.

108.

Richard se retrouva à proximité du fort sans se rappeler comment il avait fait pour parvenir jusque là.

Encore un mauvais tour de son amnésie.

Bien que ses absences de mémoire devinssent de plus en plus fréquentes, c'était la première fois que cela se passait en plein après-midi.

Il regarda autour de lui. La Jeep du brigadier était devant l'entrée des fortifications.

Comment était-ce possible ?

Il se rappela pourtant qu'ils avaient dû abandonner le véhicule pour accéder à la citadelle. La présence du tout-terrain démontrait qu'il existait un chemin carrossable menant jusque là.

Pourquoi Chillon ne l'avait-il pas emprunté ?

C'était dans tes rêves. Tu as cru que tu étais monté avec le flic. Voilà pourquoi !

Intrigué, il s'approcha du 4x4 et l'examina avec attention.

Le moteur était encore chaud et indiquait que le flic n'était là que depuis quelques minutes.

Il avait raté de peu son arrivée.

Tu vois qu'il n'est pas mort!

Mais pourquoi est-il revenu ici?

Et s'il était impliqué dans cette histoire?

Mais, non! C'est impossible, Richard. Il ne savait même pas où retrouver la fille du cabanon.

Il a fait semblant, c'est tout.

Sa Jeep est ici. Ce n'est pas une coïncidence...

L'homme massif était perplexe.

Il jeta un coup d'œil rapide dans l'habitacle et y discerna quelques traces de sang, une poignée de cheveux arrachés, une broche et un fusil à pompe.

Il n'y avait plus de doutes...

C'était bel et bien le brigadier qui le manipulait.

Fou de rage et fermement décidé à tout découvrir, il se saisit du fusil et s'approcha des marches sombres de l'entrée souterraine.

OK. C'est donc toi... Eh bien, à nous deux...

Il progressa sur quelques mètres dans l'obscurité et quand il atteignit la première plate-forme, une voix résonna comme si elle provenait de son cerveau...

— Richard... Richard... Pourquoi a-t-il fallu que tu viennes jusqu'ici ? Tu ne pouvais pas rester tranquille ? Regarde comme tout est en train de partir en sucette. Tout ça à cause de toi. Les flics ne vont pas tarder à nous retrouver.

Mais n'oublie pas: je tombe... tu tombes. Nous sommes liés pour l'éternité. Tu es impliqué autant que moi. Avec ce que tu as laissé sur ton PC... Pauvre crétin!

L'homme s'arrêta, regarda autour de lui comme s'il s'attendait à y trouver quelqu'un puis continua sa descente vers les ténèbres.

109.

Quand les deux flics pénétrèrent dans l'abattoir, la situation était critique.

La chaîne automatisée venait de s'arrêter bruyamment, laissant la jeune femme aux prises avec l'automate à saignée.

Le trocart, qui s'était activé quand ils avaient ouvert la porte, était déjà à mi-course et allait accomplir son œuvre d'une seconde à l'autre en pénétrant dans la gorge.

— Vite... Elle va mourir...

Jacques courut sans réfléchir vers ce qui semblait être le panneau de commandes.

Quand il posa les yeux sur le dispositif de contrôle, il sentit ses forces l'abandonner, comme s'il venait de recevoir un direct en pleine face... une implacable fatalité.

À la place du bouton d'arrêt d'urgence, un trou béant le narguait.

— Marc... Je ne peux pas stopper le mécanisme ! Cet enculé a tout bousillé !

Les deux hommes se regardèrent, ne sachant plus quoi faire. La jeune femme s'agitait frénétiquement devant eux et hurlait de toutes ses forces.

Le trocart approchait... La pointe n'était plus qu'à quelques centimètres de son enveloppe corporelle.

Ne voyant pas d'autres alternatives, Marc sortit son arme. Devant l'urgence, il visa comme il put et appuya sur la détente.

Le projectile flotta dans l'air, resta suspendu comme si le temps s'était arrêté, puis tout s'accéléra.

Le tube entra en contact avec la peau... La balle ricocha sur l'acier... La pompe se mit en route...

Marc avait raté le point névralgique et son échec venait anéantir tous leurs espoirs.

— Camille... Non!

La jeune femme hurla. Sa gorge s'empourpra, des tourbillons de liquide rougeâtre commencèrent à remplir la bombonne de recueil.

C'était fini...

Ils avaient échoué.

Quelques instants plus tard, après avoir finalement réussi à stopper la machinerie en cisaillant avec hargne un câble électrique, ils constatèrent le carnage. Au beau milieu du matériel d'abattage et des entrailles de porcs, une carcasse humaine pendait par les pieds.

Camille... Je suis désolé...

Jacques, hébété, resta immobile, incapable de s'approcher, et c'est Marc qui se rendit le premier auprès du cadavre exsangue.

Le fonctionnaire posa son regard sur le corps qui oscillait encore.

En suivant les lignes de sang qui marbraient le torse, il se jura qu'il tuerait de ses mains le salopard qui avait commis cette atrocité.

Il se baissa pour se placer à la hauteur du visage ensanglanté et se releva aussitôt.

— Jacques... Mon Dieu!, s'exclama-t-il.

Les traits de son visage avaient également changé.

— Jacques, ce n'est pas elle!, reprit-il en se ruant sur son collègue.

— Quoi ? Qu'est-ce que tu dis ?

— Ce n'est pas Camille, t'entends ? Elle lui ressemble, mais ce n'est pas elle.

110.

Jonas descendit les dernières marches.

Il avait rendez-vous avec cette petite salope de flic.

Il fallait qu'il s'en débarrasse et qu'il passe à autre chose.

Dans peu de temps, elle serait à nouveau sur la sellette, prête pour un nouveau round de son petit jeu.

Mais cette fois, ça irait beaucoup plus vite. Il monterait les réglages au maximum.

Elle succomberait... C'était certain.

Puis, il chercherait une nouvelle planque.

Il avait encore beaucoup à faire sur Second Life... Beaucoup. Et tout ça lui faisait perdre un temps précieux.

Quand il arriva au dernier sous-sol, il s'occupa tout d'abord de la jeune femme puis, une fois la machinerie en place, se connecta sur Internet.

Il était temps de préparer la suite...

L'indice qu'il avait laissé sur la brigadière renverrait les flics à la recherche de Gundula, une des plus scabreuses prostituées de la toile.

Il l'avait repérée quelques jours plus tôt alors qu'il traquait Laura. Il s'était dit qu'il la choperait un jour ou l'autre...

Après avoir saisi ses identifiants, il vit apparaître son avatar au milieu des tombes de Hell Chapel. Il farfouilla dans son inventaire et en sortit le traqueur. C'était une grande nouveauté, un formidable add-on qu'il avait récupéré. Avec lui, il était capable de localiser n'importe qui sur le métavers.

Gundula était dans les quartiers chics, en plein Paris. Au beau milieu des arrondissements ultra huppés de la capitale.

Il changea de zone en un clic de souris et se retrouva en plein seizième, à deux pas de l'avenue Foch.

La localisation se fit instantanément, affichant la croix sur le plan. L'appartement de la fille de joie virtuelle était tout proche.

Toi, tu n'en as plus pour très longtemps...

Il s'éleva dans les airs, parcourut la faible distance qui le séparait de sa proie puis pénétra dans l'immeuble.

Comme il le pensait, la porte de l'avatar était fermée. Un code d'accès. Cette pute utilisait des protections.

Ainsi, tout son business était difficilement décelable par les régulateurs de Linden Labs.

Mais lui avait les codes. Encore un coup de Norris... Décidément, qu'aurait-il fait sans lui ?

Il déverrouilla l'accès en quelques secondes puis entra dans l'appartement.

La fille était en pleine action. Un type était enchaîné à son lit et suivait ses ordres, tel un petit chien soumis.

Il était accessoirisé au maximum : un collier doté de pointes grandes comme des doigts, un string en vinyle noir et des anneaux transperçant ses tétons.

— Qu'est-ce que tu fous ici ?, fit-t-elle, surprise, en entamant la conversation à l'aide de la boîte de dialogue.

— Ta gueule ! Ça fait longtemps que je t'ai dans le collimateur. Aujourd'hui, je crois que c'est ton jour.

— Mon jour ?

— Oui. L'an zéro, l'anniversaire de ta mort virtuelle.

— Qu'est-ce que tu racontes ?

— Que tu vas mourir !

— Dégage. Je n'ai pas que ça à foutre !

— Pauvre conne !!!

Jonas sortit une hache démesurée de son inventaire et se rua sur les deux personnages.

Cinq minutes plus tard, Georges Cinq et Marie Dolfino, alias Gundula, n'étaient plus. Leurs misérables existences virtuelles avaient brutalement cessé.

Il ne lui restait plus qu'à s'occuper de la fille…

Mais cette fois-ci dans le monde réel.

111.

En ressortant de l'atelier de la mort, les deux flics avaient les traits décomposés.

Ils venaient de vivre une expérience particulièrement douloureuse. Par l'atrocité du crime, certes, mais surtout par le profond sentiment d'avoir été manipulés.

— On fait quoi, maintenant ?, reprit Marc, coupant enfin un long et pesant silence.

Jacques regarda sa montre.

— Il n'est que quinze heures. On a encore un peu de temps pour retrouver Camille. On va laisser l'abattoir aux mains des spécialistes. Je pense qu'il est plus utile d'utiliser les heures qu'il nous reste pour faire un tour chez Saunière. On va sûrement y dégoter quelque chose.

— OK. C'est une bonne idée. On y va.

Quelques minutes plus tard, les deux flics se trouvaient devant la petite propriété. Comme tout à l'heure, quand Depierre l'avait laissée, elle semblait déserte.

— Bon. Tu as toutes les autorisations ?, s'enquit Marc, en regardant son collègue qui tenait déjà son arme par le canon et s'apprêtait à faire voler en éclats le vitrage de la partie supérieure de la porte.

— Et même si j'en avais pas, je te jure que ça ne changerait pas grand-chose !

— Amen...

Sans hésiter une seconde, il brisa la vitre et glissa la main à l'intérieur pour ouvrir le loquet.

La porte ouverte, ils se faufilèrent à l'intérieur.

La maison était poussiéreuse et mal entretenue, mais ils constatèrent qu'elle était habitée. Il n'y avait aucun doute... Les restes de nourriture pourrissant dans le bac à vaisselle et les traces sur la table du salon en témoignaient.

Ils firent un tour rapide du rez-de-chaussée puis chacun arpenta les pièces de façon plus minutieuse.

Au bout de dix minutes et alors que Depierre allait monter à l'étage, Marc interrompit son geste.

— Jacques, tu as vu ?

— Quoi ?

— Un ordinateur portable. Il était connecté, seulement en veille.

— Et alors ?

Le flic s'approcha de l'expert en sécurité informatique déjà penché sur le clavier.

— Qu'est-ce que c'est que ça ?, fit Marc, perplexe.

— Quoi ?

— C'est un fichier Word. Saunière est un malade... Regarde...

Les quelques pages qu'il parcourut émanaient d'un esprit dérangé, gravement perturbé :

TUE-LA... TUE-LA...

La même phrase était inscrite en capitales sur plus d'une centaine de pages.

— Putain, ça veut dire quoi, ce bordel ?!

— Laisse-moi m'occuper du PC! Toi, essaye de trouver quelque chose. Le temps file...

L'homme laissa à contrecœur son collègue œuvrer parmi les fichiers numériques et se concentra sur la fouille du bureau.

Il fallait qu'il trouve un indice.

Une trace.

Un truc qui les mette sur la voie.

Camille...

Mais Rien. Rien de probant.

— Dis-moi, Jacques, reprit enfin Marc qui parcourait toujours les entrailles de l'ordinateur, tu m'as bien parlé d'un certain Richard Granjon ?

— Qui ?

— Richard Granjon.

— Oui, en effet. C'est l'écrivain qui a dédicacé un bouquin de l'appartement de Saunière. Pourquoi ?

— Eh bien, je crois que c'est notre homme.

— Qu'est-ce que tu racontes ?

— Regarde !, continua Marc en basculant sur le programme de messagerie et en ouvrant un des derniers e-mails.

Jacques explora avidement le petit texte électronique. D'après les éléments, le destinataire du message n'était pas Sauniere mais Richard Granjon.

L'ordinateur n'appartenait pas à l'homme qu'ils suspectaient mais au romancier.

Merde...

La suite du texte était moins claire.

Le corps du message était confus, affreusement confus.

Dans un charabia insensé, l'expéditeur du message menaçait le romancier.

— Je n'y comprends rien ! Comment peut-on être à la fois émetteur et destinataire d'un même e-mail ?, demanda Jacques, intrigué.

— Son compte a dû être piraté. Ou alors...

— Alors quoi ?

— Il se l'est envoyé !

— Envoyé ? Mais pourquoi ?

— Je ne suis pas un psy, mais avec ce qu'il a écrit sur son PC, j'ai l'impression que ce type a perdu les pédales. Ça ne m'étonnerait pas qu'il ait une sorte de dédoublement de la personnalité...

— Genre Docteur Jekyll et Mister Hyde ?

— Un peu ça, oui ! D'ailleurs... tu te rappelles ce qu'a dit Jean Dunoir ? Qu'en fait, il n'y a pas deux tueurs mais un seul avec plusieurs facettes ? Eh bien, je crois que ça va encore plus loin : il a deux personnalités bien distinctes et l'une d'elles est notre putain de psychopathe..

— Il ne nous manquait plus que ça : un schyzo. Bon... et où va-t-on le choper, cet enfoiré ? T'as trouvé quelque chose ?

— Attends... Je crois que j'ai la réponse.

Tout en parlant, Marc avait fouiné dans la boîte aux lettres de l'écrivain et venait d'accéder à un forum en se connectant à partir d'un message qui avait attiré son attention.

— Alors, tu sais où il est ?

— Oui. La réponse était dans un cryptogramme. Visiblement, Granjon en ignorait la signification. Ça parle d'un fort...

— D'un fort ?

— Oui, reprit-il en regardant les bois qui s'étendaient devant leurs yeux. Et je suis persuadé qu'il est là, sur les hauteurs...

112.

Camille était à nouveau attachée sur l'engin infernal. L'homme était revenu pour s'occuper d'elle et cette fois, elle le sentait, de façon définitive.

Il semblait anxieux, pressé d'en finir.

L'homme n'arrêtait pas de se parler à lui-même, comme si deux entités se disputaient son âme.

Elle regarda avec dégoût le moniteur de contrôle qui lui renvoyait son image et celle de l'appareillage de torture.

Dans un laps de temps qui lui était inconnu, l'automatisme allait s'enclencher et la mettre en charpie. Une boucherie en direct qui serait relayée sur Internet et ne manquerait pas de ravir les adeptes du genre...

Elle sentit ses yeux s'embuer, réalisant qu'elle avait perdu tout espoir d'en sortir vivante. Personne ne viendrait la sauver comme elle l'avait tant espéré.

Les *happy ends*, c'était bon pour les films américains. Du cinéma... rien que du cinéma.

Et là, elle vivait l'implacable réalité.

Anéantie, elle ferma les yeux et revit les images de son passé proche. Elles revenaient une nouvelle fois la hanter, la tourmenter à n'en plus finir: le visage du petit Nicolas, souriant, comme il le faisait toujours quand elle lui apportait son biberon, sa mère, qui malgré sa dureté, avait toujours été présente pour elle, et puis ses collègues...

Non... Tout ça était trop con...

Elle n'avait pas mérité ce qui allait se passer.

113.

— Vous en êtes sûr ?, fit Jacques en lâchant le volant.

La voiture fit une légère embardée puis il reprit le contrôle avec dextérité.

« Très bien. Ça confirme nos éléments... Merci pour votre appel. ».

— C'était quoi ?, reprit Marc.

— Un appel de nos confrères de la Part-Dieu. Ils ont retrouvé l'identité de la femme qu'on a repêchée dans la Saône.

— Alors ?

— Alors, on a raison ! D'après l'empreinte dentaire, c'était l'épouse de Richard Granjon. Un type qui venait porter plainte l'a formellement reconnue. Il la connaissait personnellement.

— C'était son amant ?

— Comment t'as deviné ?

— Ça me paraît logique. Et j'entrevois même le scénario.

— Tu penses qu'il l'a tuée parce qu'elle le cocufiait ?

— J'en mettrais ma main à couper ! Ça expliquerait beaucoup de choses... Son pétage de plombs... Par contre, je ne comprends toujours pas pour l'utérus.

— Peut-être une association avec la sexualité... parce que d'autres types l'ont souillé ?

— Je ne crois pas, sinon il se serait acharné sur tout ce qui symbolise la féminité. En tout cas, j'imagine le choc qu'il a subi... S'il a été jusqu'à la tuer, c'est qu'il a perdu tous ses repères. Il a dû sentir le monde s'effondrer sous ses pieds. Et peut-être qu'il a disjoncté quand il a compris ce qu'il avait fait...

— Ouais... Possible, répliqua Jacques qui avait l'esprit ailleurs, scrutant attentivement la plate-forme de la sécurité civile qui se profilait devant eux. Bon, on va arriver... L'hélico est prêt à décoller. Dans moins de dix minutes, on sera dans le fortin.

— J'espère que je ne me suis pas trompé. Il est déjà seize heures. On n'a plus que deux petites heures devant nous.

— Je l'espère aussi... Mais je crois vraiment qu'on est sur la bonne voie.

Trois minutes plus tard, ils arrivèrent à l'héliport. L'équipe était en place, attendant leurs ordres.

Le fort médiéval que leur avait indiqué le centre de commandement n'était qu'à quelques kilomètres de vol. Le plus compliqué serait de poser l'oiseau mécanique dans la forêt.

114.

Richard contempla l'imposante valise qui se trouvait sur le tapis roulant puis se frotta le visage.

Que pouvait-il bien faire ici ?

La dernière fois qu'il avait eu la maîtrise de ses sens, il entrait dans la vieille ruine plantée sur les hauteurs boisées entourant Courzieu et voilà qu'il se retrouvait dans l'aérogare de Saint-Exupéry, à une bonne soixantaine de kilomètres de l'endroit qu'il avait quitté.

Il fixa le comptoir d'enregistrement, qui était maintenant presque désert, et laissa glisser ses yeux sur la réceptionniste. Elle le regardait d'un drôle d'air.

— Monsieur Granjon, est-ce que ça va ?

— Euh… Oui… Oui… Pas de problème.

La fille semblait l'interpeller. Pourtant, il ne se souvenait pas lui avoir parlé. Que s'était-il encore passé pendant ce foutu trou noir ?

Elle continua.

— Dépêchez-vous. Vous allez finir par rater votre avion.

Mon avion? De quoi parle-t-elle?

Il fit comme si de rien n'était et dévisagea la jeune femme avant de la remercier d'un hochement de tête.

Putain... Je ne comprends plus rien! Qu'est-ce qui m'arrive?

L'homme sentit la sueur l'envahir. Il paniquait. Quelque chose était en train de se matérialiser au plus profond de lui... Une présence...

Soudain, une voix envahit son cerveau.

Tu le sais, pourtant...

— Qui êtes-vous ? Où êtes-vous?, demanda-t-il à la cantonade, roulant des yeux effarés.

Richard... Richard... Voyons, je te pensais plus subtil.

«Dites-moi qui vous êtes!»

Tu deviens fou...

«Je ne suis pas fou... Laissez-moi tranquille.»

Tu ne sais vraiment pas pourquoi on est là tous les deux?

«Taisez-vous!»

Tout en parlant, l'homme moulinait des bras comme pour repousser un assaillant invisible.

Effacer nos traces... C'était indispensable... Une fuite à l'étranger... Une sacrée bonne idée...

«Fuite?»

Oui... Un plan génial. Ça va nous laisser du temps...

Et puis maintenant, on fera attention. On ne leur donnera plus d'indices... Plus rien pour qu'ils nous retrouvent. On gardera tout pour nous. De la jouissance rien que pour toi et moi.

«Non... Je ne suis pas celui que vous pensez! Vous avez compris?»

Richard passa devant l'une des grandes glaces du hall principal et regarda son reflet.

C'était absurde. Il s'agitait dans tous les sens et semblait se parler à lui-même...

Richard... Ça suffit, maintenant. On n'a plus le temps. Je suis en toi !!!

Tu n'as pas encore compris?

« En moi ? »

Ben oui, qu'est-ce que tu crois? Je suis toi...

« Mais... Mais... Les coups de téléphone ? »

Tu les as imaginés. Regarde ton portable, imbécile.

Richard sortit son GSM et parcourut la liste d'appels avec fébrilité. Effaré, il constata qu'il n'avait eu aucun contact téléphonique ces cinq derniers jours.

« C'est pas possible ! »

Tu n'y crois toujours pas? Et la fille de la superette... Pourquoi crois-tu qu'elle fuyait ton regard, qu'elle se protégeait de toi quand elle t'a vu? Hein, crétin...

Richard sonda sa mémoire et s'efforça d'arracher les bribes de souvenirs profondément ancrés dans les tréfonds de son esprit. C'est vrai que la fille avait eu un comportement anormal. Il s'en était fait la réflexion sur le coup. Il était venu pour la sauver et elle avait cherché à l'éviter, effrayée et tentant de se protéger de lui par tous les moyens.

Alors? Convaincu?

« Non ! Non ! C'est impossible. »

Richard, Richard... Tu m'ennuies à la fin. Rappelle-toi comment tu as tué ce flic, bordel...

Quand tu lui as enfoncé la lame dans le dos... ça ne te rappelle rien?

Le sang sur tes fringues... Partout... Tu en avais partout. Tu as dû les balancer dans la baignoire quand on est rentrés.

Tu ne te rappelles pas?

Richard revit les images du carnage de la salle de bain se matérialiser devant lui. Tout ce sang, ses affaires baignant dans le liquide rougeâtre...

« Nom de Dieu ! »

Dieu n'a rien à voir avec tout ça. Laisse-le tranquille.

Et la salope de l'abattoir... Si je t'avais laissé faire... Hein... On n'en serait pas là... C'est moi qui t'ai calmé... Tu voulais la prendre... la prendre... et encore la prendre... T'imagines ? Hein... Tu m'as vraiment fait peur. T'as failli signer notre arrêt de mort. Heureusement que j'étais là.

« Je... Je ne comprends plus rien. »

Y a rien à comprendre. Tu m'as créé le jour où cette salope de Mélinda est morte. Tu ne te rappelles pas ?

« Mélinda n'est pas morte ! »

Richard... Richard... Arrête. Tu sais très bien que tu l'as tuée.

« Noooooooooon ! »

STOP !!!! Tu vois là-bas ?

« Oui », fit l'homme qui commençait à lâcher prise, laissant Jonas revenir sur le devant de la scène et Richard retourner dans les coulisses de son inconscient.

Tu vas y aller tranquillement. Après, je te promets, ce ne sera que du bonheur...

Comme la voix le lui demandait, il s'approcha lentement du portique et donna à l'homme l'enveloppe qui contenait les billets.

115.

Malgré les prouesses du pilote, l'hélicoptère ne put se poser. La végétation, même à cette époque, était bien trop dense pour permettre un atterrissage en pleine forêt.

Les deux flics et quatre hommes armés descendirent du filin l'un après l'autre.

En moins d'une minute, ils se retrouvèrent à terre, non loin de la bâtisse qui gisait tel un colosse terrassé.

— On n'a plus de temps à perdre, entama Marc, déjà posté devant la porte d'entrée. La vie d'un confrère est en danger.

— Lieutenant, fit l'un des hommes cagoulés... Y a des traces, là ! Un véhicule tout terrain... Et c'est frais.

— Ce doit être lui. Mais il faut qu'on avance... On regardera ça plus tard, messieurs. On va entrer.

Sous le commandement des deux lieutenants, l'escouade policière pénétra en silence dans l'édifice.

Immédiatement, une impression terrible les assaillit.

Les couloirs étroits... Les plafonds bas... L'atmosphère humide... La pénombre omniprésente.

Ils firent rapidement le tour du premier sous-sol sans rien trouver. Au départ, les pièces qui le composaient avaient dû être des espaces de stockage, d'immenses caves où les châtelains d'antan entreposaient leurs vins et victuailles. À la différence des couloirs qu'ils venaient d'emprunter, elles étaient vastes et pouvaient aisément contenir plusieurs dizaines de personnes.

– C'est sacrément grand, reprit Jacques en avançant le cœur serré et prêt à tirer au moindre mouvement.

– Oui. D'après le cadastre, le fortin compte pas moins de trois niveaux sous la surface. C'est un vrai labyrinthe, là-dessous. Le bas-fond était réservé à l'époque aux prisons et aux oubliettes.

Quelques instants plus tard, après avoir fouillé rapidement le deuxième sous-sol, ils arrivèrent au dernier niveau.

De loin le plus mortifère...

Ici-bas, l'air empestait la moisissure et les murs gorgés d'humidité exsudaient des larmes pestilentielles.

– Brrr... Il fait sacrément froid. Si Camille est bien enfermée ici, elle doit être tétanisée.

Prêts à faire feu au moindre risque, ils avancèrent prudemment sur plusieurs dizaines de mètres avant de tomber sur une petite pièce obscure. Elle venait d'apparaître sous leurs torches, tel un diable sorti de sa boîte.

– C'est la salle des gardes, commenta Marc, qui avait mémorisé la configuration des lieux dans la voiture. Les cachots sont derrière ces portes. Il y a de fortes chances pour que Camille soit là-dedans.

Jacques jeta un regard à son collègue et cligna des yeux comme pour repousser le mauvais sort.

Le silence environnant était mauvais signe. Et s'il l'avait tuée, après tout ?

Le cœur pincé, ils ouvrirent les portes une à une, en prenant soin de sécuriser leurs arrières.

... Vide...

... Vide...

... Vi...

— Elle est là !!!, hurla un des flics cagoulés. Venez vite !

À l'instant où il avait crié, un moteur s'était mis en route, émettant un ronflement strident.

La porte qu'il venait d'ouvrir était piégée.

116.

L'homme se faufila à travers l'ouverture du grillage qui donnait sur le petit parc boisé.

De ce côté-ci, il avait constaté que les portes d'accès n'étaient pas verrouillées. Ainsi, il pourrait y pénétrer sans le moindre problème.

Marie habitait dans le plus petit des immeubles de la résidence, et son appartement donnait sur le jardinet.

Un rez-de-chaussée…

Une véritable aubaine.

Il s'installa dans un bosquet et sortit une paire de jumelles afin d'examiner l'habitation.

Il était encore tôt. La jeune femme n'était visiblement pas encore rentrée. Il allait pouvoir l'attendre tranquillement dans le salon.

Cette idée lui plaisait particulièrement.

Ouais… Le pied !

Il se glissa entre les branchages et atteignit rapidement la baie vitrée. La porte-fenêtre était tirée, mais Marie n'avait pas fermé le loquet. Il n'aurait même pas à la forcer…

Quelle conne!

Il enfila ses gants machinalement, signe d'une longue expérience, et entra dans l'appartement.

L'intérieur était typiquement féminin : bibelots en pagaille, meubles cérusés, coussins dans tous les coins.

Une décoration réalisée avec goût, qui n'avait rien à voir avec ce qu'elle était dans le monde virtuel.

Il ferma rapidement les rideaux. Si elle rentrait, il fallait être à l'abri des regards. Il en avait pour un certain temps...

Une fois dans la pénombre, il s'assit tranquillement dans l'une des deux chauffeuses qui trônaient à proximité du grand sofa et patienta.

Les minutes passèrent... puis les heures.

Vers dix-neuf heures, alors que sa proie n'avait toujours pas daigné se montrer, le téléphone sonna.

— Coucou Marie. Je vois que tu es encore en vacances. J'avais complètement oublié. Je crois que tu rentres samedi... Appelle-moi dès ton retour. Je t'embrasse, ma chérie.

L'homme se releva, fou de rage.

La voix féminine du message venait de contrarier ses plans. Il devrait reporter sa jouissance à plus tard.

Il se frotta les tempes avec brutalité et sentit qu'il était en train de perdre le contrôle. Sa hargne montait... une envie soudaine lui prenait les tripes. Il allait tout casser... D'un seul coup, il se saisit d'un pied de lampe et fracassa tout ce qui se trouvait à sa portée.

La crise dura un bon quart d'heure et quand il ressortit, l'appartement était dévasté.

Il reviendrait.

117.

Quand le flic était entré, le piège avait actionné le mécanisme bien avant l'heure prévue.

Désormais, d'étranges vérins et courroies se mouvaient en cadence et commençaient à couiner.

Camille était assise sur une chaise, enchaînée à de grandes tiges métalliques.

Des arcs électriques crépitaient... Des lames acérées, montées sur de grandes roues, entamaient un ballet mortel. Une seringue s'approchait lentement du cou de la brigadière.

Une scène de cauchemar.

— Bon sang !, hurla Jacques en se précipitant à proximité de sa collègue. Qu'est-ce qu'on doit faire pour arrêter ce bordel ?!

Derrière les parois en Plexiglas qui entouraient la machine, la jeune femme en sanglots essayait de se débattre vainement.

Non... Ça ne se passera pas comme tout à l'heure.

C'est hors de question !!!

La machine accéléra et Camille, chahutée dans tous les sens, hurla. Une première lame frôla son avant-bras et entailla légèrement sa peau laiteuse, traçant un mince filet de sang.

La deuxième lame, qui arrivait, allait lui trancher le membre.

Dans moins de dix secondes, elle allait expirer sous leurs yeux.

Camiiiiiiiiiiillllle!

D'un seul coup, tout s'arrêta dans un crissement infernal.

118.

Deux jours plus tard. Hôpital Édouard Herriot

— Alors, comment va-t-elle ?, fit Marc, en rejoignant Jacques dans la salle d'attente.

— Je crois qu'elle va s'en sortir. Son état était préoccupant, mais les médecins l'ont stabilisée.

— C'était à deux doigts !

— Oui. Quand je pense qu'on a failli la perdre... Quel salopard !

— On a des nouvelles de Granjon ?, reprit Jacques.

— Non. D'après les renseignements généraux, il s'est enfui. Il a décollé pour l'Amérique du Sud peu de temps avant qu'on ne mette le dispositif en place. Je ne crois pas qu'on le reverra de sitôt.

— Dis-moi... Je me demandais comment tu avais su pour la machine ?

— J'ai fait une école d'ingénieurs avant d'intégrer la police, je te rappelle. Le dispositif du fort m'a rappelé mes cours d'automatismes. Le moteur thermique n'était là qu'en soutien : toute la machine s'appuyait sur le circuit d'huile sous pression. Pas d'huile... pas de mouvement. Il n'y avait qu'à perforer le tuyau.

— Elle te doit une fière chandelle !

— À toi aussi. Je crois qu'on est tous les deux associés à ce sauvetage, interjeta Marc.

— Oui... Au fait, sais-tu comment Granjon a réussi à construire un truc pareil ?

— Oui. J'ai épluché sa vie. Après un bac C, il a suivi des cours de robotique et d'informatique. Il a fait un IUT de mécanique et productique, et il a même bossé une bonne quinzaine d'années chez un fabricant de machines à commandes numériques. Il avait donc une parfaite connaissance de ce genre de technologies.

— Et pour son profil psychologique ?

— Jean Dunoir s'est penché sur son cas et ses conclusions rejoignent les nôtres. D'après lui, c'était un homme on ne peut plus ordinaire, mais l'infidélité de sa femme lui a fait péter les plombs et il ne s'est jamais remis de l'avoir tuée. Jean croit même qu'il s'est inventé une histoire pour se convaincre du contraire. En tout cas, une partie de lui-même n'est pas sortie indemne de cette épreuve : il avait goûté au sang et il en redemandait.

— C'est pour ça qu'il reproduisait son crime à l'identique ?

— Entre autres. Mais Étienne a fait une découverte qui éclaire les choses... D'après son dossier médical, Richard Granjon souffrait d'une azoospermie totale. Jean pense que c'est pour cette raison qu'il arrachait les utérus de ses victimes. Tout d'abord celui de sa femme parce qu'elle ne lui avait pas donné d'enfant, puis celui des autres, qui utilisaient uniquement leur corps pour le sexe. Selon lui, elles étaient indignes de ce que la nature leur avait donné.

— Pouah ! Une sacrée histoire, en tout cas. Bon... Je vais aller voir Camille. Elle va avoir besoin de tout notre soutien.

— C’est certain. Moi, je vais en profiter pour chercher la signification de son dernier message.

— Tu parles de la phrase qu’il lui a tatouée sur la fesse ?

— Exactement. À plus tard.

Jacques salua amicalement Marc puis parcourut les quelques mètres qui séparaient la salle d’attente de la petite chambre de la brigadière. Il entra en silence.

Au milieu des tubes et autres cathéters, la jeune femme était allongée, mais ses yeux étaient ouverts.

— Camille ? Est-ce que ça va ?

— Salut Jacques..., émit-elle faiblement. J’ai bien cru que j’allais y passer.

Elle essaya de se redresser.

— Ne bouge pas... Reste tranquille. Il va falloir que tu te reposes. Tu as vécu une épreuve terrible et ton corps est encore fragile.

— Oui... Tu sais, à la fin, j’étais persuadée que vous ne viendriez jamais. Ça me fait tellement de bien d’être là... en vie.

— Et je suis encore plus content de te voir recouvrer des forces. Au fait, ta mère passera tout à l’heure. Il y a un petit bonhomme qui n’attend qu’une chose...

La jeune femme sourit. C’était vrai. Elle ne rêvait pas. Elle allait enfin revoir celui qui comptait le plus à ses yeux.

« Allez, repose-toi. J’ai encore pas mal de boulot pour finaliser le dossier avant de l’envoyer à Interpol. Maintenant, tout cela ne nous concerne plus. Mais ne t’en fais pas, ils l’auront.

Elle le fixa, les yeux pétillants de reconnaissance, puis lui adressa un clin d’œil.

— Et ne profite pas de ton temps libre pour aller te dénicher une de tes folles du cul sur Internet...

Il baissa les yeux puis les releva pour la regarder tendrement. Elle était belle...

— Promis, termina-t-il, un sourire complice aux lèvres.

119.

Quand Marie ouvrit la porte de son appartement, elle sut immédiatement qu'il y avait eu un problème...

Le hall d'entrée ressemblait à un véritable champ de bataille et le sol était jonché de papier et de verre brisé.

Qu'est-ce qui s'est passé ici ?

J'ai été cambriolée ?!

Elle fit un tour rapide des lieux et constata que le reste de l'habitation n'était pas dans un meilleur état. *A priori*, rien n'avait été dérobé, mais une grande partie du mobilier et des bibelots avaient été saccagés et des traces de nourriture s'étendaient du sol au plafond.

L'auteur s'était visiblement acharné avec la volonté de tout anéantir.

Devant ce spectacle désolant, elle fondit en larmes puis décida d'appeler la police.

Elle farfouilla dans son calepin et trouva la petite carte de visite du flic avec qui elle avait passé la nuit, il y a quelques jours.

Il pourrait l'aider dans cette épreuve.

Jacques Depierre. Lieutenant de police à la Criminelle. Ouais... C'était ça.

Elle composa le numéro qui figurait sur le petit rectangle de papier et attendit que la communication s'établisse.

— Lieutenant Depierre, entama la voix masculine.

— Bonjour Jacques. Tu te souviens de moi ?

— Euh...

— Marie... Marie Dolfino. On a passé la n...

— Oh ! Excuse-moi Marie, je ne t'avais pas reconnue.

— Y a pas de mal !

— Qu'est-ce que tu veux ?, reprit-il brutalement. Il n'avait pas du tout l'intention de renouer avec la jeune femme.

— En fait, j'ai un service à te demander...

— Un service ?

— Oui. Je viens de rentrer de congés et j'ai été cambriolée. J'ai la trouille... Je me demandais si tu pouvais passer un moment ?

— Hum... Euh... J'ai pas mal de boulot en ce moment, Marie...

— Bon... Tant pis ! Je me suis trompée.

— Ne le prends pas mal...

— Pas grave, je te dis.

— Bon, écoute. Je passerai ce soir. J'ai quelques bricoles à faire, mais je passerai, c'est promis. Quelle est ton adresse ?

— 35 rue des Alouettes, à Brignais. Dolfino... T'as qu'à sonner.

— OK. Je serai chez toi vers vingt heures.

La jeune femme raccrocha, le sourire aux lèvres. Malgré la situation, elle jubilait.

Alors qu'elle n'avait pas réussi à revoir le lieutenant malgré ses nombreuses tentatives, voilà que son cambriolage lui en donnait l'occasion. Pour son plus grand plaisir...

Il tombait à point nommé.

120.

Marc examina le message photographié. Il ressemblait à du morse. Quelques instants plus tard, il en eut la confirmation.

- .-. --- ..- ...- . --..
--. ..- -. -.. ..- .-.. .-

Trouvez Gundula.

Voilà ce qu'avait laissé le tueur, gravé sur la fesse gauche de la brigadière.

Encore un jeu de piste ?

Marc se gratta la tête. Ça ne collait pas... S'il avait pris la fuite, ça n'avait aucun sens. Pourquoi laisser un nouvel indice ?

Marc regarda la pendule qui indiquait déjà dix-neuf heures trente puis se connecta.

Second Life serait à nouveau son terrain de jeu. Gundula était certainement, comme toutes les autres, l'avatar d'une prostituée virtuelle.

Par où commencer?

Jack...

C'était le seul à même de le renseigner rapidement.

Il tapa les coordonnées de l'île Sanguinaire et propulsa le double numérique de Camille sur le bout de terre soumis aux vents cosmiques. L'océan était démonté.

Quelques instants plus tard, il avait établi la communication.

— Jack. J'ai encore besoin de toi...

— Ça devient une sale habitude! Encore quelqu'un à retrouver?

— Oui. Et elle s'appelle Gundula. C'est certainement une prostituée du métavers.

— Gundula? Hum... Non, ça ne me dit rien. Tu as essayé de regarder SL-Escort?

— Oui. C'est ce que j'ai regardé en premier. Elle n'est pas référencée.

— Je crois que je ne vais pas pouvoir t'aider sur ce coup. Je ne vois pas. Ça devient n'importe quoi, ça pousse comme des champignons...

— Bon. Désolé de t'avoir dérangé.

— Pas de mal. Si je trouve des infos, je te fais signe.

— Merci Jack.

— De rien. Essaye quand même d'aller voir Tony. Il peut éventuellement la connaître.

— OK. À plus tard.

En quelques clics, Marc se retrouva sur Red Light District, en plein Amsterdam.

C'est vrai qu'il n'avait pas pensé à Tony. Pourtant, c'était de loin l'un des fournisseurs préférés du monde de la prostitution virtuelle. Lui et ses modules additionnels.

121.

Jacques termina de classer les éléments dans l'épais dossier qui reposait sur son bureau.

Il allait enfin pouvoir tirer un trait sur toute cette histoire.

Camille allait s'en sortir et la vie reprendrait son cours ordinaire. Certes, ils n'avaient pas réussi à arrêter l'ordure qui les avait occupés pendant plus d'une semaine, mais ce n'était plus qu'une question de temps.

Il regarda sa montre puis enfila son Perfecto. Il était temps qu'il se rende chez Marie. Il n'en avait pas très envie, mais il lui avait promis. Il savait combien ces actes de vandalisme étaient perturbants.

Quelques minutes plus tard, il était devant sa porte.

Celle-ci était entrouverte.

— Marie ?, entama-t-il, restant sur le perron.

— Jacques... Je suis dans la salle de bains.

Le lieutenant entra dans la pénombre.

— Ça va mieux ?

— Je suis contente que tu aies pu venir.

— Comment te sens-tu ?

— De rien, Jacques...

De rien, Jacques... Qu'est-ce qu'elle raconte...?

— T'es sûre que tout va bien ?

— Je suis dans la salle de bains.

Putain... C'est quoi, ce délire ?

Il passa le hall d'entrée. Le salon était, lui aussi, dans l'obscurité. Une forme semblait étalée sur le sol.

— Marie ?

Instinctivement, il se rua au centre de la pièce. Quand il se retourna, il était trop tard.

L'homme était là... un pistolet braqué sur lui. Lentement et en le gardant en joue, il arrêta le magnétophone qui continuait à débiter les phrases enregistrées en boucle, puis lui ordonna de se retourner.

Obéissant, il s'exécuta pour faire face au corps gisant sur le carrelage. C'était bien la femme qu'il avait connue. Maintenant, il discernait parfaitement ses contours immobiles.

Elle est morte. Il l'a tuée.

— Pourquoi ?, fit-il, stupéfait.

La seule réponse fut le sifflement de la crosse fendant l'air. Une formidable douleur se propagea de son cerveau à l'ensemble de ses membres, l'entraînant vers les limbes de l'inconscience.

122.

Le BDSM Shop était bondé. Tony ne savait plus où donner de la tête, littéralement assailli par les nombreux internautes désireux d'acheter de nouvelles extensions sexuelles pour leur avatar.

Le business semblait florissant.

— Bonjour Tony, entama-t-il, en ouvrant le *chat*.

— Hé... Une revenante ! Quoi de neuf, ma belle ?

— Je voulais savoir si tu connaissais une certaine Gundula. C'est une prostituée.

— Encore ! Putain, mais tu fais quoi au juste ? C'est la deuxième fois en moins de trois jours que tu viens pour me parler de prostituées.

— J'dois avoir un penchant...

— Arrête ! Dis-moi pourquoi tu recherches ces filles ? C'est une enquête de journaliste, c'est ça ?

— Écoute. Je n'ai pas le temps ! Si tu veux tout savoir, je suis flic. Lieutenant à la Criminelle. J'enquête sur leur disparition. Alors, tu connais cette fille ?

— Disparition ? Hé mec... Tu délires ! C'est du virtuel !!!

— Ces filles ont également disparu dans la réalité. Si tu ne m'aides pas, je te promets de t'envoyer l'arsenal judiciaire pour démanteler ton petit trafic. Ça va leur plaire, au fisc !!!

L'homme marqua un blanc, se demandant certainement si c'était du lard ou du cochon, puis reprit :

— Bon... Tu m'as dit Gundula ?

— Oui.

— Attends... Ça me dit quelque chose, en effet. Je crois qu'elle m'en a laissé pour un bon paquet la semaine dernière.

Marc se frotta les mains et attendit la réponse de l'homme.

« Oui... C'est bien ça. Elle a acheté trois modules de Kamasutra et deux packs sadomasochistes. Une sacrée connaisseuse, la fille... »

— J'aurais besoin que tu me renseignes sur elle.

— Que veux-tu savoir ?

— Son e-mail !

— Euh... T'es sûr que t'es bien flic ? J'ai pas le droit de filer les coordonnées de mes acheteurs.

— Tony, accouche nom de Dieu ! Si elle y passe, tu auras sa mort sur la conscience. Et je ne te fais pas un dessin pour ton avenir. Alors, qu'est-ce que tu choisis ?

— Bon. Bon. Ça va ! La fille a payé par PayPal. Son e-mail est mdolfino@free.fr.

— Merci de ton aide.

— Euh... De rien. J'espère que vous la trouverez.

Marc se déconnecta. Un petit coup de fil et il aurait l'adresse physique de la jeune femme.

Une minute plus tard, le SEFTI lui renvoyait l'information. Celle qu'il recherchait s'appelait Marie Dolfino et habitait au 35, rue des Alouettes à Brignais.

Il essaya de la contacter, mais personne ne décrocha et il tomba sur le répondeur. Il appela Jacques, mais n'eut guère plus de succès.

Il se rendrait donc sur place avec quelques hommes.

123.

— Alors, saleté de flic, tu pensais en avoir fini avec moi?, entama Richard, alias Jonas, un rictus étrange déformant son visage.

— Comment avez-vous fait? Nous croyions que vous aviez quitté le territoire français, répondit Jacques, les mains attachées au radiateur avec ses propres menottes.

— Vous n'avez vraiment aucune imagination dans la police! Un billet d'avion... un clochard à soudoyer et l'affaire est dans le sac. Tu n'as pas idée à quel point c'était facile. Le type nous a même remerciés de l'envoyer gratos en Argentine.

— Nous?

— Ouais... Moi et Richard.

— Moi? Vous êtes Richard Granjon!!!

— NON, JE SUIS JONAS!!!! Pauvre flicaille... T'as pas encore compris?

— Qu'attendez-vous de moi?

— Rien du tout. J'ai tout ce que je veux... J'étais revenu pour m'occuper de cette petite pute et elle m'a dit que tu allais passer. Alors, je t'ai attendu.

— Qu'est-ce que vous lui avez fait ?

— Oh... Pas grand-chose de plus que les autres. Juste une nouvelle punition que j'ai expérimentée. Et vu ses ardeurs à se débattre, je dirais qu'elle l'a adorée.

— Que lui avez-vous fait ?, renouvela-t-il

— Tu veux vraiment savoir ? Non ! Je ne crois pas. Tes collègues en auront la primeur... quand ils vous retrouveront tous les deux.

— Il est encore temps de tout arrêter, Richard..., reprit Jacques, cherchant à appuyer sur le point faible de l'homme adipeux. Vous êtes malade. Ce n'est pas votre faute si vous avez disjoncté. Elle l'avait bien cherché...

— Arrête de m'appeler Richard. Richard n'existe plus ! C'était une lopette. Et je n'ai pas disjoncté. Toute ma colère était enfouie en moi. Au plus profond de mon âme... Mélinda n'a été qu'un révélateur. Maintenant, tu ne peux pas imaginer le plaisir que je prends. Je vais continuer mon œuvre et elle sera magistrale, je peux te l'assurer ! Tu sais comment est notre société : elle regorge de vices et de perversions, d'argent facile... Tout ça me débecte. Et toutes ces putes qui jouent avec leur cul au lieu d'enfanter ! Ouais... Mon œuvre sera complète et j'en ai pour des années...

— Aucune chance. On vous arrêtera un jour ou l'autre et je doute qu'on vous laisse vous en sortir. Vous entendez ?

— Tsss... Tsss... Tsss... C'est toi qui me dis ça ? Regarde-toi, connard de flic. C'est moi qui tiens ta vie entre mes mains. Un simple geste de ma part... Et hop ! Bye bye. Enfin... Chaque chose en son temps... J'en ai pas encore fini avec elle. J'étais en train de m'occuper de son cas quand tu es arrivé. J'ai encore plein de trucs à lui faire.

Une chance que tu sois là. Tu vas pouvoir assister à toute l'opération.

124.

Marc avait réuni une garde rapprochée de trois hommes.

Il était hors de question de prendre le moindre risque, surtout avec les informations qu'Interpol venait de lui donner.

L'homme qui avait été arrêté à la descente de l'avion n'était pas Granjon mais un parfait inconnu. Le tueur avait essayé une nouvelle fois de les berner, faisant semblant de fuir.

Dans la voiture, il avait à nouveau tenté de contacter Jacques, mais ce dernier était visiblement occupé et n'avait pas daigné répondre, ni même rappeler.

Le fourgon banalisé arriva rue des Alouettes. Dans quelques minutes, la fille serait placée sous protection policière.

Elle était la prochaine cible... Il fallait qu'ils soient attentifs.

*
* *

— Alors, monsieur le flic, Je commence par quoi ?, reprit l'homme qui venait d'attacher Marie sur le lit, face contre le matelas.

— Richard, je vous en conjure! Arrêtez ça. Vous ne vous en sortirez pas indemne. Rendez-vous... On pourra faire jouer la folie.

— Mauvaise réponse, fulmina-t-il en le regardant de travers. À cause de toi, elle va souffrir... Et arrête de m'appeler Richard!

Il se leva et se rua dans la cuisine. Cinq secondes plus tard, il en ressortait avec un balai à la main. Il le brisa en deux d'un coup de genou et le serra fermement.

« Tu vois Marie... À cause de lui, tu viens d'en prendre pour cinquante coups. »

— Arrêtez, interjeta Jacques en regardant l'homme qui revenait vers le lit.

— Encore une mauvaise réponse, grogna-t-il en retroussant les lèvres et en commençant à porter des coups d'une violence prodigieuse.

Malgré son bâillon, Jacques vit la jeune femme hurler de toutes ses forces. Il n'osa pas fixer les yeux suppliants et essaya une nouvelle fois de détourner l'attention du psychopathe.

— Je sais que vous avez passé de mauvais moments... Les juges en tiendront compte.

— Foutaises... Arrête de me prendre pour celui que je ne suis pas. J'ai suivi ton parcours et celui de tous ceux qui t'ont précédé. Tu ne cherches qu'une chose : retarder l'échéance. Mais c'est trop tard.

Tu entends ?

TROP TARD!!!

Il posa son regard de bête sauvage sur la femme qui s'agitait comme elle pouvait, cherchant une échappatoire à cette folie.

— Regarde... Elle, elle a compris. Tu vois ?

Jacques voulut parler, mais n'y parvint pas. Ce qui allait se passer était inéluctable...

Impuissant, il vit l'homme sortir le M4 qui pendait à sa ceinture pour l'approcher de la gorge de sa future victime.

Insensible aux hurlements étouffés de la malheureuse, il posa la lame acérée contre la peau et appliqua une faible pression.

Alors que les sillons commençaient à prendre une teinte pourpre, la sonnerie de l'interphone retentit au beau milieu de l'appartement.

*
*   *

Toutes ces précautions n'étaient certainement pas nécessaires, mais Marc avait voulu assurer.

Il n'y avait, en effet, quasi aucune chance pour que l'homme qu'ils recherchaient vienne rendre visite à Marie Dolfino. C'était trop risqué. Mais mieux valait parer à toute éventualité.

— Il n'y a personne, chef, entama l'un des trois hommes, qui venait d'appuyer sur la sonnette.

Merde...

Marc essaya de regarder à travers les baies vitrées de l'appartement situé en contrebas, mais les rideaux étaient tirés.

— Réessayez. Elle ne nous a peut-être pas entendus.

Le flic appuya une nouvelle fois, maintenant la pression de son doigt une bonne poignée de secondes.

— Non, Chef... C'est sûr. Y a personne.

Merde... Merde... Merde.

Ils allaient rebrousser chemin quand un faisceau lumineux balaya le tissu tendu devant l'ouverture.

— Vous avez vu ?

— Oui...

— Y a quelqu'un là-dedans !

En quelques secondes, la porte d'entrée de l'immeuble était ouverte.

Vingt secondes plus tard, le groupe d'intervention était derrière celle de la jeune femme.

125.

— Maman... Je suis contente que tu aies pu venir, fit la jeune brigadière en essayant de se relever, mais la femme plus âgée retint son geste.

— Camille. Arrête de t'agiter comme ça. Les médecins ont dit qu'il fallait que tu restes au calme.

— Ça va, Maman. Je t'assure.

— Reste en place s'il te plaît. Je veux que tu te reposes. Tu as une vie qui t'attend dehors. Alors... Comment vas-tu ?

— Ça va. J'ai vécu un véritable cauchemar... Et j'ai bien cru ne plus jamais vous revoir, toi et Nicolas.

— Ton ami a été très prévenant, tu sais... Il est venu presque tous les jours prendre des nouvelles du petit.

— Je sais... Jacques est un chic type.

— Oui... Un sacré gentil. Vraiment très bien, ce garçon...

— Maman !

— Quoi ?

— Arrête, s'il te plaît...

— Quoi donc ?

— Fais pas l'idiote, tu le sais très bien...

— C'est certainement un bon parti, non ?

— STOP ! Chaque chose en son temps, tu permets ? On verra plus tard. Jacques a sa vie, moi la mienne. Et puis, je ne lui plais peut-être pas !

— Toi ? Tu rigoles !

— Arrête...

— Bon... Bon. Tu veux voir Nicolas ?

— Quoi ? Il est là ?

— Bien sûr. Il est dans la salle d'attente avec une policière.

— Oh Maman, s'il te plaît. Amène-le-moi. Il m'a trop manqué.

Deux minutes plus tard, le bambin était dans les bras de sa mère, cherchant son cou pour y déposer sa tête.

Elle le serra contre elle et respira de toutes ses forces son odeur... L'odeur du lait... L'odeur des crèmes...

Mon ange... Mon petit ange... Comme je t'aime, tu ne peux pas savoir à quel point.

— Tu sais... Tout ça est bizarre. Malgré toute l'horreur que je viens d'endurer, j'ai encore plus d'amour à revendre, je crois. J'ai envie de profiter de la vie au maximum.

— C'est un peu normal, non ? J'ai toujours entendu dire que les gens qui venaient de passer un cap difficile aspiraient à la sérénité et à la simplicité.

— Je ne sais pas. Quand on croise la route de ce genre de monstre, j'aurai pensé qu'on perdait ses repères. Mais tu vois, moi non... Ça m'a renforcée, au contraire.

— Oh... Je sens poindre les bonnes résolutions...

— Plein. Et plein de projets aussi.

126.

– Maudits flics! Je ne pourrai jamais avoir la paix..., gronda l'homme qui dépassait le quintal. Il venait de regarder par l'œilleton.

Quatre flics...

– Vous voyez. Je vous l'avais dit. Il faut vous rendre. Vous n'avez plus le choix. C'est votre seule chance d'en sortir vivant, reprit Jacques, essayant d'enfoncer le clou.

– Non. C'est hors de question! Tu vas venir avec moi. Tu seras mon sauf-conduit... L'autre, on va s'en débarrasser, fit-il en se rendant une nouvelle fois dans la cuisine. Elle ne nous est plus d'aucune utilité. Et puis regarde-la: une truie implorante! Quand tu vois ce qu'elle fait sur le Net, ça fait frémir. Entre mes mains, elle n'est plus rien.

– Richard. Arrêtez, je vous en conjure.

– Ta gueule! Et puis, je viens de changer d'idée. Je n'ai plus besoin de toi non plus, après tout...

Il se dirigea avec détermination vers la jeune femme qui était toujours attachée fermement sur le lit, face contre le matelas. Cette fois, il était temps d'en finir.

D'un bond, il s'installa sur le dos de sa future victime, qui plia sous son poids, et leva la lame de l'immense couteau dans les airs, prêt à donner le coup fatal.

— On n'a plus beaucoup de temps. Mais je te promets une fin franchement inattendue...

*
*   *

— Vite. On défonce la porte!, hurla Marc, qui avait entendu des bruits de lutte dans l'appartement.

Le bélier heurta le battant une bonne dizaine de fois avant de le faire céder dans un crac assourdissant.

La pièce était dans la pénombre mais les quatre représentants des forces de l'ordre parvinrent à discerner l'homme qui se trouvait sur le lit.

Il était assis sur quelque chose... un corps... Et il avait un couteau à la main... rempli de sang.

Une cagoule sur la tête.

Il venait de la tuer.

Merde...

Marc sortit son Manurhin F1 et, sans réfléchir, ajusta l'homme devant lui.

Il allait appuyer sur la détente.

Fais un geste et je te fume, espèce d'enfoiré!

Le temps se figea puis l'homme assis sur le lit se décala. Un léger mouvement... déclenchant la réaction instantanée du lieutenant.

— Hummmppphhh...

La détonation brisa le silence en une série d'échos et rendit au temps son cours normal. Alors que la balle entrait en contact avec la masse corporelle agenouillée sur le lit, Marc sut qu'il venait de commettre la plus grosse erreur de sa carrière.

Le suspect sur lequel il venait de tirer ne tenait pas le couteau... Il était attaché à ses mains, elle-mêmes entravées par du chatterton.

Ce n'était pas Granjon... Non!

Bord...

Il n'eut pas le temps d'aller plus loin dans ses pensées : une énorme explosion, provoquée par l'inflammation du gaz qui saturait l'air de la pièce, ravagea tout sur son passage, brûlant et propulsant les corps de toutes parts.

Épilogue

— Mes bien chers frères. Nous voici réunis pour accompagner dans leurs dernières demeures nos amis bien-aimés.

Seigneur, dans ta grande miséricorde, accorde-leur ton pardon et lave-les de tous leurs péchés.

Qu'ils soient prêts pour être accueillis dans ton Royaume.

Le prêtre s'interrompit et se tourna vers l'assemblée. Le petit cimetière était noir de monde, et les gens agglutinés débordaient dans les contre-allées.

« Avant de procéder à la mise en terre, je crois que le commandant Ertuise souhaiterait rendre un dernier hommage à nos chers disparus. »

Le grand chef de la Criminelle se détacha du groupe au premier rang et vint rejoindre le maître de cérémonie.

— Merci mon Père, chuchota-t-il avant de reprendre d'une voix forte et posée. Je tenais à vous remercier d'être venus aussi nombreux afin d'honorer la mémoire de ces policiers hors normes qui ont bravé tous les dangers au mépris de leur propre vie.

Ce qui s'est passé il y a trois jours est inqualifiable. C'est une véritable tragédie pour la ville, pour nos services et pour nos familles. Sachez que nous allons en tirer tous les enseignements et je vous fais la promesse qu'on arrêtera très rapidement l'homme qui se cache derrière ce drame.

Pour conclure, je voudrais me joindre à la douleur des familles. Les hommes que nous avons perdus étaient exemplaires.

Il jeta un regard triste autour des mines défaites par l'émotion. Pas moins de cinq hommes avaient péri... et leurs proches étaient nombreux.

Camille était là également, aux premières loges, et serrait contre son cœur le petit Nicolas. De grosses larmes coulaient sur ses joues.

Elle était anéantie.

Toute cette histoire... toute cette sordide histoire resterait gravée à jamais dans sa mémoire.

Oui... À jamais...

Jacques...

Marc...

Mon Dieu...

Quand le cimetière se vida et que les fossoyeurs terminèrent de combler les tombes des meilleures pointures de la Crime lyonnaise, les reporteurs de TLM, la chaîne locale, replièrent leur matériel.

Ce soir, ils diffuseraient le sujet.

C'était une sacrée affaire...

Ils étaient certains que ça ferait pleurer dans les chaumières.

*
* *

L'homme, qui venait d'engloutir pas moins d'un bon tiers d'une bouteille de vodka, sortit du secrétaire une pochette à l'étiquette décollée et la regarda attentivement.

Le journal télévisé venait de se terminer, emportant avec lui les images de l'enterrement des cinq flics dont il s'était débarrassé.

Il avait gagné !

Il ouvrit les rabats en carton et y glissa les articles qu'il avait découpés dans la presse ces derniers jours.

Pour une fois, ça ne parlait pas d'un criminel ayant passé l'arme à gauche... ou bien qui s'était fait coffrer.

Non. Il venait d'inverser la tendance.

D'ailleurs, il allait continuer sur cette voie.

Il avait de quoi s'occuper...

Et la première sur la liste serait la salope qui en avait réchappé.

FIN

Imprimé en France
FROC02n0806150715
14713FR00004B/90/P

9 782810 005161